JOBST SCHLENNSTEDT

Dorfschweigen

WESTFALEN KRIMI

emons:

Bibliografische Information der Deutschen Nationalbibliothek
Die Deutsche Nationalbibliothek verzeichnet diese Publikation in der Deutschen Nationalbibliografie; detaillierte bibliografische Daten sind im Internet über http://dnb.d-nb.de abrufbar.

MIX
Papier aus verantwortungsvollen Quellen
FSC
www.fsc.org
FSC® C083411

Umschlagfoto: Inge Becker, Salzkotten
Umschlaggestaltung: Tobias Doetsch
Druck und Bindung: CPI – Clausen & Bosse, Leck
Printed in Germany 2012
ISBN 978-3-89705-996-2
Westfalen Krimi
Originalausgabe

»Der Fuchs bellt nicht,
wenn er das Lamm stehlen will.«
William Shakespeare

Der Plan

Schon immer war ich ein Vordenker. Jemand, der über den banalen Dingen des Alltags steht und den Blick für das Wesentliche niemals verliert. Zeit meines Lebens fühle ich mich getrieben. Von den Gedanken an meine Vorbilder. Die Persönlichkeiten einer längst vergangenen Epoche. Einer Zeit, die systematisch aus unser aller Köpfe verbannt wurde. Zumindest in der Form, wie wir es verdient gehabt hätten, sie erzählt zu bekommen. Stattdessen mussten wir uns in Demut ergeben. Uns zu kleinen, willenlosen Dienern degradieren lassen.

Viele unserer Nachbarn sind stark geblieben, haben die Liebe zu ihrem Vaterland leben können. Und wir? Wir haben unsere Identität Stück für Stück aufgegeben. Was ist geblieben von unserer Kultur? Sie war nicht nur ein Teil unserer Geschichte, nein, sie war der Boden, auf dem unser Reich gegründet wurde. Unsere stolze Nation, die vor mehr als sechzig Jahren vernichtet und später auch noch verraten und verkauft wurde.

Was macht dieses Land denn heute noch aus? Schon so lange suche ich nach Antworten, doch niemand kann sie mir geben. Das, was ich von diesen Vaterlandsverrätern höre, ist nichts mehr als die nie enden wollende Lüge, unser Land könne stolz auf seine multikulturelle Gesellschaft sein. Stolz? Wer weiß denn heutzutage noch, welche Bedeutung dieses Wort tatsächlich besitzen kann? Stolz kann ich auf dieses Land, in dem ich lebe und mich dennoch fremd fühle, schon lange nicht mehr sein.

Früher habe ich die Diskussionen noch angenommen. Mit den Politikern, die es begrüßen und fördern, dass wir zu einem großen Auffangbecken sozialer Problemfälle und dem Abschaum der Welt werden. Mittlerweile ist mir meine Zeit dafür zu schade. Ich habe längst abgeschlossen mit unserer Politik. Das Elend, das sich durch unser Land wie ein zäh fließender Sirup ergießt, gilt es endlich zu stoppen. Umso glücklicher macht mich die Tatsache, dass dies längst von vielen meiner Mitstreiter erkannt wurde.

Ich bin ein Führer. Jemand, der tapfer genug ist, für sein Vaterland das zu tun, was notwendig ist. Ich habe lange darüber nachgedacht, ob es richtig ist, was ich vorhabe. Die eigenen Landsleute zu töten. Menschen, die für die Zukunft des Landes stehen sollten. Und ich habe lange ge-

braucht, um zu verstehen, dass dies der einzige Weg ist. Ich bin mir darüber bewusst, dass es auch unschuldige Opfer geben wird. Doch das ist Teil meines Plans und unumgänglich. Denn der Gedankenprozess muss dringend in Gang gesetzt werden. Genau wie der Emanzipationsprozess, den dieses Land noch vor sich hat. Und am Ende wird man feststellen, dass nur diese besondere Härte das Denken der Menschen verändern kann.

Niemand wird mir im Nachhinein vorwerfen können, dass ich keine Warnungen ausgesprochen hätte. Ich habe jahrelang versucht zu erklären, was in dieser Gesellschaft, in diesem Land falsch läuft. Doch niemand wollte mir zuhören. Also werde ich handeln. Handeln, um diesem Land die nötigen Impulse zu geben, in den Krieg zu ziehen.

Wahrscheinlich werden sie mich als nicht zurechnungsfähig abstempeln. Und genau das wird wieder einmal die Machtlosigkeit der Gesellschaft zeigen. Niemand will verstehen, obwohl alle längst wissen, dass dieses Land keine Zukunft besitzt, wenn nicht schon bald die Revolution beginnt. Doch noch sind zu wenige bereit, in den bewaffneten Kampf zu ziehen. Ein Kampf, der blutiger als alle Kriege zuvor sein wird. Ein Krieg der Kulturen. Ein Krieg der Religionen. Ein Krieg, der geführt werden muss, wenn wir uns nicht tatenlos ergeben wollen.

Ich träume davon, dass wir wieder in einem Land leben können, in dem wir das Sagen haben. In dem wir uns keinen Zwängen unterwerfen müssen. In dem wir Grenzen ziehen können, wie es uns passt. Und selbst darüber bestimmen können, wer in unserem Land leben darf und wer nicht. Ich will, dass dieses Land auch in tausend Jahren noch Bestand hat. Dieses stolze Land darf nicht untergehen.

In den kommenden Tagen und Wochen wird sich zeigen, wer mit mir und wer gegen mich ist. Um dieses Land und dessen Menschen auf den rechten Pfad zu bringen und vor den Gefahren von außen zu schützen, bin ich fest entschlossen zu tun, was getan werden muss. Bis zum bitteren Ende, welches dann gekommen sein wird, wenn ich es für richtig halte. Keine Sekunde früher.

1

Er betrat das chinesische Restaurant in der Nähe des Lemgoer Bahnhofs am frühen Abend. Es war gut besucht, nur noch wenige Plätze waren frei. Ein rasches Nicken zu den Schlitzaugen hinter der Theke, keine unnötigen Worte. Dann setzte er sich an einen freien Zweiertisch am Ende des Raums, vertiefte sich in die Speisekarte und bestellte.

Niemand sollte Verdacht schöpfen. Deshalb war er heute auch nicht zum ersten Mal hier. Er besuchte das Restaurant seit einigen Wochen, meistens zwischen achtzehn und zwanzig Uhr. Bestellte vorweg eine Frühlingsrolle, die diese chinesischen Geldwäscher bestimmt direkt aus ihrer defekten Kühltruhe holten und in die schmutzige Mikrowelle steckten. Danach die Sechsundachtzig, Hühnchen süß-sauer. Bloß nichts Auffälliges. Sollten die Angestellten ruhig denken, dass er einer dieser Eisbeinesser war, die einmal im Monat irgendetwas mit süß-sauer bestellten, um einen Hauch weite Welt kosten zu können. Einer dieser deutschen Dummköpfe, die noch immer nicht verstanden hatten, dass das Restaurant nicht existierte, um ihnen gute chinesische Küche zu bieten.

Genau das war es, was ihn beruhigte. Mit einer einzigen Ausnahme ahnte hier niemand etwas. Keiner der Anwesenden konnte sich vorstellen, dass er in wenigen Minuten hier in diesem nach Frittierfett stinkenden Laden den Mann mit der Bombe treffen würde. Niemand würde auch nur den geringsten Verdacht hegen, dass er etwas mit der Sache zu tun hatte, wenn die Bombe erst einmal explodiert war. Schließlich war er Stammkunde und immer nett und freundlich zu den Schlitzaugen gewesen.

Natürlich würden die Fragen nach dem Warum kommen und Ermittlungen eingeleitet werden. Vielleicht würden die Bullen ihm sogar näher kommen, als ihm lieb war. Dennoch war er sich sicher, dass sie das wahre Ausmaß nicht verstehen würden. Das, was er heute Abend vorhatte, würde erst der Anfang sein. Weitere Aktionen befanden sich längst im Endstadium der Planungen.

Er war schon beim Dessert, den üblichen Litschis, als sich die

Tür des »Lotus Garden« öffnete, und der Mann, mit dem er verabredet war, eintrat. Er nannte sich Molli. Seinen vollständigen Namen hatte er bislang nicht in Erfahrung bringen können. Obwohl er Molli noch nie gesehen hatte, war er sich sicher, dass er der Mann war, mit dem er in den vergangenen Wochen mehrfach telefoniert hatte. Etwas an Mollis Gesichtsausdruck war so unmissverständlich, dass er keinerlei Zweifel hatte. Diesem Mann schuldete er also fünftausend Euro. Dafür, dass er die Bombe gebaut hatte, die heute Abend hochgehen sollte.

Molli war schlank, beinahe drahtig, und kaum älter als dreißig. Obwohl sie nicht dieselben Ziele verfolgten und Molli wahrscheinlich niemals ein Kamerad werden würde, hoffte er, in ihm jemanden gefunden zu haben, dem er vertrauen konnte. Er wusste, dass es nicht viele davon gab. Umso sorgfältiger war er bei der Auswahl Mollis gewesen.

Unauffällig nickte er dem Mann, der ihm helfen sollte, zu. Molli setzte sich an einen Nachbartisch und vermied es, ihn anzuschauen. Sie hatten vereinbart, kein Wort miteinander zu wechseln. Wochenlang hatte er überlegt, ob es vernünftig war, sich hier zu treffen. Es war riskant, ein Treffen in der Öffentlichkeit barg immer unkalkulierbares Risiko. Doch es gab einen entscheidenden Grund, der dafür gesprochen hatte: Er hatte den Chef des Restaurants, einen gewissen Wang Li, in der vergangenen Woche zur Seite genommen und ihm zu verstehen gegeben, dass das, was er seinen Gästen servierte, nicht den deutschen Hygienestandards entsprach. Das Ordnungsamt kenne bei so etwas keinen Spaß und würde den Laden sofort dichtmachen. Auch die Aufenthaltsgenehmigungen von Herrn Lis Mitarbeitern zweifelte er an.

Natürlich hatte er nicht vor, Li zu verpfeifen. Er wollte ihn lediglich ein wenig unter Druck setzen. Li zu seinem Gehilfen machen, wenn es darum ging, ein Alibi für die Tatzeit zu haben, falls die Bullen ihm doch schneller als gedacht auf die Schliche kämen. Und was konnte es Besseres für ihn geben, als von einem ausländischen Gastronom gedeckt zu werden?

Nach einer Weile ließ Molli einen Zettel auf den Boden fallen und schob ihn mit dem Fuß zu ihm herüber. Er bückte sich unauffällig und hob ihn auf. Dann faltete er ihn auseinander und las.

Bombe wie besprochen platziert. Zünder eingestellt auf halb neun. Alles nach Plan verlaufen.

Er lächelte für einen Moment und suchte den Blickkontakt zu Molli. Doch sofort besann er sich, richtete die Konzentration wieder auf das Wesentliche und zog ein Kuvert aus der Jackentasche. Die zweite Rate der siebeneinhalbtausend Euro, die sie vereinbart hatten. Zweieinhalbtausend. Die erste hatte es bei der Beauftragung gegeben, die letzte wurde erst fällig, wenn die Aktion erfolgreich durchgeführt worden war. Was genau »erfolgreich« bedeutete, hatte er klar zum Ausdruck gebracht.

Mit einer schnellen Handbewegung ließ er den Umschlag in der Speisekarte verschwinden. Dann klappte er sie zu, legte sie zurück auf den Tisch und erhob sich. Aus dem Augenwinkel sah er Wang Li, der mittlerweile hinter der Theke stand und mit nervösem Blick Gläser polierte. Er zwinkerte dem Chinesen zu und verließ das »Lotus Garden« genauso raschen Schrittes, wie er es betreten hatte.

***

Er fror, die Temperaturen kratzten an der Null-Grad-Grenze. Seit über einer halben Stunde kauerte er nun schon hinter einem Busch und beobachtete das Security-Personal vor der Lipperlandhalle. Und die beiden Bands, die aus den Tourbussen ausgestiegen waren. Und natürlich diejenigen, auf die er es abgesehen hatte. Das Publikum. Vor allem die Fans von »Newton«. Möglichst viele Todesopfer sollte es geben. So hatte die Vorgabe an Molli gelautet.

Kurz nach acht. Er zündete sich eine letzte Zigarette an und schloss die Augen. Alles war vorbereitet. Nur noch eine knappe halbe Stunde warten. Auf den großen Knall. Die Explosion. Das erste große Zeichen, das er setzen würde. Er wollte das Spektakel mit eigenen Augen sehen. Deshalb war er hergekommen. Er wollte die Panik in den Gesichtern sehen. Und die langsam aufsteigende Erkenntnis, dass etwas im Gange war, das all ihre Vorstellungen überstieg.

Immer mehr Menschen strömten in Richtung Halleneingang.

Er kniff die Augen zusammen. Die Dunkelheit machte es schwer, Einzelheiten zu erkennen. Plötzlich hielt er inne. Was er sah, irritierte ihn. Er kannte die Frau, die gerade ihr Ticket aus der Jackentasche zog und von den Securitys lediglich mit einem Kopfnicken bedacht wurde. Er kannte sie sogar allzu gut.

»Verdammt!«, stieß er leise aus. Das, was nicht hätte passieren sollen, schien einzutreten. Jemand, der ihm nahestand – und davon gab es nicht allzu viele – würde anwesend sein, wenn die Bombe hochging. Für den Bruchteil einer Sekunde übermannten ihn Zweifel, ob das, was er vorhatte, tatsächlich richtig war. Doch so schnell die Zweifel gekommen waren, so schnell verschwanden sie auch wieder. Es war zu spät, um das Ganze zu stoppen. Zu spät für falsche Sentimentalitäten. Und zu spät, um Rücksicht zu nehmen. Rücksicht hatte er all die Jahre genommen, in denen er tatenlos hatte mit ansehen müssen, was um ihn herum geschah. Jetzt galt es zurückzuschlagen. Mit aller Macht und Härte.

Er blickte ihr ein letztes Mal hinterher, ehe sie in der Halle verschwand. Dann sah er wieder auf seine Uhr. Nur noch fünfzehn Minuten bis zur Explosion.

2

Die Stimmung in der Lipperlandhalle, in der üblicherweise der TBV Lemgo seine Heimspiele bestritt, kochte. Das Publikum, es waren bestimmt mehr als fünfhundert, klatschte rhythmisch, obwohl die Roadies auf der Bühne noch mit dem Soundcheck beschäftigt waren.

Jan Oldinghaus stand am Rand der Bühne und ließ seinen Blick über die Menschenmasse schweifen. Noch nie zuvor hatten die »Underdogs« vor so vielen Menschen gespielt. Das Lemgoer Publikum schien sie wohlwollend zu empfangen, auch wenn er wusste, dass sie nicht ihretwegen, sondern wegen »Newton« hier waren. Einige Konzerte im Vorprogramm der erfolgreichen Rockband zu spielen war Segen und Fluch zugleich. Schließlich wünschten sich auch die »Underdogs«, diejenigen zu sein, wegen denen die Leute zu den Konzerten kamen.

Philipp, Bassspieler und sein bester Kumpel, trat neben ihn. »Tom ist dicht«, sagte er leise. »Wir können nicht auftreten.«

Jan fuhr herum und starrte Philipp an. Er kannte Tom nur allzu gut. Er war der Sänger der »Underdogs« und hätte – da war sich Jan sicher – mit seiner extraordinären Stimme das Zeug zu einer großen Karriere. Doch im Gegensatz zu den anderen Bandmitgliedern hatte er sein Privatleben nie im Griff gehabt. Wechselnde Frauengeschichten, Drogenprobleme und finanzielle Schwierigkeiten hatten mehr und mehr Besitz von ihm ergriffen. Obwohl die »Underdogs« seine letzte Chance waren, gelang es ihm nicht, seine Sucht zu bekämpfen.

»Völlig stoned«, sagte Philipp. »Er pennt draußen im Bulli. Wir kriegen ihn nicht wach.«

»Ich fasse es nicht«, entgegnete Jan kopfschüttelnd. »Unser erster großer Auftritt, und dann so was. Kann er sich nicht ein einziges Mal zusammenreißen? Wir *müssen* einfach auf diese Bühne.«

»Wie stellst du dir das vor?«

»Keine Ahnung. Aber ich weiß, dass wir unseren Plattendeal vergessen können, wenn wir unseren Auftritt durch so eine Nummer vergeigen.«

»Da könntest du recht haben. Ich habe eben mit Banjo gesprochen. Er war auf hundertachtzig und hat damit gedroht, uns fallen zu lassen.«

»Verdammt!«, sagte Jan. »Sag ihm, dass wir auftreten.«

»Und wie, wenn ich fragen darf? Willst du etwa selbst singen?«

»Nein«, antwortete Jan bestimmt. »Aber ich kenne jemanden, der kurzfristig einspringen könnte. Falls du nichts gegen eine Frontfrau hast.«

»Du meinst deine Schwester?«

»Genau. Isabel hat's drauf, das weißt du. Sie kennt sogar unsere Setlist. In letzter Zeit habe ich oft zusammen mit ihr geprobt. Warte.« Jan winkte ins Publikum in Richtung einer brünetten Mittdreißigerin. Lächelnd löste sie sich aus der Menge und kam zu ihnen hinter die Absperrung.

»Wie geht's dir?«, fragte Jan.

»Ich bin ein bisschen nervös«, antwortete Isabel. »Wie es einem nun mal so geht, wenn der eigene Bruder seinen ersten richtig großen Auftritt hat.«

»Mir geht's genauso. Der erste große Auftritt meiner Schwester. Ich werde verdammt stolz auf dich sein.«

Isabel lächelte. Es dauerte einige Sekunden, ehe sie ihre Stirn runzelte und zu begreifen schien, worauf Jan hinauswollte.

»Tom fällt aus. Er liegt bekifft im Bus. Verstehst du, was das heißt?«

»Ich glaube«, sagte Isabel zögernd. »Aber ich hoffe, du meinst das nicht ernst?«

»Und ob«, antwortete Jan. »Du bist perfekt dafür. Lass uns backstage gehen und mit den anderen reden. In zehn Minuten müssen wir auf die Bühne.«

»Aber …«

»Kein ›aber‹. Wir werden die Halle rocken.«

Sie verschwanden in den Katakomben. Mit einem Mal fühlte Jan das Adrenalin in seinen Adern. Er kannte diese Momente aus seinem Job. Wenn er als Kriminalkommissar kurz vor der Lösung eines Falls stand, fühlte er dieselbe elektrisierende Anspannung. Eine Mischung aus Zweifel und euphorischer Energie, die sich im Augenblick der Überführung des Täters entlud.

Doch er wusste, dass das, was ihm und den »Underdogs« in den nächsten Minuten bevorstand, etwas komplett anderes war. Etwas Neues.

Für den Bruchteil einer Sekunde erfasste ihn der Wunsch, das Konzert doch noch abzusagen. Ihm gelang es jedoch, den Gedanken erfolgreich zu verdrängen. Stattdessen gab er Isabel in aller Kürze die wichtigsten Informationen zum Auftritt.

»Wir starten mit ›Should I Stay Or Should I Go‹ und ›My Generation‹. Anschließend spielen wir fünf unserer eigenen Songs. Hier ist die Liste, du kennst die Titel ja. Zum Abschluss gibt es dann noch ›Heroes‹ und ›Stairway To Heaven‹.«

Isabel nickte. Offenbar hatte sie sich mit der Situation angefreundet und schien weniger Lampenfieber als der Rest der Band zu haben.

»Es geht los!«, schrie plötzlich jemand von der Tourcrew. »Zwanzig Uhr siebenundzwanzig. Auf die Bühne, schnell, schnell!«

Jan, Isabel, Philipp, Elli und Jens bildeten einen Kreis und schworen sich ein. Jans Nervosität war derart groß, dass er nach einer Flasche Bier griff und sie in wenigen Schlucken austrank. Auch den anderen war ihr Lampenfieber anzusehen.

Roadies und Tontechniker rannten um sie herum. Banjo kam aus einem Nebenraum und ging aufgebracht und mit einem Telefon in jeder Hand an ihnen vorbei. Er stieß etwas aus, das wie eine Drohung klang, doch Einzelheiten waren nicht zu verstehen.

Die fünf machten sich auf den Weg. Wie in Trance näherten sie sich der Bühne. Jan musste an den Spielertunnel in den Katakomben der Fußballarenen denken. Endlose Sekunden, bis das Licht im Innern der Halle sie blendete.

Schlagartig war seine Aufregung verschwunden. Keine zittrigen Hände und Beine mehr, keine taube Zunge. Selbst sein Pulsschlag hatte sich wieder beruhigt. Er nahm den Jubel des Publikums immer deutlicher wahr. Einige skandierten sogar ihren Namen: »The Underdogs«.

Das Licht in der Halle erlosch wenige Sekunden, nachdem sie die Bühne betreten hatten. Ab jetzt waren sie komplett auf sich allein gestellt.

»Du schaffst das«, flüsterte Jan in Richtung Isabel. »Hau sie um mit deiner Stimme und deinem Sexappeal!« Er zwinkerte ihr zu und setzte sich hinter das Schlagzeug.

Sie sah ihn lächelnd an und hielt sich scheu und aufreizend zugleich am Mikrofonständer fest. Jan tauschte einen letzten Blick mit seinen Bandkollegen, dann hob er die Drumsticks in die Luft und schlug sie dreimal gegeneinander. Ein Scheinwerfer rückte Isabel ins Spotlight. *»… should I stay or should I go …«*

Im nächsten Moment übertönte ein ohrenbetäubender Lärm die weiteren Takte. Jan verspürte eine leichte Druckwelle. Als er hastig hochblickte und in den Innenraum der Lipperlandhalle sah, herrschte dort bereits das blanke Chaos.

3

Der Nachthimmel über der Halle war auch eine Stunde nach der Explosion noch hell erleuchtet. Die Blaulichter der Rettungswagen und Einsatzfahrzeuge der Polizei zuckten wie Fahrgeschäftlichter auf einer Kirmes und spiegelten sich in der Glasfassade der Lipperlandhalle. Grelle Scheinwerfer beleuchteten den Platz vor der Halle, auf dem Ärzte und Sanitäter noch immer Verletzte versorgten. Mehrere Rettungswagen waren bereits auf dem Weg in die Krankenhäuser der Region.

Inmitten dieses Chaos stand Jan Oldinghaus und telefonierte mit seinem Kollegen Cengiz Ergün. Nachdem er aufgelegt hatte, trat Vera Jesse auf ihn zu, die Leiterin des Kommissariats 11 der Bielefelder Kriminalpolizei, das zuständig war für Mord, Tötungsdelikte, Todes- und Brandermittlungen, Vermisste und Sexualdelikte in Ostwestfalen-Lippe.

Jan und Vera waren ein eingespieltes Team und auch privat miteinander befreundet. In der Vergangenheit hatte Vera gelegentlich sogar als Backgroundsängerin bei den Sessions der »Underdogs« mitgesungen.

»Manchmal verfluche ich den Tag, an dem ich beschlossen habe, zur Polizei zu gehen«, sagte sie leise anstelle einer Begrüßung. »Sind wir uns sicher, dass es eine Bombe war?«

»Ja«, antwortete Jan ohne eine Spur Zweifel. »Eine Nagelbombe, um genau zu sein. Die Reste des Sprengsatzes haben die Techniker bereits ausfindig gemacht. Sie war unter einer Bar im Innern der Halle deponiert.«

»Wo ist die Tote?«, fragte Vera.

»Sie wurde in eine der Umkleidekabinen gebracht. Die Halle wird derzeit noch nach weiteren Sprengsätzen durchsucht.«

»Hast du sie gesehen?«

»Ja, aber nur kurz. Drinnen herrschte ziemliches Chaos.«

»Kommen die anderen Verletzten durch?«

»Sieht ganz danach aus«, antwortete Jan. »Die meisten sind nur leicht verletzt. Im Endeffekt haben wir wohl sogar noch Glück im Unglück gehabt.«

»Hast du mit den Verletzten gesprochen? Hat irgendeiner etwas beobachten können?«

»Nichts, das uns weiterhelfen könnte«, antwortete Jan. »Keine auffälligen Personen. Weder vor noch nach der Explosion.«

»Für wen war diese Bombe bloß bestimmt?«, fragte Vera. »Gibt es ein Bekennerschreiben?«

»Bislang haben wir nichts gefunden.«

»Konntest du irgendetwas sehen? Du warst auf der Bühne und hattest bestimmt einen guten Blick.«

»Nichts«, sagte Jan resigniert. »In dem Tohuwabohu nach der Explosion konnte ich niemanden erkennen, der auffällig war, und vorher habe ich auch nichts Besonderes bemerkt. Allerdings können wir wohl einen Selbstmordanschlag ausschließen, zumindest deutet nichts darauf hin. Die Tote hat aller Wahrscheinlichkeit nach nichts mit dem Attentat zu tun. Gut möglich, dass die Bombe mit einem Zeitzünder versehen war.«

Vera nickte. Der Anblick der Verletzten um sie herum schien sie zu lähmen.

»Nolte und die Jungs von der Spurensicherung waren schon eine halbe Stunde nach der Explosion hier«, fuhr Jan fort. »Sie haben alles abgesperrt und untersuchen gerade den Sprengsatz. Die Leiche wird gleich nach Münster in die Rechtsmedizin gefahren.«

»Wissen wir schon, um wen es sich handelt?«

»Lydia Klein, sechsundzwanzig Jahre alt, wohnhaft in einem kleinen lippischen Kaff namens Finstrup, etwa fünfzehn Kilometer entfernt von hier, in südöstlicher Richtung.«

»Du bist ja bereits bestens informiert«, sagte Vera überrascht.

»Die Frau hatte ihren Ausweis in der Tasche«, gab Jan zurück. »Den Rest hat mein iPhone ausgespuckt.«

»Wir sollten so schnell wie möglich ihre Angehörigen verständigen.«

»Laut Melderegister wohnen ihre Eltern ebenfalls in Finstrup. Ich habe eine Streife zu ihrem Haus geschickt. Du weißt ja, wie unangenehm mir solche Gespräche sind.«

Eine der großen Eingangstüren zur Lipperlandhalle öffnete sich, und Tim Nolte, Leiter der Spurensicherung, trat heraus. Eilig kam er auf Jan und Vera zu.

»Habt ihr kurz Zeit?«, fragte der groß gewachsene Mann. »Ich muss euch etwas zeigen.«

Jan nickte und folgte Nolte gemeinsam mit Vera zurück in die Halle. Der Geruch verbrannten Schwarzpulvers stieg ihm in die Nase. Prüfend blickte er sich um. Mit Ausnahme der Männer der Spurensicherung befanden sich nur noch wenige Menschen in der Halle. Die Bühne, auf der er vor nur einer Stunde hinter seinem Schlagzeug gesessen hatte, war leer und erinnerte ihn sofort wieder an den Moment der Explosion. Der dumpfe Knall, das gleißende Licht, das im nächsten Augenblick bereits wieder erloschen war, die Splittergeräusche und vor allem die Schreie der Menschen. Er schloss die Augen.

»Hier, schaut sie euch genau an.« Nolte zog eine große Decke beiseite und gab die Sicht auf die tote Frau frei. »Was fällt euch auf?«

Jan musterte die Leiche und runzelte die Stirn. Das blutüberströmte Gesicht schien die Wucht der Explosion zu spiegeln, doch etwas ließ ihn stutzen. Unter dem verkrusteten Blut knapp oberhalb der Augen erkannte er eine Wunde, die wie eine Schussverletzung aussah.

»Jemand hat sie aus nächster Nähe erschossen. Ein gezielter Schuss, exakt zwischen die Augen. Wie bei einer Hinrichtung.«

»Aber …«

»Ich bin kein Rechtsmediziner«, fuhr Nolte fort. »Aber ich kann mit ziemlicher Bestimmtheit sagen, dass die Frau nicht in Folge der Explosion ums Leben gekommen ist. Der Fundort ihrer Leiche spricht ebenfalls dafür.«

»Inwiefern?«, fragte Jan.

»Sie wurde auf der Damentoilette vor dem Waschbecken gefunden und erst später von Helfern hierhergetragen.«

Jan schüttelte irritiert den Kopf. Bislang war er davon ausgegangen, dass die Explosion der Nagelbombe die Frau getötet hatte.

»Da kommt wohl einiges auf euch zu«, stellte Nolte nüchtern fest und wandte sich zum Gehen.

»Warte!«, rief Jan ihm hinterher. »Kann es nicht sein, dass sie die Bombe selbst gezündet und sich anschließend umgebracht hat?«

»Möglich ist vieles«, antwortete Nolte. »Wie gesagt, besser, ihr sprecht so schnell wie möglich mit der Rechtsmedizin. Ich kann mir allerdings kaum vorstellen, dass sich jemand das Leben nimmt, indem er sich mittig zwischen die Augen schießt. Außerdem haben wir keine Waffe gefunden.«

Nolte verschwand in Richtung der Toilettenräume, um den Kollegen bei der weiteren Spurensicherung zu helfen. Jan sah Vera an. Er fühlte sich leer, die Überraschung darüber, was er gerade gehört hatte, raubte ihm die letzte Kraft.

»Das BKA und der Verfassungsschutz werden hier in Kürze aufkreuzen«, unterbrach Vera seine Gedanken. »Egal, ob wir das wollen oder nicht. Der Anschlag wird bundesweit für Aufsehen sorgen. Und falls wir es mit einem politisch motivierten Anschlag zu tun haben, wird es richtig ungemütlich werden.«

»Was auch immer dahintersteckt«, entgegnete Jan, »mir graut es davor, was die Presse schreiben wird. Noch mehr beunruhigt mich allerdings, dass wir uns womöglich mit einem zweiten Verbrechen auseinandersetzen müssen. Der Anschlag einerseits und die gezielte Tötung dieser Frau andererseits.«

»Wir werden noch heute Abend einen Krisenstab einberufen«, sagte Vera. »Wir müssen vorbereitet sein auf das, was kommen kann. Angenommen, Lydia Klein ist nicht die Attentäterin und wurde tatsächlich umgebracht, müssen wir so schnell wie möglich Antworten finden.«

»Um halb elf im Präsidium?«, fragte Jan. »Dann bleibt mir noch etwas Zeit, mit den Bandkollegen und meiner Schwester zu reden. Ich werde unsere Tour wohl absagen müssen. Eigentlich hatten wir in den nächsten Tagen noch Auftritte in Minden, Bielefeld und Paderborn.«

»Da führt wohl leider kein Weg dran vorbei«, sagte Vera mitfühlend. »Tut mir wirklich leid für dich.«

***

Um kurz nach halb elf Uhr abends hatte sich das Team des Kommissariats 11 fast vollzählig im Präsidium versammelt. Auch der Leiter der Kriminalinspektion Bielefeld, Polizeioberrat Stefan

Vlothoerbäumer, hatte sich im Besprechungsraum eingefunden. Kriminalkommissarin Bettina Begemann brachte zwei große Kannen Kaffee und stellte sie auf den Tisch. Dann erhob sich Vlothoerbäumer, und es wurde still im Raum.

»Im ersten Augenblick dachte ich, dass es nicht schlimmer hätte kommen können«, begann er leise. »Aber mittlerweile können wir sagen, dass wir wahrscheinlich sogar noch Glück gehabt haben. Wir haben neben dem einen Todesopfer zwar vier Mittelschwer- und vierzehn Leichtverletzte zu beklagen, aber niemand schwebt aktuell in Lebensgefahr. Glücklicherweise ist auch dir, Jan, nichts passiert.« Vlothoerbäumer hielt kurz inne und nickte Jan zu. »Die Spurensicherung ist sich sicher, dass die Bombe eine wesentlich stärkere Kraft gehabt hat, als es die Folgen der Explosion vermuten lassen. Bei der Zündung muss es zu Komplikationen gekommen sein. Mehr als die Hälfte des Sprengsatzes ist gar nicht explodiert. Wäre die Bombe in vollem Umfang hochgegangen, hätte es wohl mehr als nur ein Todesopfer gegeben.«

»Wobei anzumerken ist, dass die Tote, die sechsundzwanzigjährige Lydia Klein aus Finstrup, mit ziemlicher Sicherheit nicht in Folge des Anschlags ums Leben gekommen ist, sondern durch eine Schussverletzung«, ergänzte Vera.

»Also Mord?«, fragte Cengiz Ergün in seiner typisch trockenen Art. Er war jemand, der sich kurz fasste und die Dinge auf den Punkt brachte.

»Ja«, antwortete Vera nickend. »Es sieht danach aus, als hätten wir es mit einer gezielten Tötung zu tun.«

»Wissen wir, ob es sich bei beiden Vorfällen um den- oder dieselben Täter handelt?«, hakte Ergün nach.

»Alles pure Spekulation im Moment«, antwortete Jan. »Im Grunde können wir derzeit gar nichts ausschließen.«

»Richtig«, pflichtete Vlothoerbäumer bei. »Wir müssen abwarten, was die Rechtsmedizin sagt. Bis morgen Mittag benötigen wir die Ergebnisse. Gleiches gilt für die Analyse des Sprengstoffs. Wichtig ist zu wissen, ob die Bombe einen Zeitzünder hatte. Außerdem sollen Nolte und seine Leute so schnell wie möglich herausfinden, woher der Sprengstoff stammt. Vielleicht gelingt es uns, über diesen Weg mehr zu erfahren.«

»Wir werden morgen früh nach Finstrup fahren und mit der Familie von Lydia Klein reden«, sagte Vera und blickte dabei Jan und Ergün an. »Würdet ihr beide das bitte übernehmen. Die anderen kümmern sich um den Anschlag. Wir müssen davon ausgehen, dass die Sache langwierig und unangenehm wird. Für morgen hat sich übrigens bereits jemand vom BKA angekündigt. Auch der Verfassungsschutz dürfte mit uns sprechen wollen. Bei denen schrillen natürlich die Sirenen. Die Online-Presse ist mittlerweile auch schon voll angesprungen. Die Vermutungen reichen von islamistischem und politischem Terror bis hin zu einem Unglück in Folge einer defekten Gasleitung.«

»Was ist mit Zeugen?«, fragte Bettina Begemann. Sie war die Jüngste im Kollegium und mit ihrem weißblond gefärbten Kurzhaarschnitt und den ausgefallenen Klamotten der Farbtupfer der Kripo.

»Anwesend waren jede Menge«, sagte Jan. »Ich selbst habe die Explosion direkt von der Bühne aus gesehen. Leider werden wir die Namen der Konzertgänger nicht so einfach in Erfahrung bringen können, die Tickets sind nicht personifiziert verkauft worden. Wir sollten allerdings über die Medien einen Aufruf starten. Vielleicht meldet sich noch der ein oder andere. Außerdem müssen wir so schnell wie möglich noch einmal mit den Verletzten reden, sie waren schließlich direkt in der Nähe der Explosion. Und wir sollten die Techniker in der Halle und die Barleute befragen. Wenn die Bombe tatsächlich dort platziert war und per Zeitzünder gesteuert wurde, dann stellt sich die Frage, wie sie unbemerkt dort deponiert werden konnte.«

»Die Kontrollen bei solchen Veranstaltungen sind streng«, warf Vera ein. »Aber wer so etwas hineinschmuggeln will, der schafft es auch.«

»Die Frage ist, wann die Bombe platziert wurde«, sagte Jan. »Das muss nicht heute passiert sein.«

»In Ordnung.« Stefan Vlothoerbäumer erhob sich wieder und sah in die Runde. »Wer will, soll eine Nachtschicht einlegen. Aber besser starten wir morgen früh ausgeruht. Die nächsten Tage werden mit Sicherheit intensiv. Übrigens planen wir morgen eine PK für zehn Uhr. Vera und ich werden sie leiten.«

Die Runde löste sich nur langsam auf. Trotz der späten Stunde waren alle aufgewühlt und hellwach. Jan verließ den Besprechungsraum und fuhr auf direktem Weg mit dem Aufzug in die Tiefgarage. Seine Gedanken kreisten immer wieder um dieselben Fragen. Wie konnte Lydia Klein erschossen werden, ohne dass jemand etwas davon mitbekommen hatte? Hatte ihr Mörder absichtlich den Zeitpunkt rund um die Explosion gewählt, um die Tat zu vertuschen? Dann hätten sie es wohl mit ein und demselben Täter zu tun.

Jan schloss die Augen. Alles, was er wollte, war, sich in sein Bett zu legen und zu schlafen. Um für ein paar Stunden die schrecklichen Bilder aus seinem Kopf zu verdrängen.

Um kurz nach zwölf schloss er die Tür seiner Wohnung am Neuen Markt auf. Es war eine geräumige Altbauwohnung, deren letzte Sanierung jedoch schon ein Vierteljahrhundert zurücklag. Insbesondere das Badezimmer und die Heizungsanlage bedurften einer dringenden Überholung. Trotzdem und trotz der täglichen Pendelei nach Bielefeld hatte Jan noch nie ernsthaft darüber nachgedacht, Herford den Rücken zu kehren. Zu verwurzelt war er in der Stadt an der Werre.

Er war müde und hatte ein unbestimmtes Hungergefühl. Appetit hatte er jedoch keinen. Im Treppenhaus stieg ihm wie immer der Geruch von Räucherstäbchen in die Nase. Er seufzte, als ihm einfiel, dass der Besuch seiner Untermieterin Mareike noch immer da war. Umashankar, ein Freund, den sie bei ihrem letzten Indien-Aufenthalt kennengelernt hatte, wohnte schon seit einer Woche bei ihnen.

Mareike war selbstständige Yoga-Trainerin und Ayurveda-Beraterin, und Umashankar hatte sich zum Ziel gesetzt – so hatte sie es Jan stolz verkündet –, sie auf das nächste Level der Ayurveda-Heilkunst zu bringen.

Jan schloss auf und schrak sofort zurück. Was er sah, machte ihn sprachlos. Nach allem, was er bereits mit Mareike und ihrem esoterischen Fimmel erlebt hatte, gelang es ihr immer wieder, noch einmal einen draufzusetzen.

Sie lag nackt – so wie einer ihrer Hindu-Götter sie geschaffen hatte – auf einer Yoga-Matte im Flur der Wohnung. Am Kopfende hockte Umashankar in gebückter Haltung, ebenfalls fast nackt, nur mit einem Tuch um die Hüften. Im Nebel mehrerer Räucherstäbchen erkannte Jan, dass Umashankar Mareikes Gesicht massierte.

Im nächsten Moment drehte er ihren Körper auf den Bauch, erhob sich und begann damit, ihren Rücken mit seinen Füßen zu bearbeiten. Jan schüttelte den Kopf und wollte sich bemerkbar machen. Doch dann entschied er sich anders, verließ die Wohnung wieder und zog die Tür hinter sich zu. Hier, in seinen eigenen vier Wänden, wollte er unter diesen Bedingungen in dieser Nacht nicht schlafen.

4

Seine Wut war grenzenlos. Jede Faust mit einer Aggression geschlagen, dass seine Finger in den dicken Handschuhen knackten. Doch den Sandsack zwang er nicht in die Knie. Er war der Einzige, der es mit ihm aufnehmen konnte. Kein Mensch, nur ein mit Sand befüllter Ledersack war in der Lage dazu. Noch einmal holte er aus, begleitet von einem ohrenbetäubenden Schrei.

»Dieser Vollidiot!«, brüllte er. Auf was für einen Amateur hatte er sich da eingelassen?

Anfangs war er noch voller Zuversicht gewesen. Der laute Knall der Explosion war selbst draußen vor der Halle zu hören gewesen. Und die blutüberströmten Menschen, die panisch ins Freie geflohen waren, hatten ihn hoffen lassen, dass die Aktion ein voller Erfolg gewesen war. Doch die Ernüchterung war schon mit den Zweiundzwanzig-Uhr-Nachrichten eingetreten.

Er war zurück zu seinem Wagen gegangen, den er etwa zwei Kilometer von der Lipperlandhalle entfernt in einem Wohngebiet abgestellt hatte, und hatte sämtliche Sender seines Autoradios nach Informationen abgehört. Die ersten News sickerten gegen Viertel nach neun durch. Um zehn Uhr dann die Nachricht, die blankes Entsetzen bei ihm hervorgerufen hatte: Aller Voraussicht nach hatte die Explosion lediglich ein Menschenleben gekostet.

Ein einziger Toter? Wie konnte das sein? Was zum Teufel war schiefgegangen? Bei seinem Gespräch mit Molli war von mindestens einem Dutzend Todesopfer die Rede gewesen, wenn möglich mehr. Dafür hatte er ihn bezahlt.

Er ließ sich rücklings auf den Boden fallen und schloss die Augen. Eines stand fest: Er musste Molli zur Rede stellen. Die letzte Rate würde sich dieser Typ abschminken können. Schlimmer als die Kohle war jedoch die Tatsache, dass sein erstes Zeichen, das er nach außen senden wollte, ein einziger Reinfall gewesen war.

Er dachte an die nächsten Tage und den Plan, den er sich zurechtgelegt hatte. Das, was er vorhatte, ließ ihn schmunzeln und den Frust über den verpatzten Anschlag vergessen. Es war eine perfide Idee, deren Brutalität vielleicht noch mehr als die Sache in der Lipperlandhalle schockieren würde. Für ihn selbst war es jedoch nichts weiter als die Strafe für jemanden, der es nicht besser verdient hatte.

»Hallo.«

Er war versucht, die Augen aufzureißen, aber er hatte ihre Stimme sofort erkannt. Die Tür zur Hütte war nur angelehnt gewesen, sie musste sich reingeschlichen haben. Erleichterung darüber, dass sie es war, durchströmte ihn.

»Du siehst fertig aus«, sagte sie. »Soll ich dich ein wenig aufmuntern?«

Jetzt öffnete er die Augen und blickte sie an. Sie stand breitbeinig über ihm. Er erkannte, dass sie trotz der kalten Temperaturen nichts unter ihrem Jeansrock trug. Obwohl er müde war, erregte ihn der Anblick sofort. Hastig versuchte er, sie zu sich nach unten zu ziehen, doch sie stieß seine Hände mit ihren Stiefeln weg und setzte einen Fuß auf seine Brust. Ihr Stiefelabsatz bohrte sich zwischen zwei Rippenknochen. Er keuchte und rang nach Luft, bis sie abließ und langsam in die Knie ging.

Noch immer erregt, versuchte er sie zu fassen zu kriegen. Ohne Erfolg. Sie beugte sich zu ihm herunter und presste seine Arme auf den Holzboden. Dann sah sie ihm herausfordernd in die Augen und rutschte langsam an seinem Körper abwärts. Entschlossen knöpfte sie seine Hose auf, riss sie herunter und schob ihren Rock hoch.

Das Ganze dauerte weniger als fünf Minuten. Als sie fertig waren, ließ sie sich nach vorn auf seinen Körper fallen. Ihre Lippen streiften seine, dann fuhr sie mit der Zunge weiter bis zu seinem Ohr. Er spürte ihren heißen Atem, sofort war er wieder erregt.

»Weißt du was?«, sagte sie, und ihre Stimme klang mit einem Mal kalt und mechanisch. »Das gerade war genau so ein laues Lüftchen wie deine Bombe. Ich weiß, dass du das besser kannst.«

Reflexartig stieß er sie von sich weg und richtete sich auf. »Die nächste Sache wird sitzen. Noch einmal wird es nicht schiefgehen.«

»Was hast du vor?«

»Woher weiß ich eigentlich, dass ich dir trauen kann?«, fragte er lächelnd.

»Fickst du Frauen, denen du nicht traust?«

»Möglich«, antwortete er knapp.

»Wie lange kennen wir uns jetzt schon?«, fragte sie. »Acht Jahre, richtig?«

»Das bedeutet gar nichts.«

»Mir aber. Ich hätte dich schon einige Male verpfeifen können. Stattdessen habe ich immer zu dir gehalten.«

Er nickte und strich ihr übers Haar. Dann küsste er ihren Hals und beugte sich vor, bis seine Lippen ihr rechtes Ohrläppchen berührten. Plötzlich ließ er von ihr ab.

»Ich sag's dir«, sagte er leise. »Wenn ich allerdings erfahre, dass du irgendjemandem etwas davon erzählst, wirst du dir dein süßes Gesicht nie mehr im Spiegel anschauen können. Verstanden?«

»Ich mag es, wenn du mir drohst«, antwortete sie. »Also, ich bin gespannt.«

Nachdem er ihr seinen Plan ins Ohr geflüstert hatte, stand sie mit einem Lächeln auf den Lippen auf, schob ihren Rock wieder zurecht und verließ die kleine Hütte. In der Tür drehte sie sich noch einmal zu ihm um.

»Dann ist es wohl besser, wenn wir uns in der nächsten Zeit nicht so oft sehen. Ich melde mich bei dir, sobald sich die Lage etwas beruhigt hat. Mach's gut und pass auf dich auf.« Sie warf ihm einen Luftkuss zu und verschwand endgültig.

5

Als sie gemeinsam am Frühstückstisch saßen, war alles wieder wie früher. Damals war Jan noch ein Kind gewesen, und während des Essens hatte bedrückende Stille geherrscht. Und genau wie damals durchbrach auch heute seine Mutter Sylvia mit ihrer Lieblingsfrage die Ruhe.

»Bist du etwa schon satt, Junge?«

»Ich bin kein großer Frühstücker, das weißt du doch«, antwortete Jan genervt. Spätestens jetzt bereute er es, gestern Abend auf die Idee gekommen zu sein, zu seinen Eltern auf den Hof an der Laarer Straße zu fahren.

Die Bewirtschaftung des Anwesens, das zu den größten Pferdegestüten und Ackerbaubetrieben der Region gehörte, lag seit einigen Jahren in den Händen von Jans verhasstem Bruder Cord. Doch auch sein Vater Heinrich, Patriarch der Familie, mischte noch immer mit.

Jans Verhältnis zu seiner Familie hatte sich in den vergangenen Jahren zunehmend abgekühlt. Als er im Zusammenhang mit einer schwierigen Ermittlung auch noch erfahren hatte, dass er einen Halbbruder hatte, der aus einer flüchtigen Affäre seines Vaters stammte, war er noch weiter von seinen Eltern abgerückt. Lediglich zu seiner Schwester Isabel pflegte er eine enge Beziehung.

»Ermittelst du in dieser Sache?«, fragte sein Vater mit einem Mal, das Gesicht noch immer hinter der Tageszeitung versteckt.

»Wovon sprichst du?«

»Ich meine diesen Anschlag in Lemgo. Die Zeitung ist voll davon. Wie ich gelesen habe, warst du sogar vor Ort. Fällt die Angelegenheit in deinen Kompetenzbereich?«

»Ich befürchte, ja«, antwortete Jan. »Wir ermitteln wahrscheinlich in einem Mordfall. Das BKA wird uns unterstützen.«

»Pass auf dich auf«, fuhr Heinrich Meyer zu Oldinghaus ungerührt fort. »Du hast es mit Lippern zu tun. Die sind unberechenbar.«

Jan musste schmunzeln. Er hatte damit gerechnet, dass ihm sein Vater zum wiederholten Mal klarmachen wollte, was er davon hielt, dass er zur Kriminalpolizei gegangen war. Stattdessen war er offenbar zu Späßen aufgelegt.

»Danke, dass ich hier schlafen konnte«, sagte er. »Ich muss jetzt los ins Präsidium.«

»Jederzeit gern wieder, Junge«, sagte seine Mutter und nahm ihn in den Arm. Jan ließ es über sich ergehen und empfand die plötzliche Nähe zu seiner eigenen Überraschung sogar als angenehm.

Er verabschiedete sich und stieg in seinen dunkelgrünen Mini, der auf dem Hof parkte. Nieselregen hatte eingesetzt. Lange würde es nicht mehr dauern, bevor noch einmal Schnee fallen würde. Die eisige Februarkälte ließ Jan für einen Moment erschauern.

Mit zittrigen Händen legte er eine alte Stone-Roses-CD in den Wechsler, drehte den Lautstärkeregler voll auf und bog auf die Laarer Straße ein. Dann trat er das Gaspedal durch.

Eine knappe halbe Stunde später saß Jan hinter seinem Schreibtisch im Bielefelder Polizeipräsidium in der Kurt-Schumacher-Straße. Schon vor der Eingangstür hatte die Pressemeute gelauert, um Stimmen und aktuelle Informationen der Beamten einzufangen. Er war über einen Hintereingang ins Gebäude gelangt und hatte den Fahrstuhl in die zweite Etage genommen.

Auf dem Flur des Kommissariats 11 herrschte hektische Betriebsamkeit. Nach einer kurzen Lagebesprechung des Ermittlungsteams erstellte Jan eine Liste mit den dringlichsten Dingen, die zu klären waren. Ganz oben notierte er sich: »Mit Dr. Katharina von Allwörden in Münster sprechen«. Darunter schrieb er: »Anschließend Fahrt nach Finstrup. Gespräche mit Angehörigen der Verstorbenen«.

Sein Handy klingelte. Es war Nolte.

»Die Bombe wurde per Zeitschaltuhr ferngezündet«, sagte er knapp.

»Das heißt …?«

»Es ergibt definitiv keinen Sinn, dass Lydia Klein die Bombe gezündet hat. Dazu hätte sie nicht anwesend sein müssen.«

»Verstehe.« Jan bedankte sich und legte auf. Gerade als er sein Büro verlassen wollte, um sich mit Cengiz Ergün abzustimmen, klopfte es an seiner Tür. Er seufzte deutlich hörbar, als er sah, wer der Besucher war. Kai Stahlhut, Kriminalkommissar der Herforder Polizeiinspektion, trat mit ernster Miene ein. Jan und er kannten sich aus einer Ermittlung im vergangenen Jahr, als ein junger Zapfer auf dem Herforder Hoeker-Fest vergiftet worden war.

»Tach, Herr Kollege«, begrüßte Stahlhut Jan trocken. »Kein schöner Morgen, was? Ich hab gehört, dass du live vor Ort warst, als es passiert ist. Habt ihr so beschissen gespielt, dass euch das Publikum von der Bühne sprengen wollte?«

Jan blickte Stahlhut an. Er hatte ihn bereits als unangenehmen Zeitgenossen kennengelernt, aber diese geschmacklose Entgleisung brachte ihn dazu, ein leises »Arschloch« zu murmeln.

»Wie meinen?«

»Du hast mich schon richtig verstanden«, entgegnete Jan kühl. »Also, was willst du hier?«

»Ich bin auf dem Weg zu Vlothoerbäumer und dachte, ich sag mal Hallo.«

»Ich glaube kaum, dass er Zeit für dich hat. Wie du dir vorstellen kannst, haben wir einen Arsch voll Arbeit. Vlothoerbäumer muss außerdem gleich die PK leiten.«

»Weiß ich doch«, sagte Stahlhut. Er klang gelassen. »Er hat mich ja selbst herbestellt.«

»Weshalb?«

»Wird dich freuen.« Stahlhut grinste. »Ich soll euch wieder unterstützen. Vlothoerbäumer erwähnte, dass ihr jede Kraft gebrauchen könnt.« Er drehte sich um, hob die Hand zur Verabschiedung und verschwand auf dem Flur.

»Ich dachte, wir sollen den Fall schnell und erfolgreich aufklären«, rief Jan hinter ihm her. Ausgerechnet mit diesem Kotzbrocken sollte er wieder zusammenarbeiten. Welchen Narren hatte Vlothoerbäumer bloß an Stahlhut gefressen? Ihm wurde allein schon bei dem Gedanken, dass Stahlhut und er in derselben Stadt lebten, ganz anders.

Nachdem sie die Pressekonferenz hinter sich gebracht hatten, erreichte Jan um kurz nach elf das Rechtsmedizinische Institut der Universität Münster. Das Gebäude lag in der Röntgenstraße, unweit der Fachhochschule. Der Zuständigkeitsbereich des Instituts umfasste sämtliche Aufträge der Polizei und Staatsanwaltschaften in Ostwestfalen-Lippe und Münster.

Jan ging zielstrebig in Richtung des Büros von Dr. Katharina von Allwörden. Er hatte bereits in mehreren Ermittlungen mit ihr zusammengearbeitet, dennoch fiel es ihm schwer, sie einzuschätzen. Noch immer trug er ihr nach, dass sie ihn vor einiger Zeit hatte auflaufen lassen, nachdem sie vermutet hatte, er interessiere sich für sie. Dass sie damals nicht einmal ganz falsch lag, hatte er natürlich verschwiegen. Später war er sogar derjenige gewesen, der Katharina hatte abblitzen lassen. Seither war ihr Verhältnis immer weiter abgekühlt. Sie hatten noch ein paarmal telefoniert und beruflich miteinander zu tun gehabt, zu einem weiteren privaten Treffen war es jedoch nicht mehr gekommen.

Eine junge Assistentin teilte ihm mit, dass sich Dr. von Allwörden in der Leichenhalle befand. Er kannte den Weg in den Keller und betrat die Räumlichkeiten, ohne anzuklopfen. Schon von Weitem sah er, dass Katharina am Seziertisch stand und an einem Leichnam hantierte.

Katharina sah gut aus. So wie immer. Ihre brünetten Haare fielen in sanften Wellen über den weißen Kittel, der eng genug war, um ihren schlanken Körper perfekt zur Geltung zu bringen. Jan räusperte sich und trat näher.

»Mein Lieber«, begrüßte sie ihn. »Schön, dass Sie hier sind.« Sie zwinkerte ihm zu, doch Jan hatte den Blick bereits abgewandt. Schweigend betrachtete er Lydia Klein, deren blasser Körper auf dem metallenen Tisch nicht nur tot, sondern beinahe unecht wirkte.

»Unschön, was da passiert ist«, sagte Katharina. »Ich bin allerdings froh, dass die Bombe nicht wie geplant hochgegangen ist. Andernfalls hätten wir hier jetzt wohl mehr zu tun.«

»Das, was passiert ist, ist schlimm genug. Wie weit sind Sie denn mit den Untersuchungen? Gibt es schon Ergebnisse?«

Katharina lächelte und trat beiseite, um sich die Hände zu waschen. Dann wandte sie sich wieder Jan zu.

»Die Obduktion ist zu großen Teilen abgeschlossen«, sagte sie. »Zweifellos wurde Lydia Klein mit einem Schuss in den Kopf getötet. Verletzungen in Folge der Explosion konnte ich nicht feststellen.«

»Können Sie Selbstmord ausschließen?«

»Ich habe zumindest keine Schmauchspuren an den Händen feststellen können.«

»Was ist mit dem Sprengstoff? Gab es Rückstände an der Leiche, die darauf schließen lassen, dass sie die Bombe in der Halle deponiert hat?«

»Ich habe keine entsprechenden Partikel an der Toten finden können. Das Einzige, was ich noch herausgefunden habe, war ein leichter Alkoholgehalt des Bluts. Null Komma fünf Promille. Wenn das Labor die Blutanalyse abgeschlossen hat, wissen wir auch, was sie getrunken hat.«

»In Ordnung«, sagte Jan. »Sonst noch irgendetwas, das erwähnenswert wäre? Irgendwelche Hämatome oder sonstige Spuren, die auf einen Kampf zwischen ihr und ihrem Mörder hindeuten?«

Katharina schüttelte den Kopf. »Nichts dergleichen. Mit Ausnahme der Schusswunde ist die Leiche in einwandfreiem Zustand.«

Jan nickte nachdenklich und machte sich Notizen, als Katharina von Allwörden ihn plötzlich an der Hand festhielt.

»Waren wir nicht schon einmal beim Du?«

»Kurzzeitig«, sagte Jan.

»Du kannst gern Katharina zu mir sagen.«

Jan schwieg.

»Was ist eigentlich los mit dir? Habe ich gar keine Chance mehr bei dir?«

»Kommt darauf an, was Sie von mir möchten.« Obwohl Jan das Gesieze selbst albern fand, blieb er konsequent. Er wollte sich nicht noch einmal von ihr vorführen lassen.

»Wie wäre es, wenn ich heute Abend nach Bielefeld komme und wir zusammen essen gehen?«

»Heute?«, fragte Jan überrascht. »Ich fahre gleich nach Finstrup, und bei uns im Präsidium ist die Hölle los. Keine Ahnung, wann ich heute Feierabend mache.«

»Wir können es uns auch bei dir zu Hause gemütlich machen.«

»Das ist keine gute Idee.« Jan dachte an Mareike und Umashankar und verzog den Mund.

»Ich werde den Eindruck nicht los, dass dir keine Ausrede zu schade ist. Hast du etwa Angst vor mir?«

»Nein, es ist nur …« Er stockte. »Ich verstehe einfach nicht, was du von mir willst. Es fällt mir schwer, dich ernst zu nehmen. Wir kennen uns kaum, und trotzdem willst du mit zu mir nach Hause kommen. Obwohl die Fronten zwischen uns doch längst geklärt sind.«

»Sind sie das?«, entgegnete sie. »Ich weiß noch immer nicht, wohin die Reise mit uns beiden geht.«

»Und deshalb passen wir wahrscheinlich auch nicht zusammen«, sagte Jan. »Ich will eine verlässliche Partnerin, jemanden, der weiß, was er will.«

»Lädst du mich heute Abend trotzdem zum Essen ein?«

Jan lächelte und nickte langsam. »Acht Uhr im ›KDW‹?«

»Sehr gern.«

6

Nasser, schwerer Schneefall hatte eingesetzt, als Jan und Ergün das Ortsschild von Finstrup passierten. Aus dem Augenwinkel nahm Jan wahr, dass jemand quer über den Ortsnamen ein Zeichen gesprayt hatte. Trotz der schlechten Sichtverhältnisse war er sich sicher, dass es ein Hakenkreuz war, das das Schild verschandelte.

Finstrup lag nur wenige Kilometer von Lemgo entfernt an einer Landstraße auf dem Weg nach Barntrup und war ein typisch lippisches Dorf. Alte Fachwerkhäuser, flankiert von einfachen Nachkriegsbauten, prägten das Dorfbild. Es gab eine Bäckerei, einen Kindergarten und einen Tante-Emma-Laden in der kleinen Gemeinde, zu der auch noch weitere Orte in der Nähe gehörten.

Während Jan seinen Mini durch das Dorf steuerte, hatte er das Gefühl, dass ihnen die Blicke der Bewohner hinter den Gardinen der zum Teil stark sanierungsbedürftigen Häuser folgten. Auf den Bürgersteigen war niemand zu sehen, nicht einmal Kinder, die sich über den Schnee freuten.

Das Haus, in dem Lydia Klein gewohnt hatte, lag direkt an der Hauptstraße kurz vor dem Ortsausgang. Ein alleinstehendes Haus mit einem großen Vorgarten, der auf Jan einen ungepflegten Eindruck machte.

Ergün und er stapften durch den pappigen Schnee und näherten sich der Haustür, um einen Blick auf die Namen auf dem Klingelschild zu werfen: »Kuhfuß« und »Klein«. Jan zog den Schlüssel aus der Tasche, den sie in Lydia Kleins Jackentasche gefunden hatten, und schloss auf.

Im Treppenhaus sah es ähnlich chaotisch wie im Vorgarten aus. Überall standen ausrangierte Haushaltsutensilien und Kartons herum. Der Geruch von Braten und Rotkohl stieg Jan in die Nase.

Leise gingen sie die Treppe hinauf und öffneten die Wohnungstür, um sich in Ruhe einen Überblick über Lydia Kleins Leben zu verschaffen.

Im Gegensatz zum Rest des Hauses wirkte die Wohnung aufgeräumt und sauber. Aber gleichzeitig auch seltsam unbewohnt. Es gab kaum persönliche Gegenstände in den Regalschränken und

Kommoden. Keine gerahmten Fotos an den Wänden und auch sonst nichts, was typisch für die Wohnung einer jungen Frau gewesen wäre.

Jan und Ergün nahmen sich zuerst das Wohnzimmer vor. Die Möbel und technischen Geräte machten nicht den Eindruck, als hätte Lydia Klein viel Geld dafür ausgegeben. Einfache Sperrholzschränke und eine Couch, die nach Möbeldiscounter aussah. Ein altmodisches Telefon ohne Display.

Sie öffneten einige Schranktüren und Schubladen, ohne jedoch etwas Interessantes zu finden. In einer Glasvitrine entdeckte Jan einen digitalen Fotorahmen. Im Zehn-Sekunden-Takt wechselten die Motive. Es handelte sich jedoch nur um drei verschiedene Fotos, und auf allen war ausschließlich Lydia Klein zu sehen.

»Keine Freunde, keine Familie«, sagte Ergün. »Warum stellt man einen Rahmen mit Fotos von sich selbst auf?«

Jan zuckte mit den Schultern. »Vielleicht hatte sie tatsächlich keine Freunde.«

»Und ihre Eltern?«

»Wir werden nachher mit ihnen sprechen, dann wissen wir mehr. Im Übrigen habe ich auch kein Foto von meinen Eltern in der Wohnung.«

Ergün schüttelte den Kopf.

»Was ist?«

»Meine Familie ist das Wichtigste in meinem Leben. Ihr Deutschen seid wirklich manchmal seltsam. Alles Mögliche ist euch heilig, Eigenheim, Autos, Fernseher, aber eure Familien sind euch egal.«

»Nein«, antwortete Jan. »Das ist so nicht richtig. Für die meisten Familienzerwürfnisse gibt es Gründe. Auch bei mir.«

»Trotzdem ist Blut immer dicker als Wasser.«

»Vielleicht türkisches Blut«, entgegnete Jan knapp. Er fühlte sich durch Ergüns Worte angegriffen.

»Lassen wir das Thema«, sagte Ergün. »Nehmen wir uns lieber die anderen Zimmer vor.«

Sie teilten sich auf und durchsuchten Schlafzimmer, Küche und Badezimmer, ohne etwas zu finden, das auch nur den geringsten Hinweis auf die Umstände von Lydia Kleins Tod lieferte. Aus den wenigen persönlichen Dingen ließen sich keinerlei Rückschlüsse auf ihre private Lebenssituation ableiten. Es gab weder Fotos, auf denen sie mit Freunden zu sehen war, noch Briefe, Aufzeichnungen oder andere Schriftstücke. Auch ein Handy hatten sie nicht finden können. Weder in der Kleidung, die sie getragen hatte, noch in der Wohnung.

»Sie muss wirklich einsam gewesen sein«, sagte Ergün nach einer Weile. »Einen Partner hat sie anscheinend nicht gehabt und enge Freundinnen auch nicht. Zumindest existiert hier nichts, was darauf hindeutet.«

Jan hielt plötzlich inne. Er hatte ein Geräusch aus dem Treppenhaus wahrgenommen. Schon im nächsten Moment öffnete sich die Wohnungstür, und ein grauhaariger Mann um die siebzig in einem abgetragenen anthrazitfarbenen Anzug stand vor ihnen. Er hielt ein Gewehr in der Hand und blickte sie grimmig an.

»Kriminalpolizei Bielefeld«, sagte Jan schnell.

»Zeigen Sie mir Ihre Marke«, entgegnete der Alte skeptisch.

Obwohl Jan Lust verspürte, den unfreundlichen Mann zurechtzustutzen, zog er seine Dienstmarke aus der Hosentasche und hielt sie ihm unter die Nase.

»Und Sie sind?«, fragte Jan.

»Kuhfuß«, antwortete der Mann. »Rolf Kuhfuß, mir gehört dieses Haus. Meine Frau und ich leben seit fünfunddreißig Jahren hier.«

»Sie interessiert sicherlich, weshalb wir hier sind«, sagte Jan.

»Wir wissen Bescheid«, entgegnete Kuhfuß knapp. »In einem Dorf wie Finstrup spricht sich so etwas binnen kürzester Zeit herum. Aber Sie können sich sicher sein, wir wollen mit diesem ganzen Mist nichts zu tun haben. Hätte ich die Wohnung bloß nicht vermietet.«

»Was genau meinen Sie denn mit ›diesem ganzen Mist‹?«, fragte Ergün.

Kuhfuß sah ihn mit einer Mischung aus Argwohn und Zurückhaltung an. Er zögerte mit seiner Antwort, schließlich sagte er ausweichend: »Wir sind alt und möchten einfach einen ruhigen Lebensabend haben.«

»Das verstehen wir«, entgegnete Jan. »Aber immerhin ist Ihre Mieterin gewaltsam zu Tode gekommen. Dass wir uns hier ein wenig umsehen und Ihnen ein paar Fragen stellen müssen, verstehen Sie doch sicherlich?«

»Machen Sie Ihre Arbeit und lassen Sie uns danach wieder in Ruhe.«

»Besitzen Sie einen Waffeschein?«, fragte Ergün.

»Seit dreißig Jahren«, antwortete Kuhfuß mit Stolz in der Stimme. »1986 war ich Schützenkönig von –«

»Weshalb halten Sie das Gewehr in der Hand?«, unterbrach Ergün Kuhfuß. »Dachten Sie, wir wären Einbrecher?«

»Man weiß ja nie. In letzter Zeit war in Finstrup allerhand los.«

Schon wieder so eine Andeutung, dachte Jan. Er hatte nicht vor, Kuhfuß einfach so davonkommen zu lassen. »Wenn Sie uns erzählen, was Sie wissen, wären wir Ihnen sehr dankbar. Andernfalls müssen wir Sie aufs Präsidium bestellen. Und dort werden die Fragen mit Sicherheit unangenehmer.«

»Was soll ich denn wissen? Ich habe keine Ahnung, wie diese Frau ums Leben gekommen ist. Und die anderen Dinge, die ich meine, sind doch längst bekannt. Mutig, dass Sie in dieser Besetzung nach Finstrup gekommen sind.«

Jan brauchte einen Moment, ehe er verstand, was Kuhfuß meinte. Ihm fiel ein, dass er schon einiges über Finstrup gehört hatte. Es war angeblich ein braunes Nest, in dem der Anteil der Wähler rechter Parteien bei über dreißig Prozent lag. Das Hakenkreuz zur Begrüßung hätte ihn bereits stutzig machen müssen.

»Wir werden unsere Ermittlungen und den Einsatz unserer Kommissare bestimmt nicht von der Gesinnung einiger weniger abhängig machen.«

»Wie Sie meinen«, sagte Kuhfuß. »Aber sagen Sie nachher nicht, ich hätte Sie nicht gewarnt.«

»Ich bin durchaus in der Lage, mit solchen Situationen umzugehen«, sagte Ergün souverän. »Lassen Sie uns lieber über Lydia Klein sprechen. Seit wann hat sie hier gewohnt?«

»Sie kam im Sommer vor vier Jahren. Kurz zuvor war unser Sohn ausgezogen. Er hatte endlich eine Frau gefunden. Die hat ihn inzwischen allerdings verlassen. Jetzt kann er ja wieder hier einziehen.« Kuhfuß grinste schräg. Als er merkte, dass seine Bemerkung geschmacklos gewesen war, setzte er wieder einen ernsten Blick auf.

»Haben Sie damals, als Sie die Wohnung vermieten wollten, eine Annonce geschaltet?«

»Lydia stammt hier aus dem Dorf. Die Sache hat sich durch Zufall ergeben. Ein Fehler, wie sich herausgestellt hat.«

»Diese Andeutungen können Sie sich sparen«, sagte Jan genervt. »Es sei denn, Sie haben auch noch etwas über Lydia Klein zu sagen, das uns helfen kann. Wir wollen wissen, was für ein Mensch sie war.«

»Meine Frau und ich haben sie nicht oft gesehen. Im Gegensatz zu ihrem Besuch, der hier ständig ein- und ausgegangen ist.«

»Ihre Familie?«

»Nein, die bestimmt nicht. Ich meine ihre wechselnden Männerbekanntschaften. Größtenteils Alis.«

Jan traute seinen Ohren nicht. Kuhfuß gehörte anscheinend selbst zu den dreißig Prozent im Dorf, die keinen Hehl aus ihrer rechten Gesinnung machten. Er blickte Ergün an, doch sein Kollege war weiterhin die Ruhe selbst.

»Sie meinen also so Typen wie mich?«, fragte er.

»Wenn Sie auch einer von diesen Muselmännern sind«, entgegnete Kuhfuß provokant.

»Haben Sie ein Problem damit?«, fragte Ergün.

»Um ehrlich zu sein, ja«, antwortete Kuhfuß. »Sie nehmen anständigen Deutschen den Arbeitsplatz weg, statt sich um Ihr eigenes Land zu kümmern.«

Zu Jans Überraschung blieb Ergün noch immer ruhig und kam zurück zum Thema. »Stammten diese Männer, von denen Sie sprechen, auch aus Finstrup?«

»Nein«, antwortete Kuhfuß. »Das wüsste ich.«

»Glauben Sie, dass es sich um Lydia Kleins Liebhaber gehandelt hat?«, hakte Jan nach. »Oder waren es nur Bekanntschaften?«

»Wohl Ersteres«, antwortete Kuhfuß. »Diese Typen sahen allerdings nicht sonderlich geheuer aus, wenn Sie verstehen, was ich meine. Ich bin froh, dass das Ganze ein Ende hat.«

»Berührt Sie das Schicksal Ihrer Mieterin eigentlich überhaupt nicht?«, fragte Jan.

»Ich bin ehrlich zu Ihnen, meine Trauer hält sich in Grenzen.«

»Aber warum?«, fragte Ergün. »Die Wohnung sieht gepflegt aus.

Besser als der Rest des Hauses. Weshalb haben Sie eine solch negative Meinung über Lydia Klein?«

»Na, hören Sie mal«, antwortete Kuhfuß entrüstet. »Meine Frau und ich sind nicht mehr die Jüngsten. Dass wir da nicht mehr alles so auf Vordermann halten können wie vor zwanzig Jahren, versteht sich doch wohl von selbst. Trotzdem sind wir anständige Bürger. Im Gegensatz zu diesem billigen Flittchen. Wenn Sie mich fragen, war Lydia Klein eine Prostituierte. Sie hat ihre Freier hier in dieser Wohnung empfangen. Ich habe selbst gesehen, wie ihr einer dieser Typen Geld zugesteckt hat.«

»Und Sie haben wirklich keine Ahnung, wer diese Männer waren?«

»Vielleicht Erntehelfer oder Asylbewerber.« Kuhfuß verzog das Gesicht zu einer abfälligen Grimasse.

Jan spürte, dass er allmählich die Fassung verlor. Die Selbstverständlichkeit, mit der dieser Mann seine braunen Stammtischparolen zum Besten gab, machte ihn wütend.

»Lass gut sein, Jan«, sagte Ergün. »Du wirst ihn in seiner Einstellung nicht ändern können. Was mich mehr interessiert: Ist Ihnen in letzter Zeit etwas an Lydia Klein aufgefallen, das erwähnenswert wäre? Irgendetwas, das anders war?«

»Zuletzt ging es etwas ruhiger zu«, antwortete Kuhfuß. »Vielleicht arbeitete sie in einem Bordell. Sie war abends oft unterwegs. Ich glaube im Übrigen auch, dass sie psychisch nicht ganz auf der Höhe war. Hier im Dorf erzählt man sich, dass sie …« Er stockte auf der Suche nach den passenden Worten. »Nennen wir es beim Namen. Sie soll nicht mehr alle Tassen im Schrank gehabt haben. Manch einer hier sagt, sie sei so klug gewesen, dass sie psychisch nicht damit umgehen konnte. Ich sage, das Gegenteil war der Fall. Sie war minderbemittelt. Wenn Sie mich jetzt bitte entschuldigen, ich habe noch zu tun.«

Jan verzichtete darauf, sich für das Gespräch zu bedanken, nickte Kuhfuß zu und drängte sich an ihm vorbei. Ergün folgte ihm wortlos. Im Vorbeigehen flüsterte er Kuhfuß zu:

»Falls es Sie interessiert: Ich habe einen deutschen Pass, bin in Bielefeld geboren, und meine Mutter heißt Elke.« Er zwinkerte dem grauhaarigen Mann zu und verließ ebenfalls die Wohnung.

7

Der Kratzer an der Fahrertür seines Minis war nur wenige Zentimeter lang, stach allerdings sofort ins Auge. Jan war sich sicher, dass er heute Morgen noch nicht dort gewesen war.

Er ging um den Wagen herum und blickte die Straße auf und ab. Zwei Kleinwagen rauschten mit überhöhter Geschwindigkeit vorbei und durchbrachen für einige Sekunden die beinahe beängstigende Stille, die in Finstrup herrschte.

Hinter welcher dieser Fensterscheiben sich wohl derjenige versteckte, der ihm seinen innig geliebten Mini zerkratzt hatte? Wer wusste überhaupt davon, dass Ergün und er hier waren? Ein unheimliches Gefühl überkam ihn. Was ging in diesem Ort vor sich, dass sie mit derartiger Ablehnung konfrontiert wurden?

Sie stiegen in den Wagen und fuhren einen knappen Kilometer durch den Ort, bis sie vor dem Haus von Lydia Kleins Eltern stehen blieben. Wenn das Haus von Rolf Kuhfuß ungepflegt war, ließ sich dieser verklinkerte Sechziger-Jahre-Bau wohl am ehesten als heruntergekommen bezeichnen. Dachrinnen, Jalousien, Balkonummantelung – nichts befand sich mehr an Ort und Stelle. Das Haus sah aus, als hätten die Bagger nach der Hälfte des Abrisses ihre Arbeit eingestellt.

Da auch die Klingel nicht mehr funktionierte, klopfte Jan mehrfach mit der Faust gegen die Haustür. Sie öffnete sich schließlich, und ein kleines Mädchen – kaum älter als fünf Jahre – sah die beiden aus frechen Augen an.

Jan tauschte einen raschen Blick mit Ergün, doch das Schulterzucken verriet, dass auch er nicht wusste, wer das Mädchen war. Jan vermutete, dass Lydia noch eine kleine Schwester besaß, von der sie bislang nichts gewusst hatten.

»Sind deine Eltern da?«, fragte Jan vorsichtig.

»Nein«, antwortete das Mädchen kurz angebunden.

»Bist du denn allein zu Haus?«

»Nein.«

»Willst du uns denn …?«

»Was ist hier los? Wer sind Sie?« Eine Frau um die fünfzig zog die Tür auf und stellte sich neben das Mädchen. Sie sah mitgenommen aus. Dunkle Ringe unter den Augen ließen erahnen, dass sie eine schlaflose Nacht hinter sich hatte.

»Kripo Bielefeld, mein Name ist Jan Oldinghaus. Mein Kollege Cengiz Ergün.«

Die Frau nickte, ohne sich selbst vorzustellen.

»Es tut uns sehr leid, was mit Ihrer Tochter passiert ist. Wir würden uns gern in Ruhe mit Ihnen unterhalten.«

»Ihre Kollegen waren doch schon hier.«

»In Anbetracht dessen, was mit Ihrer Tochter passiert ist, haben wir leider noch einige Fragen an Sie.«

Jan blickte das Mädchen an und lächelte. »Magst du vielleicht etwas spielen gehen, während ich mit deiner Mama spreche?«

»Das ist nicht meine Mama, sondern meine Oma.«

»Geh ins Wohnzimmer und schau Fernsehen, Shania. Die Männer bleiben nicht lange.«

»Zumindest nicht länger als nötig«, sagte Jan.

»Kommen Sie«, seufzte Lydia Kleins Mutter. »Wenn es denn sein muss, dann stellen Sie eben Ihre Fragen.«

Sie folgten ihr über den Hausflur in die Küche, in der es nach altem Bratfett roch. Jans Schuhe klebten an dem weichen Linoleumboden fest. Als sei die Zeit vor vierzig Jahren stehen geblieben, dachte er bei dem Anblick der Inneneinrichtung. Ein deprimierendes Bild eines über Jahrzehnte dauernden Verfalls.

»Setzen Sie sich.« Die Frau zeigte auf die alte Eckbank, an der bereits Teile der Rückenlehne fehlten.

»Der Vollständigkeit halber muss ich Sie bitten, kurz zu bestätigen, dass Sie Jutta Klein, die Mutter von Lydia, sind.«

»Ja, natürlich«, antwortete sie gereizt.

»Ist Ihr Mann auch da?«

»Nein.«

»Wo ist er?«

»Geht Sie nichts an.«

»In diesem Fall schon. Wir müssen uns auch mit ihm unterhalten.«

»Ich werde ihm Bescheid sagen, sobald er wieder da ist.«

»Arbeitet er etwa heute?«, fragte Ergün irritiert.

Jutta Klein sah ihn erstaunt an und musste beinahe schmunzeln. »Mein Mann arbeitet nicht. Er harzt, wie es so schön heißt. Und er verzockt das wenige Geld, das wir haben, mit Sportwetten.«

»Trauern Sie denn nicht gemeinsam?«

»Wonach sieht es denn aus?«, blaffte Jutta Klein.

»Sie haben außerdem noch einen erwachsenen Sohn, der bei Ihnen wohnt«, sagte Jan. »Ist er zu Hause?«

»Nein. Christian ist genauso ein Nichtsnutz wie sein Vater. Keine Ahnung, wo er gerade herumlungert.«

»Lassen wir das«, sagte Jan. Sie würden mit Manfred Klein zu einem späteren Zeitpunkt reden. »Sprechen wir über Ihre Tochter. Ich muss Ihnen mitteilen, dass Ihre Tochter nicht an den Folgen des Bombenanschlags ums Leben gekommen ist.«

»Ich verstehe nicht ganz«, sagte Jutta Klein irritiert.

»Lydia wurde erschossen. Mehr wissen wir derzeit selbst nicht.«

»Erschossen? Heißt das, jemand wollte, dass Lydia stirbt?«

»Möglich«, antwortete Jan ausweichend. »Erzählen Sie uns von ihr. Was für ein Mensch war sie?«

Jutta Klein wandte sich ab und kramte ein Taschentuch aus der Hosentasche. Mit brüchiger Stimme begann sie:

»Mir fällt es nicht leicht, über sie zu sprechen. Aber vielleicht hilft es mir sogar. Sie müssen wissen, dass meine Tochter anders als die anderen war. Lydia war sehr besonders, schon als kleines Kind. Sie hat erst mit vier Jahren angefangen zu sprechen, mit sechs konnte sie allerdings bereits dicke Bücher lesen.«

Jan dachte an die Worte von Kuhfuß. Er hatte seine eigene Meinung über Lydia gehabt.

»Während andere Kinder draußen gespielt haben, wollte Lydia lieber für die Schule lernen. Die Leute hier im Dorf fanden das seltsam. Sie dachten …« Jutta Klein stockte. »Sie glaubten, Lydia wäre etwas komisch im Kopf, falls Sie verstehen, was ich meine?«

»Ich tue mich schwer«, sagte Jan.

»Es war natürlich auch völliger Quatsch«, redete Jutta Klein weiter. »Ein Arzt hatte einmal zu mir gesagt, dass Lydia besonders schlau sei und gefördert werden müsse. Ein anderer hat geglaubt, sie wäre art… aut…« Sie suchte nach dem passenden Wort, schien es jedoch nicht zu finden.

»Autistisch?«, fragte Ergün.

»Ja, kann sein. Keine Ahnung, was das genau bedeutet.«

Jans Blick fiel durch die Gardine und die verschmutzte Fensterscheibe nach draußen.

Auf der gegenüberliegenden Straßenseite standen einige Männer. Sie tranken Dosenbier und rauchten. Und sie beobachteten das Haus der Kleins, ohne daraus einen Hehl zu machen. Direkt vor dem Haus parkte Jans Mini. Er musste an den Kratzer an der Fahrertür denken.

»Wer sind diese Männer da draußen?«, fragte er.

Jutta Klein schob die Gardine beiseite und sah hinaus. »Die? Das sind harmlose Typen. Die meisten von ihnen sind arbeitslos und kommen aus den Nachbarorten. Sie kommen gelegentlich hier ins Dorf und schauen nach dem Rechten. Ich bin sogar froh, dass sie da sind. Sie geben den Einwohnern ein sicheres Gefühl, heutzutage weiß man ja nie.«

Jan erkundigte sich nach den Namen der Männer, doch Jutta Klein gab an, niemanden näher zu kennen. Bei ihrer Antwort hatte sie für einen kurzen Moment gezögert. Lange genug, dass Jan ihr nicht so recht glauben wollte. Trotzdem lenkte er das Gespräch zurück auf Lydia.

»Wie ging es mit Ihrer Tochter weiter? Hatte sie Probleme in der Schule?«

»Ja, leider«, seufzte Jutta Klein. »Lydia hat gelitten. Sie war eine Außenseiterin, niemand wollte etwas mit ihr zu tun haben, weil sie so anders war. Sie selbst hatte einfach kein Interesse daran, mit den anderen Kindern zu spielen. Stattdessen hat sie Bücher gelesen und solche Sachen. Außerdem wollte sie Klavierspielen lernen. Und Geige. Aber das haben wir ihr schnell ausgeredet. Sie können sich sicher denken, dass die Situation für meinen Mann und mich am schlimmsten war.«

»Für Sie?«, fragte Jan überrascht.

»Sie glauben ja gar nicht, wie man in einem Dorf wie Finstrup behandelt wird, wenn die eigene Tochter nicht so tickt wie die anderen Blagen. Und dann auch noch intelligenter ist. Da kommt man ins Grübeln, was man machen soll.«

»Und deshalb haben Sie sich vor ein paar Jahren entschieden,

den Kontakt zu Ihrer Tochter abzubrechen?« Jan blickte Jutta Klein herausfordernd an.

»Wer sagt das?«

»Rolf Kuhfuß. Er behauptet, dass Sie Lydia nie besucht hätten. Stimmt das?«

»Wir hatten eine Zeit lang Probleme miteinander, nachdem sie bei uns ausgezogen ist. Aber in den letzten Wochen war unser Kontakt wieder regelmäßiger.«

»Was hat Lydia eigentlich beruflich gemacht?«, fragte Jan.

»Sie hat nichts gelernt. Nach der Realschule hat sie eine Reihe Aushilfsjobs angenommen. Soweit ich weiß, im Supermarkt, in der Disko, als Putzfrau. Die üblichen Sachen. Eigentlich wollte sie immer studieren. Aber wir haben ihr klargemacht, dass das nichts für sie ist. Sie hätte lieber etwas Bodenständiges machen sollen.«

Jan verkniff sich einen Kommentar. Es klang, als hätte Lydia Klein eine trostlose Kindheit und Jugend gehabt. Sie war weder im Elternhaus noch in der Schule gefördert worden, und das, obwohl sie offenbar überdurchschnittlich intelligent gewesen war. Im Gegenteil, sie war zum Sonderling, zur Außenseiterin erklärt worden.

»Wo hat sie denn zuletzt gearbeitet und ihre Miete verdient?«, fragte Ergün.

»Ich schätze, sie hat es ihrem Vater nachgemacht«, antwortete Jutta Klein mit einem traurigen Lächeln. »Hartzen und Quarzen.«

»Hat es denn niemanden gegeben, der sich um Lydia gekümmert hat?«, bohrte Ergün weiter. Seine Worte klangen vorwurfsvoll. »Jemand muss doch erkannt haben, dass sie viel mehr hätte erreichen können.«

»Nein«, antwortete Jutta Klein resigniert. »Niemand.«

»Und warum haben Sie sich nicht selbst um Ihre Tochter gekümmert?«

Jutta Klein hob den Zeigefinger ihrer rechten Hand und schoss auf Ergün zu. »Hören Sie mal …!«

»Beruhigen Sie sich«, ging Jan dazwischen. »Was wissen Sie über mögliche Bekanntschaften von Lydia? Hatte sie vielleicht einen Freund?«

»Das wäre mir neu«, antwortete Jutta Klein. »Ich glaube, sie hat sich nicht so richtig für Männer interessiert.«

»War sie lesbisch?«

»Nein«, antwortete Jutta Klein entschieden. »Sie war einfach anders. Das kann man nicht erklären.«

»Ihr Vermieter, Herr Kuhfuß, hat ausgesagt, dass Lydia in den letzten Jahren sehr oft Männerbesuch gehabt hat. Wie passt das zusammen?«

»Keine Ahnung. Sie glauben diesem frustrierten alten Mann doch wohl nicht mehr als mir?«

»Zumindest hat er Lydia in letzter Zeit öfter gesehen als Sie«, entgegnete Jan.

»Jetzt reicht's aber. Schämen Sie sich eigentlich gar nicht? Lydia ist noch keine vierundzwanzig Stunden tot, und Ihnen fällt nichts Besseres ein, als hier Unfrieden zu stiften. Gehen Sie jetzt bitte!«

»Es tut mir leid, Frau Klein«, sagte Jan beschwichtigend. »Ich kann Ihnen diese unangenehmen Dinge leider nicht ersparen. Rolf Kuhfuß hat uns noch mehr erzählt. Er ist sich sicher, dass der Männerbesuch von Lydia einen bestimmten Hintergrund hatte.«

»Jetzt bin ich aber gespannt.«

»Es wird Sie nicht erfreuen zu hören, dass Lydia möglicherweise Geld für die Besuche genommen hat.«

»Lydia eine Hure?« Jutta Klein lachte schrill. Als sie spürte, dass Jan es ernst meinte, runzelte sie die Stirn. »Nicht meine Lydia«, flüsterte sie. »Das kann nicht stimmen.«

»Lassen Sie uns auf die vergangenen Tage zu sprechen kommen«, fuhr Jan fort. »Wann hatten Sie zuletzt Kontakt zu Ihrer Tochter?«

»Am Wochenende. Wir haben kurz telefoniert.«

»Ist Ihnen irgendetwas an ihr aufgefallen, das anders war als sonst?«, fragte Ergün.

»Nicht dass ich mich erinnere.«

»Hat sie vielleicht etwas erwähnt, das Ihnen im Nachhinein ungewöhnlich erscheint? Vielleicht hat sie in irgendeinem Zusammenhang Namen genannt.«

»Nein, da war nichts.«

»Hatte sie Ihnen davon erzählt, dass sie das Konzert in der Lipperlandhalle besuchen wollte?«

»Auch das nicht«, antwortete Jutta Klein. »Wir haben allerdings auch selten über solche Dinge gesprochen.«

»Weshalb nicht?«, fragte Ergün.

»Wahrscheinlich, weil wir zu verschieden waren und keinen Draht zueinander gefunden haben.«

»Sie war Ihre Tochter«, stellte Ergün verständnislos fest.

»Haben Sie selbst Kinder?«, fragte Jutta Klein zurück.

»Nein, aber …«

»Dann halten Sie sich mit Ihren Bemerkungen zurück. Mein Verhältnis zu Lydia geht nur unsere Familie etwas an und hat nichts mit ihrem Tod zu tun.«

Diesmal war es Jan, der seinen Kollegen Ergün zurückhalten musste, indem er ihn an der Schulter fasste. »Hat sie solche Aktivitäten wie diesen Konzertbesuch häufiger unternommen?«, wechselte er das Thema.

»Keine Ahnung«, antwortete Jutta Klein. »Mit wem war sie überhaupt dort? Etwa allein?«

»Das wissen wir nicht«, antwortete Jan. »Es gibt bislang keinen Hinweis darauf, dass sie in Begleitung einer anderen Person in der Halle gewesen ist.«

»Was ist mit diesem Bombenanschlag?«, fragte Jutta Klein. »Waren das dieselben Täter, die auch Lydia …?« Wieder stockte sie. Dann zog sie ein weiteres Taschentuch aus der Tasche ihrer Jeans und trocknete ihre Tränen.

»Auch das können wir zum jetzigen Zeitpunkt noch nicht beantworten.«

»Ich verstehe einfach nicht, wer meinem Kind so etwas antun kann«, sagte Jutta Klein.

»Wir werden es herausfinden.« Jan und Ergün standen auf und bedankten sich bei Jutta Klein. »Wenn Ihnen noch etwas einfällt, dann melden Sie sich bitte. Da wir noch ein weiteres Mal mit Ihnen sprechen müssen, wäre es wichtig, wenn Sie sich in den nächsten Tagen bereithalten und Finstrup nicht verlassen würden.«

Als sie wieder an der frischen Luft waren, atmete Jan tief durch und blickte sich um. Die Männer, die auf der anderen Straßenseite gestanden hatten, waren verschwunden. Dafür hatte der Schneefall zugenommen. Er trieb in starken Böen durch den Ort und bedeckte mittlerweile auch die Straße.

»Was denkst du über sie?«, fragte Jan, während sie in seinen Mini einstiegen.

»Ich glaube, sie war keine gute Mutter«, antwortete Ergün. »Wir müssen auf jeden Fall noch mehr über Lydia in Erfahrung bringen. Wenn sie tatsächlich autistisch veranlagt war, könnte uns das bei der Suche nach ihrem Mörder weiterhelfen. In diesem Fall wird sie nämlich nicht viele Freunde gehabt haben.«

»Ob sie mehr weiß, als sie uns gesagt hat?«

»Da bin ich mir relativ sicher. Nicht nur, was die Bekanntschaften ihrer Tochter betrifft, sondern auch, was diese Typen da vorne angeht.« Ergün zeigte aus dem Seitenfenster des Minis. Hinter einem Hausvorsprung sah Jan die unbekannten Männer. An ihrem äußeren Erscheinungsbild stachen ihm Einzelheiten ins Auge, die ihm alles andere als gefielen. Haare und Kleidung deuteten zweifelsohne auf eine Gesinnung im rechten Spektrum hin.

Jan setzte rückwärts auf die Straße und fuhr demonstrativ langsam an ihnen vorbei. Im nächsten Moment flog ein halbes Dutzend Schneebälle gegen die Fahrertür des Minis. Der Aufschlag war derart laut und dumpf, dass Jan das Schlimmste für seinen Wagen befürchtete.

Er fuhr rechts ran und sprang aus dem Fahrzeug, um hinter den Männern herzulaufen. Ergün folgte ihm, doch schon nach wenigen Metern wurde ihm klar, dass ihr Vorhaben sinnlos war. Die Männer waren bereits aus ihrem Blickfeld verschwunden und hatten das dichte Schneegestöber genutzt, um unentdeckt zu flüchten. Vielleicht hatten sie sich in einem der angrenzenden Häuser versteckt oder sie waren in die kleine Stichstraße gerannt, die in ein Waldstück zu führen schien. Auf jeden Fall waren sie nicht mehr zu sehen.

Jan ging frustriert zu seinem Wagen zurück und inspizierte die Fahrertür. Sie war mit Dellen überzogen, als hätte jemand mit Gummigeschossen darauf gefeuert. Sein Blick fiel auf den Schnee neben dem Auto. Überall lagen tischtennisballgroße Steine, mit denen die Schneebälle gespickt gewesen waren.

8

Während er wartete, hatte Jan erneut das Gefühl, dass sie nur mit ihm spielte. Doch diesmal war er vorbereitet. Er wollte den gemeinsamen Abend nach seinen Vorstellungen gestalten.

Sie kam zwanzig Minuten zu spät ins »KDW«, das feine griechische Restaurant in der Wertherstraße. Als Jan sie sah, spürte er zur eigenen Verwunderung seinen Herzschlag. Seine Handinnenflächen waren feucht, und eine Gänsehaut legte sich über die Arme. Er konnte nicht leugnen, dass er noch immer etwas für Katharina von Allwörden empfand.

»Hast du schon lange gewartet?«

»Nur ein paar Minuten«, log Jan. »Ich war selbst nicht pünktlich. Setz dich doch bitte.« Er hatte beschlossen, auf das umständliche Sie zu verzichten. Aufmerksam zog er ihren Stuhl zurück und nickte ihr zu.

»Ich mag das ›KDW‹ wirklich«, begann sie die Unterhaltung. »Aber irgendwie ist mir heute nach etwas anderem. Etwas Einfachem, nicht dieses ganze Amuse-Gueule-Tralala.«

»Sehr gute Idee«, sagte Jan, heilfroh über ihren Vorschlag. Auch er sehnte sich nach einer ungezwungeneren Lokalität. »Was schlägst du vor?«

»Wie wär's mit Sushi *to go*?«

»Und dann romantisch im Auto essen?«, entgegnete Jan lachend.

»Nein, wir fahren zu dir nach Hause.«

»Aber ich habe dir doch gesagt, dass es bei mir zu Hause momentan schlecht ist.«

»Ich weiß«, sagte Katharina. »Aber ich habe mit deiner Mareike telefoniert und alles geklärt. Du hast in zehn Minuten sturmfreie Bude.«

»Wie bitte?«

»Du hast richtig gehört. Deine Wohnung gehört heute Abend uns beiden allein. Freust du dich gar nicht?«

»Nein«, sagte Jan brüsk. »Es stört mich, wenn du Dinge hinter meinem Rücken planst.«

»Bleib ruhig«, versuchte sie ihn zu beschwichtigen. »Wenn du schon nicht die Initiative ergreifst, muss ich das eben übernehmen. Aber bevor wir nachher miteinander ins Bett steigen, muss ich noch ein paar Dinge mit dir klären.«

»Und zwar?« Jan tat so, als hätte er ihren Kommentar gar nicht gehört. Innerlich spürte er jedoch sein Herz pumpen. Ob sie es ernst meinte? Oder wollte sie nur einen flapsigen Spruch bringen?

»Ich habe vorhin die Obduktion von Lydia Klein abgeschlossen«, fuhr sie fort.

»Erzähl«, drängte Jan. Sofort war er fokussiert. Das Private musste noch ein wenig warten. »Du hast nichts Auffälliges gefunden, richtig?«

»Falsch. Ich habe etwas entdeckt, das dich interessieren dürfte. Lydia Klein war im dritten Monat schwanger.«

Jan blickte Katharina konsterniert an. Mit dieser Nachricht hatte er allerdings tatsächlich nicht gerechnet. Vor allem nicht nach dem, was Jutta Klein ihnen erzählt hatte. Möglicherweise war das Kind ja aus einer der Männerbekanntschaften entstanden, von denen Rolf Kuhfuß berichtet hatte. Oder Lydia hatte einen Freund gehabt, von dem niemand etwas wusste?

»Hast du noch mehr gefunden?«, fragte er.

»Tut mir leid, jetzt seid ihr dran.«

»Natürlich«, sagte Jan.

»Wer bringt bloß eine schwangere Frau um?«, sinnierte Katharina. »Wie krank muss man eigentlich sein?«

»Vielleicht wusste der Mörder nicht, dass Lydia Klein ein Kind erwartete. Oder er wusste es und hat sie gerade deshalb umgebracht. Eifersucht könnte das Motiv sein.«

»Ich will darüber heute Abend nicht mehr nachdenken«, sagte Katharina plötzlich. »Lass uns jetzt zu dir fahren.«

Jan war unwohl bei dem Gedanken, Katharina mit zu sich nach Hause zu nehmen. Seitdem Mareike als Untermieterin vor ein paar Jahren bei ihm eingezogen war, hatte er keine feste Freundin mehr gehabt. Und bei den wenigen kurzen Affären, die er gehabt hatte, war er es immer gewesen, der sich bei der jeweiligen Frau einquartiert hatte. Ihm war es schlichtweg unangenehm, in seinen eigenen vier Wänden Frauenbesuch zu empfangen. Umso mehr hoffte er, dass Katharina die Wahrheit gesagt hatte und Mareike und ihr indischer Freund die Wohnung wirklich verlassen hatten.

Auf der Fahrt sprachen sie kaum ein Wort miteinander. Als Jan schließlich vor dem Sushi-Laden in der Arndtstraße anhielt, eilig aus dem Wagen sprang und das Restaurant betrat, nutzte er die Gelegenheit, um zu telefonieren. Er probierte es auf Mareikes Handy und anschließend auf seiner eigenen Festnetznummer. Ohne Erfolg. Seine Hoffnung stieg, dass Katharina tatsächlich für eine sturmfreie Wohnung gesorgt hatte.

Jan scrollte das Adressbuch seines iPhone durch und wählte schließlich die Nummer seines besten Freundes Philipp. Nach dem zweiten Klingeln hob er ab.

»Hallo, Philipp, Jan hier. Hast du kurz Zeit?«

»Klar.«

»Wie geht's dir nach der Sache von gestern?«

»Geht so«, antwortete Philip. »Für mich gehört so etwas ja nicht unbedingt zum Alltag.«

»Für mich auch nicht, das kannst du mir glauben. Aber wir ermitteln mit Hochdruck. Ich bin optimistisch, dass wir die Sache bald aufgeklärt haben. Weshalb ich aber anrufe …« Jan suchte nach den richtigen Worten. »Ich habe dir doch schon mal von dieser Rechtsmedizinerin erzählt, oder? Die, die nicht weiß, was sie eigentlich will. Katharina von Allwörden.«

»War es nicht vielmehr so, dass du nicht wusstest, was du willst?«

»Vielleicht hast du recht«, antwortete Jan kleinlaut. »Jedenfalls macht sie sich ziemlich offensichtlich an mich heran. Das verwirrt mich. Ich stehe gerade in einer Sushi-Bar, während sie in meinem Auto wartet.«

»Ich glaube, ich komme nicht so ganz mit.«

»Sie will mit mir ins Bett«, sagte Jan beinahe ängstlich. »In meiner Wohnung.«

»Was ist mit Mareike und Umadingsbums?«

»Wurden kurzerhand ausquartiert. Von Katharina höchstpersönlich.«

»Und sie will einfach so mit dir schlafen?«

»Ja.«

»Und als Gegenleistung?«

»Ich glaube, sie findet mich einfach attraktiv. Es gibt keine Gegenleistung.«

»Okay, und wie soll ich dir nun helfen?«

»Ich brauche deine Meinung. Soll ich mich auf sie einlassen oder –«

»Meine Meinung?«, unterbrach Philipp ihn. »Genieß den Abend und warte einfach ab, was passiert. Du bist wirklich ganz schön aus der Übung, was Frauen betrifft. Wird Zeit, dass du mal wieder ins Geschehen eingreifst.« Er lachte und verabschiedete sich.

Kopfschüttelnd ließ Jan das Telefon in seiner Hosentasche verschwinden. Niemand würde ihm helfen können. Er musste allein entscheiden, wie er mit Katharinas offensiven Avancen umging.

»Was darf's sein?«, fragte die junge Asiatin hinter der Theke.

Jan bestellte eine große Bento-Box für zwei Personen und eine Flasche Weißwein. Nachdem er bezahlt hatte und zurück zum Auto gegangen war, fuhren sie weiter nach Herford in seine Wohnung am Neuen Markt.

Ein untrügliches Zeichen dafür, dass Mareike tatsächlich außer Haus war, war der fehlende Geruch nach Räucherstäbchen im Treppenhaus. Plötzlich überkam Jan eine sonderbare Angst. Angst vor dem, was passieren würde, wenn er allein mit Katharina in seiner Wohnung war.

Mareike und Umashankar hatten die Wohnung vor dem Verlassen anscheinend noch aufgeräumt. Sämtliches Yoga-Equipment, das normalerweise in der gesamten Wohnung herumlag, war verstaut worden. Jan spürte, dass er lockerer wurde, als Katharina sich begeistert über seine Wohnung äußerte.

»Um diese Wohnung beneiden dich bestimmt eine Menge Leute. Altbau, einerseits schick und gleichzeitig kreativ und bunt eingerichtet. Wirklich sehr schön.«

»Das Bett ist übrigens in diesem Zimmer.« Augenzwinkernd öffnete er die Tür zu seinem Schlafzimmer und machte eine einladende Handbewegung.

Katharina lachte und hielt einen Moment lang inne. Dann schlang sie die Arme um seinen Hals.

»Das Sushi muss warten«, flüsterte sie ihm ins Ohr. »Erst einmal gibt's eine heiße Vorspeise.« Sie küsste ihn auf den Mund und zog ihn aufs Bett.

Jan erinnerte sich daran, was Philipp ihm mit auf den Weg gegeben hatte. Er genoss den Moment und überließ Katharina das Kommando. Sich einfach fallen lassen, sich seine Unsicherheit nicht anmerken lassen. Nach einer Weile versuchte er, die Initiative zu übernehmen, spürte jedoch, dass er noch immer verkrampft war.

»Du hast schon lange nicht mehr, oder? Mach dich einfach locker.« Katharina lächelte Jan an und streichelte ihm übers Haar.

Obwohl er sich schämte und am liebsten aufgesprungen und weggerannt wäre, ließ er die Demütigung über sich ergehen. Vielleicht, weil er das Gefühl hatte, dass Katharina ihn diesmal nicht vorführen wollte, sondern ernsthaftes Interesse an ihm zeigte. Das Erniedrigendste an der ganzen Situation war jedoch, dass sie recht hatte mit ihrer Vermutung. Sein letztes Mal war so lange her, dass er sich selbst kaum noch erinnern konnte.

Jan richtete sich auf und blickte Katharina entschlossen in die Augen. »Verlernt habe ich nichts«, sagte er. »Du wirst schon sehen.« Er beugte sich über sie und küsste sie auf den Mund. Seine Lippen wanderten über ihren Hals und dann immer weiter abwärts.

Sie kamen derart in Fahrt, dass sie nicht hörten, wie die Wohnungstür aufgeschlossen wurde. Als Umashankar auf einmal mit Tränen in den Augen vor ihnen stand, erschraken sie so sehr, dass sie halbnackt, wie sie waren, aus dem Bett sprangen und sich um ein Haar auf ihn gestürzt hätten.

9

Er fuhr planlos durch das verschneite Finstrup und sah in den Augenwinkeln die traurige Kulisse seines Dorfes vorbeirauschen. Hier war er geboren und aufgewachsen. Und hier war er auch zu dem Menschen herangereift, der er heute war.

Er mochte Finstrup und hasste es zugleich. Er fühlte sich wohl in der Provinz, wo man unter sich blieb und alles noch immer so war wie früher.

Und dennoch ertrug er die Einfältigkeit einiger seiner Kameraden schon längst nicht mehr. Im Grunde gab es niemanden, dem er sich anvertrauen konnte. Sie wollten einfach nicht verstehen, dass mehr zu ihrer Ideologie und ihren Werten gehörte, als bis zur Besinnungslosigkeit Alkohol zu trinken und dumpfe Parolen zu grölen.

Die Menschen Finstrups waren nun mal einfach gestrickt. Er kannte es nicht anders, und trotzdem wollte er es nicht länger hinnehmen. Seine Ziele waren größer. Das, was er plante, hatte eine andere Dimension.

Er fuhr bis zum Ortsausgang, warf einen hastigen Blick hinüber zu dem Haus, in dem Lydia Klein gewohnt hatte, dann wendete er, um wieder in die andere Richtung zu fahren. Seit Stunden pendelte er zwischen Ortseingang und Ortsausgang hin und her.

Er fühlte sich allein, obwohl er es nicht war. Aber er wusste auch, dass es lange dauern würde, bis er ein Netzwerk treuer Gefolgsleute aufgebaut hatte. Notfalls würde er den Weg, den er für notwendig hielt, auch allein gehen.

Er hielt am Straßenrand, als er sah, dass einige Männer aus einem Hauseingang auf den Bürgersteig traten.

Mit Dirk und Ingo waren vertraute Gesichter dabei, die einzigen der Kameraden, die Bescheid wussten. Die anderen kannte er nur flüchtig. Ob sie ahnten, was und vor allem wer hinter dem Anschlag steckte?

Er stieg aus und trat auf die Männer zu, die rauchend im Halbkreis standen. Dann tauschte er einen kurzen Blick mit Ingo und

Dirk und forderte wortlos von einem der Jüngeren eine Zigarette.

»Es heißt, Lydia Klein wurde erschossen.« Ein tätowierter jüngerer Mann mit kahlgeschorenem Kopf reichte ihm die Kippe und musterte ihn dabei kritisch.

»Hab ich auch gehört«, sagte er ausweichend. »Danke«, schob er hinterher und griff nach der Zigarette.

»Die Bullen waren heute hier«, sagte ein anderer. Nichts an dem Mann deutete auf seine politische Überzeugung hin. Er erinnerte sich, dass der Kamerad Stefan hieß.

»Auch das habe ich gehört. Kein Grund zur Aufregung.«

»Kein Grund zur Aufregung?«, fragte der Tätowierte. »Wir wollen die Bullen hier nicht haben. Niemand von uns will sie hier haben. Es besteht doch auch kein Grund dazu, dass sie hier herumschnüffeln, oder?«

Sie ahnten es also, fuhr es ihm durch den Kopf. Oder hatte ihn jemand verraten?

»Lydia Klein ist tot«, entgegnete er. »Klar, dass die Bullen hier aufkreuzen. Und dann noch dieser Anschlag.«

»Warum erzählst du uns nicht einfach, was du mit der Sache zu tun hast? Du warst doch gestern Abend in Lemgo, oder nicht?«

»Was soll das hier werden?«, fragte er gereizt zurück. »Ich glaube kaum, dass ich euch irgendeine Rechenschaft schuldig bin.«

»Mach dich doch nicht kleiner, als du bist. Das war ganz großes Kino gestern. Der Anschlag und die Alte. Sie hat es doch nicht anders verdient. Wir stehen voll hinter dir.« Die Männer klopften ihm auf die Schulter und zogen Bierdosen aus ihren Bomberjacken. »Auf dich, Kamerad!«

Er fixierte Ingo und Dirk, doch die zwei blickten ihn ratlos an. *Scheiße*, durchfuhr es ihn. Die beiden waren es nicht gewesen, die es den anderen Jungs gesteckt hatten.

»Jetzt erzähl mal«, sagte der Tätowierte. »Du hast erst die Bombe gezündet und anschließend die Klein erschossen?«

Er hörte kaum noch zu, was die anderen ihn fragten. Ihm war es nicht einmal wichtig zu erwähnen, dass er mit Lydia Kleins Tod nichts zu tun hatte. Stattdessen dachte er nur noch darüber nach, wer ihn verraten hatte.

War es etwa derart offensichtlich gewesen, dass er hinter dem Anschlag steckte?

»Jetzt sag schon«, drängte einer der Männer.

»Es gibt nichts zu erzählen«, antwortete er grimmig. »Und jetzt geht wieder rein. Nicht jeder muss sehen, dass ihr ständig auf der Straße herumlungert.« Seinen Worten ließ er eine abfällige Handbewegung folgen. Dann winkte er Ingo und Dirk zu sich.

»Wer?«, fragte er eindringlich. »Ich will wissen, wer ausgeplaudert hat, dass ich gestern Abend in Lemgo war?«

»Wir waren es nicht«, antwortete Ingo.

»Das habe ich mir fast gedacht. Aber sagt mir, ob ich diesen Jungs trauen kann.«

»Ich denke schon. Wir sollten allerdings vorsichtig sein.«

»In Ordnung«, entgegnete er. »Dann kommt mit, ich muss mit euch reden.«

»Das trifft sich gut«, antwortete Ingo. »Wir müssen einige Dinge klären.«

Optisch war Ingo der Inbegriff des Neonazis. Die Glatze, die Thor-Steinar-Jacke und die Springerstiefel ließen keine Zweifel an seiner Gesinnung. Anders dagegen Dirk, der mit seiner durchgehend schwarzen Kleidung kaum von einem Linksautonomen zu unterscheiden war. Das war die neue Schule. Kameraden, denen die Ideologie wichtiger war als das Äußere. Und die sich die Kleidung ihrer Feinde zum Vorteil machten.

Sie setzten sich in seinen Wagen. Er startete den Motor und fuhr mit einem Kavaliersstart an. Sie verließen Finstrup, ohne dass auch nur ein Wort gesprochen wurde.

Nach einigen Kilometern bog er von der Landstraße ab und fuhr weiter in Richtung Lemgo, bis sie nach zehn Minuten ein Waldstück erreichten, durch das die Straße führte. Erneut hatte Schneefall eingesetzt und fiel in dicken, nassen Flocken durch die Baumkronen.

Auf dem Weg hierher war ihnen kein einziges Auto entgegengekommen. Einer der Hauptgründe, weshalb er sich diesen Ort ausgesucht hatte. Er musste sichergehen können, dass sie ungestört waren, wenn es so weit war.

Er bog in einen kleinen Waldweg ab, dann parkte er den Wagen und drehte den Zündschlüssel herum. Ingo und Dirk sahen ihn mit fragendem Blick an.

»Bevor ich euch erzähle, weshalb wir hier sind, will ich wissen, was ihr mit mir klären wolltet.«

»Der Sprengsatz ist nicht so explodiert, wie du gedacht hast«, sagte Ingo. »Kein Einziger ist dabei draufgegangen.«

»Was soll der Scheiß?«, sagte er aufgebracht. »Ihr hättet mir helfen können. Stattdessen war ich komplett auf mich allein gestellt.«

»Falls du dich erinnerst, wir haben dir von Anfang an gesagt, dass der Anschlag schwachsinnig ist. Stattdessen werden uns die Bullen jetzt auf die Pelle rücken.«

»Ihr begreift einfach nicht, dass die Wirkung eines solchen Anschlags tausendmal höher gewesen wäre, als wenn wir ein paar Türken hätten hochgehen lassen. Es muss wehtun, mitten in der Gesellschaft. Nur dann erreichen wir etwas.«

Ingo und Dirk schwiegen.

»Es ist nicht alles so gelaufen, wie ich mir das vorgestellt habe, keine Frage.« Er schlug einen versöhnlichen Ton an. »Aber auch wenn es keine Toten gab, hat der Anschlag Wirkung gezeigt. Und wir werden genau so weitermachen.«

»Wir?«, fragte Dirk fordernd.

»Im Notfall ziehe ich die Sache weiterhin allein durch. Aber ich erinnere euch daran, dass wir im Grunde ein gemeinsames Ziel haben. Ich will, dass wir das nicht aus den Augen verlieren.«

Wieder schwiegen Ingo und Dirk.

»Also überlegt es euch gut. Wir haben noch einen langen Weg zu gehen.«

»Weshalb wolltest du mit uns sprechen?«, wechselte Ingo das Thema.

Er lächelte zufrieden. Es schien, als hätten die beiden sein Vorgehen geschluckt. Was blieb ihnen auch anderes übrig. Schließlich war er derjenige mit den Ideen und dem Mut, sie umzusetzen. »Morgen Abend haben wir eine Verabredung«, sagte er ruhig. »Exakt hier. Um kurz vor neun.«

»Kannst du etwas konkreter werden?«

»Wir werden morgen Abend hier auf jemanden warten, der uns ganz besonders am Herzen liegt.«

»Jetzt spuck's schon aus«, drängte Ingo. »Was hast du vor? Mit wem werden wir uns treffen?«

»Ein guter Freund von uns wird hier vorbeikommen. Später als üblich, sodass wir davon ausgehen können, ungestört zu sein.« Er lächelte und sah Ingo und Dirk eindringlich an. »Dieser Freund ist niemand Geringeres als –«

»Jetzt sag es«, unterbrach Ingo ihn ungehalten.

»... unser Lieblingsstaatsanwalt Johannes Stratemeier.«

10

Jan verspürte schon den ganzen Morgen über ein merkwürdiges Gefühl. Eine seltsame Mischung aus Erleichterung und Unverständnis darüber, dass er Erleichterung empfand. Wie konnte es sein, dass er froh war, dass Umashankar sie unterbrochen und dadurch eine Nacht mit einer attraktiven Frau wie Katharina zunichtegemacht hatte, ehe sie überhaupt erst so richtig begonnen hatte?

Wovor hatte er Angst? Vor dem Versagen? Oder vor Ablehnung?

Während der Autofahrt nach Bielefeld dachte er an Umashankar und das, was er und Mareike gestern Abend erlebt hatten. Die beiden waren zu Fuß auf dem Weg ins »Café Bitter« gewesen, als sie in der Bäckerstraße von mehreren dunkel gekleideten Männern angesprochen worden waren. Sie hatten Mareike und Umashankar nach Kleingeld und Zigaretten gefragt. Als die beiden entschuldigend mit den Schultern gezuckt hatten und weitergegangen waren, hatten die Männer sie verfolgt.

Plötzlich war die Stimmung umgeschlagen, und einer der Männer hatte lautstark auf sie eingeredet und sie bedroht. Vor allem auf Umashankar hatten sie es abgesehen gehabt. Mit üblen fremdenfeindlichen Parolen hatten sie versucht, ihn einzuschüchtern. Hätte sich Mareike nicht mutig dazwischengestellt, wären diese Typen wahrscheinlich mit Fäusten auf Umashankar losgegangen. Die Sache war noch einmal glimpflich verlaufen, doch Umashankar stand unter Schock. Sein Bild von der heilen Welt in einer deutschen Kleinstadt war von einer Sekunde zur anderen zerstört worden.

Mareike hatte noch in der Nacht Anzeige bei den Kollegen der Herforder Polizeiinspektion erstattet, doch dort hatte man ihr nicht sonderlich viel Hoffnung machen können. Die Täter seien bekannt, hieß es. Solange allerdings keine belegbare Straftat vorläge, könne man nicht viel ausrichten. In diesem Moment war Jan alles andere als stolz darauf gewesen, Teil des Polizeiapparates zu sein.

Was war bloß los in diesem Land? Vor lauter Wirtschaftskrisen und europäischen Rettungsschirmen versagte die Politik im Kampf gegen die Unzufriedenheit der Bevölkerung.

Auch in anderen Ländern spielten rechte Parteien eine immer

größere Rolle. In Deutschland schien die Lage anders zu sein. Während die NPD bei Wahlen kaum noch von Bedeutung war, wuchs die Zahl der im Untergrund Aktiven von Jahr zu Jahr. Kleine, zum Teil lose Zellen, die die NPD nicht länger benötigten, um ihre kruden Vorstellungen umzusetzen, gewannen zunehmend an Zulauf.

Jan beobachtete dieses Phänomen schon seit einiger Zeit auch in Ostwestfalen mit Sorge. Und obwohl bei Lydia Kleins Tod kein offensichtlicher Grund für eine fremdenfeindliche Tat bestand, mussten sie bei ihren Ermittlungen nach dem, was er in Finstrup erlebt hatte, auch die rechte Szene ins Auge fassen.

Er blickte auf sein Smartphone und dachte daran, Katharina anzurufen. Sie war noch in der Nacht zurück nach Münster gefahren. Mit schlechter Laune und höchstwahrscheinlich der Erkenntnis, dass er nicht der Richtige für sie war. Nicht einmal für den einfachen Zweck, ein wenig Spaß zu haben.

Das Klopfen an seiner Bürotür riss ihn aus seinen Gedanken. Es war Ergün.

»Morgen«, sagte er kurz angebunden. »Hast du einen Moment?«

»Klar, komm rein.«

»Du siehst mitgenommen aus«, sagte Ergün, nachdem er sich gesetzt hatte. »Schlecht geschlafen?«

»Gar nicht«, antwortete Jan knapp. »Aber das ist eine andere Sache. Was gibt's denn Neues?«

»Interessantes über Lydia Klein. Die Spusi hat in ihrer Wohnung ein ärztliches Attest sichergestellt, das besagt, dass sie autistisch veranlagt war. Es wurde ausgestellt, als sie zwölf Jahre alt war. Das war also nicht nur eine Vermutung des Arztes, sondern eine eindeutige Diagnose.«

»Möglich, dass ihre Eltern das nicht wahrhaben wollten.«

»Es kann zumindest eine Erklärung für das offenbar problematische Verhältnis zwischen Lydia und ihren Eltern sein. Um mit autistischen Menschen zusammenzuleben, bedarf es feinfühliger und geschulter Kontaktpersonen. Das dürften Jutta und Manfred Klein nicht unbedingt sein.«

»Wir müssen mit dem Arzt von damals sprechen«, sagte Jan. »Weißt du, ob er noch praktiziert?«

»Wird bereits geprüft. Wenn alles gut läuft, werden wir ihm heute Nachmittag einen Besuch abstatten.«

»Sehr gut.« Jan schätzte Ergüns pragmatische Art.

»Noch etwas«, sagte Ergün. »Lydia Klein war übrigens keineswegs Hartz IV-Empfängerin. Sie hat an der Fachhochschule Lippe in Lemgo gearbeitet.«

»Ach? Als was denn?«, fragte Jan überrascht.

»Mädchen für alles am Lehrstuhl für Mediendesgin.«

»Das passt allerdings so gar nicht zu dem, was Kuhfuß und Lydias Mutter erzählt haben.«

»Es wird noch besser«, sagte Ergün. »Seit vier Semestern war sie als Studentin der Medienproduktion eingeschrieben. Ihre Leistungen waren bislang anscheinend außerordentlich gut.«

»Aber …?« Jan suchte nach den richtigen Worten. »Wie kann das sein? Hatte sie überhaupt Abitur?«

»Abendschule in Lemgo. Wahrscheinlich war es das, was sie in den letzten Jahren abends gemacht hat. Und Kuhfuß hat daraus diese Bordell-Geschichte gestrickt.«

»Ein blödes Arschloch«, murmelte Jan. »Allein schon seine Bemerkungen über dich und Türken im Allgemeinen.«

»Ich komme damit klar«, antwortete Ergün gelassen. »Wirklich, für mich ist so etwas Alltag. Andersherum wäre es wahrscheinlich genauso. Ihr Deutschen seid im Ausland ja auch nicht sonderlich beliebt. Überall gibt es Vorurteile, Intoleranz und Skepsis gegenüber Fremden. Es wird immer erst dann besser, wenn sich die Menschen kennenlernen.«

»Ich kann da nicht so locker drüber hinwegsehen wie du«, sagte Jan. »In letzter Zeit nehmen diese Vorfälle überhand. Aber zurück zu Lydia Klein. Ich habe auch Neuigkeiten. Sie war im dritten Monat schwanger.«

Ergün pfiff durch die Zähne. »Und niemand wusste davon«, sagte er dann leise.

»Zumindest weder ihr Vermieter noch ihre eigene Mutter.«

»Also wollte sie die Schwangerschaft verheimlichen.«

»Weil …?«

»Keine Ahnung«, antwortete Ergün. »Aber der Vater dieses Kindes könnte uns womöglich mehr dazu erzählen.«

»Dann sollten wir ihn wohl mal suchen gehen«, sagte Jan mit einem gequälten Lächeln auf den Lippen. Im vollen Bewusstsein darüber, dass sie bislang keinerlei Ansatzpunkte hatten und die Suche nach dem Vater von Lydia Kleins ungeborenem Kind der nach der berühmten Nadel im Heu glich.

»Noch etwas«, sagte Ergün. »Ich habe eben eine interessante Entdeckung gemacht. Ich bin durch Zufall darauf gestoßen, als ich heute Morgen Radio gehört habe. Es kam ein Song von ›Newton‹, und der Moderator erzählte im Anschluss etwas über die Bandgeschichte. Er erwähnte, dass der Sänger der Band vor allem in seinem Geburtsland ein Megastar sei.«

»Worauf willst du hinaus?«, fragte Jan.

»Der Sänger heißt Elad Harush und stammt aus Israel.«

»Das könnte ein Hinweis darauf sein, dass der Anschlag einen rechtsextremen Hintergrund hatte«, überlegte Jan. »Ein jüdischstämmiger Sänger einer Band als Anschlagsziel.«

»Es ging nicht um den Sänger«, antwortete Ergün ruhig. »Entscheidend war das Publikum. ›Newton‹ hat in allen Städten, in denen sie auftreten, eine erstaunlich große *Fanbase*, bestehend aus jüdischstämmigen Deutschen. Ich bin die Liste der Verletzten durchgegangen. Vier von acht haben in irgendeiner Form einen jüdischen *Background*. Der Konzertveranstalter bestätigt, dass der Anteil der *Hardcore*-Fans, die einer Band auf einer Tour hinterherreisen, bei ›Newton‹-Konzerten besonders hoch ist.«

Ergün machte eine bedeutungsvolle Pause, ehe er fortfuhr. »Wenn du mich fragst, haben wir es bei dem Anschlag mit einem antisemitischen Terrorakt zu tun.«

Jan blickte Ergün nachdenklich an. »Kannst du dir vorstellen, dass diese Typen aus Finstrup etwas mit dem Anschlag zu tun haben?«

»Möglich wäre es«, antwortete Ergün. »Ich habe die Kollegen von BKA und Verfassungsschutz gebeten, so schnell wie möglich eine Liste all derer anzufertigen, die in der Region in den vergangenen Jahren in irgendeiner Weise durch rechts- oder linksextreme und religiös motivierte Gewalttaten oder sonstige Delikte in Erscheinung getreten sind. Unser Fokus liegt auf Lippe, wir sollten aber trotzdem mindestens den Regierungsbezirk durchleuchten. Der oder die Täter müssen nicht zwangsläufig aus der näheren Umgebung Lemgos stammen.«

»Vielleicht hast du ja recht«, sagte Jan. »Hast du schon mit Vlothoerbäumer und den anderen darüber gesprochen?«

Ergün nickte.

»Danke für deinen Einsatz, Cengiz. Lass uns jetzt losfahren. Unser Lieblingsdorf wartet schon auf uns. Ich will wissen, was in Finstrup vor sich geht und welche Arschlöcher meinen Mini demoliert haben.«

Auf dem Flur lief Jan um ein Haar Kai Stahlhut in die Arme, der gerade gemeinsam mit Kommissariatsleiterin Vera Jesse aus der kleinen Teeküche kam.

»Hallo, Vera, musst du dich jetzt mit ihm abgeben?«, fragte Jan angriffslustig. Es störte ihn, dass Stahlhut auch in diese Ermittlungen einbezogen werden sollte.

»Um ehrlich zu sein, sollst du das übernehmen«, antwortete Vera. »Stefan will, dass ihr euch zusammenrauft und du die Einteilungen machst. Ich mische mich nur dann ein, wenn es gar nicht anders geht.«

Jan schüttelte den Kopf und drängte sich an Vera und Stahlhut vorbei. »Wir müssen weiter. Noch einmal nach Finstrup. Und anschließend nach Lemgo an die Fachhochschule. Wir haben nämlich Interessantes über Lydia Klein herausgefunden.« Er eilte hinter Ergün her, der bereits weitergegangen war.

»Wartet!«, rief Stahlhut. »Ich komme mit, dann können wir uns aufteilen.«

11

Kai Stahlhut klopfte an die geschlossene Bürotür und wartete darauf, von Professor Dr. Siebrasse eingelassen zu werden. Nachdem er mit Oldinghaus und Ergün abgesprochen hatte, sich fürs Erste um Lydia Kleins studentische Kontakte zu kümmern, hatten sie ihn an der Hochschule Ostwestfalen-Lippe abgesetzt, wo Stahlhut im Fachbereich für Medienproduktion ein Gespräch mit einem von Lydia Kleins Professoren führen wollte.

Nach einer Weile öffnete sich endlich die Tür des Lehrstuhls für Mediendesign, und ein angegrauter, auffallend elegant gekleideter Mann um die fünfzig trat auf den Flur des Hochschulgebäudes. Stahlhut glaubte im ersten Augenblick, George Clooney höchstpersönlich vor sich zu haben; der Gedanke verflog jedoch schnell wieder, als er die griesgrämige Miene des Mannes sah.

»Professor Siebrasse?«

»Haben Sie einen Termin?«

»Nein, ich ...«

»Dann kommen Sie ein andermal wieder.« Siebrasse wollte die Tür hinter sich zuziehen, aber Stahlhut stellte seinen Fuß dazwischen.

»Mein Name ist Kai Stahlhut, Kripo Bielefeld. Ich möchte mich in der Angelegenheit Lydia Klein mit Ihnen unterhalten.«

Siebrasse hielt inne und sah Stahlhut überrascht an.

»Ihrem Blick entnehme ich, dass Sie noch nicht Bescheid wissen?«

»Doch, doch, ich bin informiert«, antwortete Siebrasse. »Ich wundere mich nur, dass Sie ausgerechnet mit mir sprechen wollen.«

»Wir versuchen, uns einen umfassenden Überblick über die Person Lydia Klein zu verschaffen, um daraus Rückschlüsse auf ihren Mörder ziehen zu können.«

»Viel Zeit habe ich nicht«, entgegnete Siebrasse sichtbar desinteressiert. »Dann stellen Sie bitte Ihre Fragen, wenn es denn sein muss.«

»Darf ich kurz reinkommen?«

»Sie dürfen. Ich kann Ihnen aber keinen Stuhl anbieten. Sie sehen ja selbst.«

Stahlhut sah sich um. In dem modern eingerichteten Büro stand außer einem Schreibtisch auch ein kleiner runder Glastisch mit drei Stühlen. Sie waren bedeckt von großen Stapeln Papier. Zeichnungen, Skizzen, lose Notizen.

»Dann eben im Stehen«, sagte Stahlhut ungerührt. »Lydia Klein war seit vier Semestern an dieser Hochschule als Studentin eingeschrieben, ist das richtig?«

»Ich denke, ja. Aber für solche Fragen bin ich nicht der richtige Ansprechpartner.«

»Wann haben Sie zum ersten Mal mit ihr zu tun gehabt?«

»Vor etwa einem Jahr. Sie saß in meiner Vorlesung ›Grundlagen der Bildbearbeitung‹.«

»Lydia Klein war damals vierundzwanzig, also ein paar Jahre älter als der Rest der Studenten«, sagte Stahlhut. »War sie dennoch in ihrem Jahrgang integriert?«

»Nein.«

»Nein?«, fragte Stahlhut verwundert. »Was heißt das genau?«

»Sie war außen vor, ganz einfach. Eine Einzelgängerin. Ich habe sie nie zusammen mit den anderen Studierenden gesehen.«

»War sie denn eine gute Studentin?«

»Das kann man so sagen«, antwortete Siebrasse. »In meinen Kursen hat sie einen hervorragenden Eindruck hinterlassen.«

»Wie muss ich mir das Studium ›Medienproduktion‹ vorstellen?«, fragte Stahlhut mit einer Spur Skepsis in der Stimme. Er hatte bereits bei den Schlagworten »Informationstechnologie« und »audiovisuelle und interaktive Medien« innerlich abgewunken. Er war ein Mensch, der sich kaum für technologische Neuheiten interessierte. Auch künstlerische Kreativität gehörte nicht zu seinen Stärken. Sollten doch andere im virtuellen Raum ihre kostbare Zeit vergeuden, er war lieber ein Mann der Tat. Jemand, der mit beiden Beinen im wirklichen Leben stand.

»Nun, gerade Ihnen bei der Polizei sollte klar sein, dass die Bedeutung der Medien im Bereich der Ermittlungsarbeit in den letzten Jahren stark zugenommen hat.«

»Ja, ja, ich hörte davon«, sagte Stahlhut ungeduldig.

»In allen Lebensbereichen und Berufen nehmen die Informationstechnologien Einfluss, vor allen Dingen in der Medienlandschaft und damit auch auf das Kommunikationsverhalten der Menschen. Wir bereiten die Studierenden hier auf mehreren Ebenen bestmöglich auf die Bedürfnisse medialer Präsenz von Unternehmen und Institutionen vor. Wer heutzutage die Medien nicht zu seinen Gunsten nutzt, hat keine Chance im knallharten Wettbewerb.«

»Also mehr so ein Laber-Studium«, sagte Stahlhut trocken.

»Ich glaube kaum, dass ich mir von einem Kriminalpolizisten so etwas bieten lassen muss«, entgegnete Siebrasse aufgebracht.

»Schon gut«, wiegelte Stahlhut ab. »War nicht so gemeint. Lassen Sie uns zurück zum Thema kommen. Was hatte es mit diesem Hiwi-Job von Lydia Klein an Ihrem Lehrstuhl auf sich? Hatten Sie dadurch verstärkt Kontakt zu ihr?«

»Für anspruchsvolle Tätigkeiten war sie noch zu frisch bei uns. Dafür greife ich ausschließlich auf Studierende der höheren Semester zurück. Lydia hat einige administrative Aufgaben übernommen. Außerdem hat sie unsere Internetpräsenz gepflegt. Damit hatte ich allerdings nichts zu tun. Das lief alles über Frau Schmidt, meine Sekretärin.«

»Ich würde gern mehr über den Menschen Lydia Klein erfahren. Was können Sie über sie sagen?«

»Um es gleich vorweg zu sagen: Ich kannte Lydia alles andere als gut. Mir ist allerdings ein Gespräch mit ihr in Erinnerung geblieben, in dem ich unfreiwillig einiges über sie erfahren habe.«

»Unfreiwillig?«

»Nun, es ist keineswegs so, dass mich das Privatleben meiner Studierenden interessieren würde. Sie können ihre Alltagsprobleme gern woanders loswerden, aber bitte nicht bei mir. Wir sind ja schließlich nicht mehr in der Schule.«

Je länger das Gespräch dauerte, desto unsympathischer wurde Siebrasse Stahlhut.

»Was hat Lydia Klein Ihnen denn nun offenbart?«, fragte er.

»Immer mit der Ruhe«, sagte Siebrasse. »Es war vor etwa einem halben Jahr. Lydia Klein hatte um einen Termin gebeten. Sie wollte mit mir über ihre Schwerpunktwahl sprechen. Dabei blieb es jedoch nicht. Sie lenkte das Thema auf ihre schwierigen familiären Verhältnisse und die Tatsache, dass sie die Einzige in ihrem Umfeld sei, die studieren würde. Ich habe das Gespräch schnell wieder auf das eigentliche Thema zurückgebracht. Schließlich bin ich nicht der seelische Mülleimer für meine Studierenden.«

»Was hat sie konkret gesagt?«, fragte Stahlhut, ohne auf die Bemerkung Siebrasses einzugehen.

»Unterbrechen Sie mich bitte nicht ständig«, fuhr Siebrasse ihn an. »Ich erzähle Ihnen das, was ich weiß.« Er räusperte sich, bevor er weiterredete. »Anscheinend wusste niemand aus ihrer Familie, dass sie an unserer Hochschule eingeschrieben war. Auch ihr Bekanntenkreis ahnte wohl nichts. Lediglich einer Person hatte sie sich anvertraut.«

»Und zwar?«

»Ihrem Freund.«

Stahlhut dachte daran, was Oldinghaus ihm vorhin im Auto berichtet hatte. Lydia Klein war im dritten Monat schwanger gewesen. »Kennen Sie seinen Namen?«

»Nein, so etwas interessiert mich auch gar nicht.«

»Warum sollte niemand davon erfahren?«, fragte Stahlhut nachdenklich. »Es soll Eltern geben, die sich darüber freuen, wenn die Tochter studiert.«

»Kennen Sie ihre Familie?«

»Nein. Sie etwa?«

»Nicht persönlich, aber ich bin in der Lage, Menschen zu lesen. Und es fiel mir nicht schwer zu erkennen, dass sie aus äußerst problematischen Verhältnissen stammte. Um nicht zu sagen, aus der sozialen Unterschicht.«

»Ich habe nichts davon gelesen, dass dies hier eine Elitehochschule ist«, entgegnete Stahlhut gereizt. Der abfällige Ton, mit dem Siebrasse über Lydia Klein sprach, ärgerte ihn.

»Sie würden anders reden, wenn Sie meinen Job ausüben müssten«, sagte Siebrasse. »Letztendlich sollte nicht jeder studieren dürfen, es gibt einfach zu viel Mittelmaß.«

»War Lydia Klein also eine mittelmäßige und wenig engagierte Studentin?«

»Nein, das ist tatsächlich das Erstaunliche. Ihre Noten waren überdurchschnittlich gut, und auf ihre verschlossene Art hat sie außerordentlichen Einsatz gezeigt. Trotzdem habe ich bei solchen Studierenden, denen der *Background* von zu Hause fehlt, meine Zweifel, ob sie sich im harten Berufsalltag durchsetzen und zu Leistungsträgern der Gesellschaft entwickeln können.«

»Gibt es sonst noch irgendetwas, das ich wissen sollte?« Stahlhut ignorierte Siebrasses provokante Thesen.

»Sie war in psychologischer Behandlung«, antwortete Siebrasse unvermittelt. »Sie hat es mir gesagt, weil sie sich im zweiten Semester auf diese Weise einer Klausur entziehen wollte. Aber nicht mit mir. Ich habe ihr gesagt, dass ich das Attest nicht akzeptieren könne. Da müsse sie sich schon etwas anderes einfallen lassen.«

Stahlhut hatte kein Verständnis für das Verhalten von Siebrasse, ließ sich aber weiterhin nicht von ihm provozieren. »Können Sie sich an den Namen des Arztes erinnern?«

»Dr. Wulfmeyer. Er hat seine Praxis hier in Lemgo. Ich kenne ihn vom Golfplatz. Die Macken seiner Patienten haben sich im Laufe der Jahre auch auf ihn übertragen.« Siebrasse lächelte kühl.

»In Ordnung«, sagte Stahlhut. »Im Moment habe ich keine weiteren Fragen mehr.« Er reichte Siebrasse die Hand, ohne sich zu bedanken. Als er das Büro schon fast verlassen hatte, fiel ihm noch etwas ein. Er wandte sich Siebrasse erneut zu.

»Sie wissen bestimmt, wer von den Studierenden in Lydia Kleins Studienjahrgang eine Art Sprecherrolle einnimmt. Ich würde mich gerne auch mit Kommilitonen von ihr unterhalten.«

»Nadine Störmer«, antwortete Siebrasse blitzschnell. »Arzttochter.« Er zog eine Mappe aus einem der Stapel Papiere und hielt sie Stahlhut hin.

»Was ist das?«

»Zwei hervorragende Hausarbeiten und ihre letzte Klausur. Eine eins Komma drei. Sie ist derzeit die Beste aus den jüngeren Jahrgängen. Engagiert auf allen Ebenen. Wahrscheinlich finden Sie sie in der Bibliothek.«

Stahlhut nickte und verließ endgültig das Büro.

Nachdem er sich durchgefragt hatte, fand er Nadine Störmer auf dem Gang am Kaffeeautomaten, direkt vor der Bibliothek. Obwohl sie wahrscheinlich gerade einmal zwanzig war, wirkte sie reifer und auf den ersten Blick eher wie eine wissenschaftliche Mitarbeiterin. In ihrem schwarzen Blazer und der dunkelblauen engen Jeans sah sie attraktiv aus.

»Frau Störmer?«

Sie drehte sich um und blickte ihn fragend an.

»Kripo Bielefeld, mein Name ist Kai Stahlhut. Es geht um den Todesfall Lydia Klein. Ich würde Ihnen gern einige Fragen stellen.«

»Lydia?«, fragte die junge Frau misstrauisch. »Was habe ich damit zu tun?«

»Ich hoffe, nichts«, antwortete Stahlhut. Sein Versuch, einen lockeren Gesprächseinstieg zu finden, schlug fehl. Nadine Störmer blickte ihn empört an.

»Kein Grund zur Aufregung«, schob er hinterher. »Meine Fragen sind ganz harmlos und reine Routine.«

»Aber bitte nicht hier«, sagte sie kurz angebunden. »Lassen Sie uns in die Cafeteria gehen.«

»Gern.«

In der Cafeteria gab es kaum noch einen freien Platz. Stahlhut fühlte sich in seiner Meinung über Studenten sofort bestätigt. Den meisten schien es nicht darum zu gehen, einen zügigen Abschluss zu machen, sondern Partys zu feiern und in den Tag hineinzuleben. Er musste zugeben, dass ihn dieses Leben ein wenig neidisch machte.

»Hier hängen die Studenten also ab«, sagte er flapsig.

»Eher selten«, antwortete Nadine Störmer. »Bei den straffen Stundenplänen in den Bachelor- und Masterstudiengängen bleibt kaum Zeit für so etwas.«

»Ach, tatsächlich?«, fragte Stahlhut sarkastisch und ließ seinen Blick durch den Raum kreisen.

»Falls Sie sich wundern, es ist gerade vorlesungsfreie Zeit. Trotzdem sind die Studierenden hier.«

»Vorbildlich, aber lassen wir das. Kaffee?«

»Chai Latte«, antwortete sie.

Stahlhut blickte sie irritiert an, fragte jedoch nicht weiter nach und ging in Richtung Tresen. Als er an der Reihe war, hatte er bereits wieder vergessen, was sie gesagt hatte.

Wortlos stellte Stahlhut einige Minuten später zwei große Tassen auf den kleinen Bistrotisch. »Ich hoffe, ich habe alles richtig gemacht?«

»Das ist ein Flavoured Latte.«

»Tatsächlich?«

»Ja, ich hatte einen Chai –«

»Schluss jetzt«, sagte Stahlhut unvermittelt. »Eine Kommilitonin von Ihnen ist ums Leben gekommen, und wir reden über derart banale Dinge. Hat Sie Lydia Kleins Tod überhaupt nicht berührt?«

»Wie meinen Sie das?«

»Macht es Sie betroffen? Stellen Sie sich bitte nicht dümmer, als Sie sind.«

»Schon ein wenig«, antwortete Nadine Störmer. »Aber ich fühle mich jetzt nicht auch in Gefahr, falls Sie das meinen.«

»Meinte ich nicht, aber egal«, entgegnete Stahlhut. Er war erstaunt über ihre Emotionslosigkeit. »Wie gut kannten Sie Lydia?«

»Nicht sehr gut.«

»Geht es etwas genauer?«

»Lydia hat nicht viel mit uns anderen zu tun gehabt. Sie war eine Außenseiterin. Allein schon, weil sie ein paar Jahre älter war als der Rest.«

»Hat sie sich selbst zur Außenseiterin gemacht oder bekam sie diesen Stempel vom Rest des Jahrgangs aufgedrückt?«

»Das war sie selbst«, antwortete Nadine Störmer energisch. »Wir haben versucht, sie zu integrieren, aber sie hat alles abgeblockt. Sie hat kaum mit uns geredet und hatte nie Zeit, wenn wir sie zu Partys oder zu unseren Lerngruppen eingeladen haben. Sie war immer auf dem Sprung. Es kursierten die wildesten Gerüchte.«

»Erzählen Sie mehr.«

»Nur so Sachen, die wahrscheinlich nicht stimmen«, wiegelte sie ab. »Es hieß, sie stamme aus ziemlich asozialen Verhältnissen. Ihre Klamotten sahen zumindest danach aus.«

»Die Klamotten?«, fragte Stahlhut erstaunt.

»Ja, klar«, antwortete Nadine Störmer verständnislos. »Null Style, eher wie aus der Altkleidersammlung.«

»Verstehe. Das ist natürlich ausschlaggebend.« Stahlhut blickte Nadine Störmer scharf an. »Gab es sonst noch etwas, das Ihnen an ihr aufgefallen ist?«

»Ich habe mich nur ein paarmal mit ihr unterhalten, da war sie eigentlich ganz nett und hilfsbereit«, antwortete Nadine. »Aber alles in allem war sie ein seltsamer Mensch. Ich habe keinen Zugang zu ihr gefunden.«

»Hatte sie denn überhaupt mit jemandem hier näher zu tun? Wie Sie wahrscheinlich wissen, hat Lydia nebenbei auch noch am Lehrstuhl von Professor Siebrasse gearbeitet.«

»Als bessere Sekretärin«, entgegnete Nadine Störmer abfällig. »Das kam nicht gut an.«

»Wie darf ich das verstehen?«

»Die Hiwi-Jobs sind eigentlich für inhaltliche Tätigkeiten ausgelegt und nicht zum Kaffeekochen und Kopieren. Lydia hat allerdings hauptsächlich Letzteres gemacht, nur um Geld zu verdienen. Für den Rest der Studenten natürlich alles andere als eine gute Aussicht auf einen vernünftigen Job am Lehrstuhl. Aber um auf Ihre andere Frage zurückzukommen: Nein, mir fällt niemand ein, mit dem sie etwas zu tun hatte.«

»Wissen Sie, dass Lydia einen Freund hatte?«

»Was?«, sagte Nadine Störmer sichtbar überrascht. »Das kann ich mir beim besten Willen nicht …«

»Sie war sogar schwanger.«

»Offenbar gibt es wirklich für jeden Topf einen Deckel«, antwortete sie. »Kenne ich den Typen?«

»Wir wissen derzeit noch nicht, wer er ist. Es wäre schön, wenn Sie sich unter Ihren Freunden einmal umhören würden. Vielleicht weiß doch noch jemand ein Detail, das uns weiterhelfen kann.«

»Ich glaube kaum. Aber ich werde Ihnen den Gefallen tun.«

»Würde mich freuen, von Ihnen zu hören.« Stahlhut drückte ihr eine Karte in die Hand, bedankte sich und stand auf.

»Jemand hat mir mal erzählt, dass sie als Nutte arbeiten würde«, sagte Nadine Störmer plötzlich leise. »Vielleicht ist einer ihrer Freier der Vater.«

»Wie bitte?«

»Es gibt das Gerücht, dass sie das Studium nicht nur durch den Job am Lehrstuhl finanziert hat. Sie soll anschaffen gegangen sein. Keine Ahnung, ob das stimmt. Ich weiß auch nichts Konkretes darüber, es wurde nur gemunkelt.«

»Wie passt das zu Ihrer Beschreibung? Sie sagten vorhin, Lydia sei unscheinbar und wenig kommunikativ gewesen.«

»Ich kann mir auch nicht vorstellen, dass da etwas Wahres dran ist«, antwortete Nadine Störmer. »Das Gerücht hielt sich jedoch hartnäckig.«

»Wir werden das überprüfen.« Stahlhut nickte ihr zu und wandte sich zum Gehen.

»Warten Sie!«, rief Nadine. »Eine Sache ist mir doch noch eingefallen. Es gab ganz zu Beginn des Studiums ein kurzes Gespräch zwischen uns. Da hat sie erwähnt, dass sie aus diesem Kaff, in dem sie wohnt, rauswollte.«

»Weshalb?«

»Sie fühlte sich nicht wohl dort. Ich hatte das Gefühl, sie hatte Angst.«

»Was heißt das genau? Wurde sie bedroht?«

»Sie hat nur Andeutungen gemacht«, antwortete Nadine Stürmer achselzuckend. »Und ich habe nicht weiter nachgefragt. Mich hat das nicht sonderlich interessiert.«

»Natürlich nicht«, antwortete Stahlhut genervt und verließ endgültig die Cafeteria.

12

Als Jan und Ergün am späten Vormittag das Ortsschild von Finstrup passierten, fühlte sich Jan in einen John-Wayne-Western versetzt. Der einsame Cowboy reitet in die Präriestadt ein, auf der Suche nach dem Saloon. Immer darauf gefasst, im nächsten Augenblick einer Pistolenkugel ausweichen zu müssen.

Finstrup schien wie ausgestorben. Weit und breit war keine Menschenseele zu sehen. Einzig ein paar Katzen liefen durch den Schnee, der mittlerweile mehrere Zentimeter hoch lag und die Straßen zunehmend rutschiger machte. Auf halber Höhe des Dorfes hielt Jan an und parkte den zivilen Einsatzwagen, für den er sich heute entschieden hatte, am Straßenrand.

»Hier fangen wir an«, sagte er und zeigte auf die kleine Bäckerei, vor der er geparkt hatte. »Der ideale Ort, um an Informationen zu kommen. Wenn es Dorftratsch gibt, dann hier.«

Ein altmodischer Gong ertönte, als sie die Glastür der Bäckerei öffneten und den Laden betraten. Eine junge Frau hinter dem Tresen nickte ihnen zu.

»Was darf's sein?«

»Zwei Kaffee und zwei belegte Brötchen. Eins mit Schinken und eins mit Ei.« Jan gab seine Bestellung beinahe singend auf. Ergün lachte. Sie kannten sich mittlerweile gut genug, um zu wissen, was der andere bevorzugte.

»Bring ich gleich«, sagte die Verkäuferin. Auf ihrem Namensschild las Jan ihren Namen. Sie hieß Gina und war Auszubildende. Jan wunderte sich, da die Frau bereits wie Mitte zwanzig aussah. Mit ihren schwarz gefärbten Haaren und den pinken Strähnen erinnerte sie ihn an seine Kollegin Bettina, die ebenfalls einen außergewöhnlichen Stil pflegte. Während Bettina ihr Äußeres jedoch als punkig bezeichnete, empfand er Gina eher als tussig.

Sie stellten sich an einen Bistrotisch und blickten sich in dem kleinen Laden um. Eine typische Dorfbäckerei mit ihrem ganz eigenen nostalgischen Charme und einem bescheidenen Sortiment.

Die Tür öffnete sich, und ein Mann mittleren Alters trat ein. Er hatte halblange ungepflegte Haare und trug eine abgegriffene Lederjacke und löchrige Jeans. Jan musste an diesen Fernsehkommissar denken, dessen Name ihm nie einfallen wollte.

Der Mann schien Gina zu kennen und stellte sich nach der Begrüßung an einen der freien Tische. Jan entging nicht der unwirsche Blick, mit dem der Mann sie musterte. Die glasigen Augen waren allerdings ein untrügliches Zeichen. Der Mann war trotz der noch frühen Stunde bereits ordentlich angetrunken. Jan kitzelte süßlicher Alkoholgeruch in der Nase.

»Der ist voll wie 'ne Haubitze«, flüsterte er Ergün zu. Die Ähnlichkeit mit dem Fernsehkommissar verblasste von Sekunde zu Sekunde mehr.

Nach einigen Minuten brachte Gina den Kaffee und die belegten Brötchen. Sein Tischnachbar nestelte in seiner Jackentasche und zog schließlich eine Bügelflasche Bier heraus. Mit einem lauten Geräusch öffnete er sie.

Jan erinnerte sich an die Gruppe Dosenbier trinkender junger Männer, mit denen sie gestern Bekanntschaft gemacht hatten. In Finstrup schien es zum Alltag zu gehören, am helllichten Tag Bier zu trinken.

»Es wird mit Sicherheit jemanden hier in Finstrup geben, der Lydia Klein gekannt hat«, sagte Jan nach einer Weile mit lauter Stimme. Er gab Ergün ein Zeichen, dass er auf eine Reaktion des Mannes hoffte. Doch die blieb aus. Stattdessen winkte Gina ihn zu sich. Jan trat nach kurzem Zögern an die Theke und beugte sich zu der Verkäuferin hinüber.

»Ich gebe Ihnen einen kleinen Tipp«, sagte sie leise, aber bestimmt. »Egal, was oder wen Sie hier in Finstrup suchen, seien Sie vorsichtig und möglichst unauffällig.«

»Andernfalls?«

»Es könnte ungemütlich für Sie werden. Fremde werden hier nicht gern gesehen. Schon gar nicht Fremde, die herumschnüffeln.«

»Das haben wir bereits erleben dürfen«, sagte Jan unbeeindruckt. »Mein Name ist Jan Oldinghaus, Kripo Bielefeld. Wir ermitteln im Zusammenhang mit dem Tod von Lydia Klein.«

Gina sah ihn traurig an, dann wandte sie den Blick wieder ab.

»Kannten Sie sie?«

»Natürlich«, antwortete sie leise. »Jeder kannte sie.«

»Weil in Finstrup jeder jeden kennt? Oder weil Lydia Klein eine bekannte Person war?«

»Beides, aber vor allem Letzteres. Sie wissen vielleicht von ihrer Vergangenheit.«

»Erzählen Sie mir bitte davon.«

»Nicht hier.« Gina blickte besorgt in Richtung des Mannes am Bistrotisch, der gerade seine Bierflasche leerte. »Lassen Sie uns kurz nach hinten gehen.«

»In Ordnung.«

Sie verschwanden im Backraum, der seine besten Tage längst hinter sich hatte und heruntergekommen aussah. Jan hatte bei dem Anblick einiger herumstehender Lebensmittel den Eindruck, dass auch das Thema Hygiene nicht allzu ernst genommen wurde.

»Also, was können Sie mir über Lydia Kleins Vergangenheit sagen?«, fragte er.

»Hier im Dorf wurde schon immer viel über die Kleins gesprochen. Vor allem aber über Lydia. Sie war nun mal anders als die anderen.«

»Inwiefern?«

»Manche sagen so, manche so. Ich persönlich glaube, sie war hochintelligent. Die meisten hier in Finstrup glauben allerdings, dass sie einen an der Waffel gehabt hat.«

»Wie hat sich dieses auffällige Verhalten im Alltag geäußert?«

»Unterschiedlich. Meistens, indem Lydia kein Wort geredet hat, selbst wenn man sie direkt ansprach. Und wenn sie dann doch mal was gesagt hat, hörte sie sich an, als würde sie aus einem Lexikon vorlesen. Eine normale Unterhaltung mit ihr war kaum möglich. Mein letztes Gespräch mit ihr ist mittlerweile aber auch schon einige Jahre her.«

»Und anschließend?«

»Habe ich sie kaum noch gesehen. Sie ist von zu Hause ausgezogen und wohnte bei diesem Kuhfuß zur Miete. Keine Ahnung, was sie in den vergangenen Jahren gemacht hat.«

»Bestimmt gab es auch zuletzt noch Gerüchte um Lydia Klein und ihren Lebenswandel«, sagte Jan. »Einige davon haben wir bereits gehört.«

»Ich fürchte, ich weiß, worauf Sie hinauswollen. Allerdings denke ich nicht, dass sie wahr sind. Sie war mit Sicherheit eine merkwürdige Frau, aber eine Prostituierte? Das glaube ich auf keinen Fall.«

»Stimmt es, dass Lydia Klein häufig Besuch von ausländisch aussehenden Männern hatte?«

»Ich habe davon gehört«, bestätigte Gina. »Aber ich selbst habe sie nie in Gegenwart von irgendwelchen Männern gesehen.«

»Aber wer hat ein Interesse daran gehabt, derart schlecht über sie zu reden?«

»Das kann ich Ihnen nicht sagen.« Gina wandte sich ab.

»Und ob Sie das können«, sagte Jan hart. »Lydia Klein wurde umgebracht, wir benötigen jeden Hinweis.«

»Es geht nicht«, sagte Gina. Ihre Stimme klang unruhig und ängstlich. »Sonst bekomme ich richtig Ärger.«

»Von wem?«

»Ich bin mir absolut sicher, dass sie nichts mit Lydias Tod zu tun haben.«

»Sie?«, fragte Jan. »Wen meinen Sie damit?«

»Na, die Leute, die dummes Zeug über Lydia erzählt haben. Das wollten Sie doch wissen, oder?«

»Wir verfolgen derzeit eine erste Spur«, entgegnete Jan. »Es ist kein Geheimnis, dass es in Finstrup Probleme mit Rechtsextremismus und Fremdenhass gibt. Ein Drittel des Dorfs wählt Rechts. Sind das die Leute, vor denen Sie Angst haben?«

Ginas Schweigen war Antwort genug. Er hatte schließlich schon selbst seine Erfahrungen mit diesen Leuten gemacht und bezweifelte, dass sie Gina verschonen würden.

»Wissen Sie, wer Lydia umgebracht haben könnte?«, fragte er eindringlich.

Wortlos drehte Gina sich zu ihm um und schüttelte den Kopf.

»Hatte Lydia einen festen Freund?«

»Keine Ahnung«, antwortete sie ausweichend.

»In Ordnung«, sagte Jan. »Mir bleibt nichts anderes übrig, als Sie aufs Präsidium zu bestellen. Wir brauchen Ihre offizielle Aussage und die Namen der Personen, von denen Sie sich bedroht fühlen.«

»Ich kann Ihnen nicht mehr sagen, als ich es gerade getan habe«, sagte sie beinahe flehend. »Das müssen Sie mir glauben.«

»Darüber sprechen wir noch. Ich sehe Ihnen an, dass Sie mehr wissen, als Sie mir verraten haben. Der Mann im Laden«, sagte Jan nachdenklich. »Es war unschwer zu sehen, dass Sie ihn kennen. Wer ist das?«

»Das wissen Sie nicht?« Gina blickte ihn erstaunt an. »Er ist Lydias Vater.«

13

Die Praxis von Dr. Wulfmeyer lag in der Lemgoer Innenstadt, in einer Seitenstraße der Fußgängerzone.

Stahlhut hatte Glück, dass eine von Wulfmeyers Patientinnen ihren Termin nicht wahrgenommen hatte und er direkt im Sprechzimmer Platz nehmen konnte.

Nach einigen Minuten betrat der Psychologe den Raum, ohne Stahlhut zu begrüßen. Stattdessen stellte er sich ans Fenster und wandte ihm den Rücken zu.

»Lydia war eine tolle junge Frau«, sagte Wulfmeyer unvermittelt und drehte sich zu Stahlhut um. »Auf ihre besondere Weise attraktiv und überaus intelligent. Es ist eine Tragödie.«

Stahlhut betrachtete den Mann, der kaum älter war als er selbst. Mit seinen mittellangen, gewellten Haaren und der braun gebrannten Haut wirkte er wie einer dieser neureichen Beauty-Docs.

Doch im Gegensatz zu deren Strahlemann-Image umgab Wulfmeyer etwas seltsam Verschlossenes. Eine Mischung aus Schwermut und Unsicherheit.

»Sie wissen also, weshalb ich hier bin«, sagte Stahlhut. »Dann wissen Sie vielleicht auch bereits, dass Lydia nicht in Folge des Anschlags ums Leben gekommen ist, sondern erschossen wurde?«

Wulfmeyer nickte.

»Erzählen Sie bitte von ihr. Seit wann befand sie sich bei Ihnen in Behandlung?«

»Seit wann?«, fragte Wulfmeyer milde lächelnd. »Seitdem mir die Praxis gehört. Das ist jetzt neun Jahre her. Lydia Klein war sozusagen meine erste Patientin. Ich habe sie von meinem Vater übernommen.«

»Das heißt, sie war bereits als Teenager in Behandlung?«

»Mit neun Jahren zum ersten Mal. Damals noch in Begleitung ihrer Mutter. Mein Vater hat wenige Jahre später Autismus diagnostiziert. Aus heutiger Sicht würde ich das vielleicht anders beurteilen. Sie litt offensichtlich bereits in diesen jungen Jahren unter einer psychotischen Störung. Mit vierzehn Jahren kam sie für einige Wochen nach Detmold in die Psychiatrie, nachdem sie mit einem Messer auf ihren Vater losgegangen war. Mit achtzehn war sie endgültig ein seelisches Wrack. Selbstmordgefährdet und tablettenabhängig.«

Wulfmeyer atmete schwer. Es war ihm anzumerken, dass es ihm nicht leicht fiel, über Lydia Kleins Schicksal zu sprechen. »Zum Glück hat sie in den vergangenen Jahren allerdings doch noch die Kurve gekriegt. Nach ihrem Auszug aus dem Elternhaus wirkte sie wie befreit und konnte wieder lachen, auch wenn längst noch nicht alle Dämonen vertrieben waren. Zuletzt war sie nur noch selten hier, alles schien gut zu werden … Sie können mir glauben, dass ihr Tod mich schwer trifft.«

»Auf ihren Tod und die Umstände komme ich später zu sprechen«, sagte Stahlhut. »Erst einmal interessiert mich der Grund für Lydias psychische Erkrankung. Was treibt ein neunjähriges Mädchen zum Psychologen?«

»Die alles entscheidende Frage«, antwortete Wulfmeyer vielsagend. »Auf die schon mein Vater keine endgültige Antwort gefunden hat und an der auch ich gescheitert bin. Nach allem, was wir bislang wissen, vermuten wir, dass Lydia als Kind missbraucht wurde. Und zwar nicht von ihrem Vater, wie alle immer geglaubt haben, sondern von ihrer Mutter.«

»Ihre Mutter?«, fragte Stahlhut überrascht. »Das klingt ungewöhnlich. Hat sie denn in all den Jahren nie darüber gesprochen?«

»Sie kannten sie nicht, das merkt man.« Wulfmeyers Miene strahlte wieder diese seltsame Traurigkeit aus. »Lydia hat nur selten geredet, weder als Kind noch als Erwachsene. Und wenn sie doch mal etwas gesagt hat, dann nichts über sich und ihre Probleme. Es war, als hätte sie sich mit neun Jahren von der Erde verabschiedet, um den Schritt in eine neue Welt zu gehen. Eine Welt, die nur sie betreten konnte.«

»Wie können Sie glauben, dass Lydia von ihrer Mutter missbraucht wurde, wenn sie niemals über sich geredet hat?«

»Endlose Sitzungen, Beobachtungen, Tests, Gespräche mit ihren Eltern und ihrem Umfeld. Heutzutage haben wir eine Menge Möglichkeiten, um uns der Ursache einer Erkrankung zu nähern. Wir haben alles versucht, können letztendlich aber nur mutmaßen. Fest steht auf jeden Fall, dass sie die Wahrheit mit ins Grab genommen hat.«

»Haben Sie irgendeine Idee, wer Lydia umgebracht haben kann?«, fragte Stahlhut. »Hat sie in den letzten Sitzungen vielleicht anders gewirkt als früher?«

»Ihre Verfassung war wie gesagt wesentlich besser als noch vor ein paar Jahren. Ich weiß wirklich nicht, wer ihr so etwas angetan hat.«

»Können Sie bestätigen, dass Lydia sich in Finstrup bedroht gefühlt hat?«

»Wie kommen Sie darauf?«, fragte Wulfmeyer.

»Beantworten Sie meine Frage.«

»›Bedroht‹ ist sicherlich das falsche Wort. Andererseits habe ich ihr selbst geraten, aus Finstrup wegzuziehen. Die politische Gesinnung der Leute dort ist allgemein bekannt. Und für jemanden wie Lydia kann das zur Belastung werden. Sie berichtete davon, dass sie gelegentlich angefeindet wurde. Aber schwer vorstellbar, dass diese Typen etwas mit ihrem Tod zu tun haben.«

Stahlhut blickte Wulfmeyer skeptisch an, dann wechselte er das Thema. »Wissen Sie, ob Lydia einen Freund hatte?«

»Einen Freund?«, fragte Wulfmeyer perplex. »Lydia?«

»Mir ist etwas in diese Richtung zu Ohren gekommen«, erklärte Stahlhut.

»Was soll der Quatsch?«, entrüstete sich Wulfmeyer. »Lydia wäre emotional niemals in der Lage gewesen, eine Beziehung zu führen. Wer behauptet denn so etwas? Und wer, bitte schön, soll dieser Freund gewesen sein?«

»Sie wissen also nichts darüber?«, vergewisserte sich Stahlhut und ignorierte Wulfmeyers Fragen. Ohne eine Reaktion abzuwarten, redete er weiter. »Kommen wir noch einmal auf die zahlreichen Sitzungen zurück. Sie müssen Lydia besser gekannt haben als jeder andere.«

»Vermutlich.«

»Das bedeutet, dass Sie Dinge wissen, die für unsere Ermittlungen von großer Bedeutung sein könnten. Könnte es sein, dass ein Zusammenhang zwischen ihrer psychischen Erkrankung und ihrem Tod besteht?«

»Das soll ich Ihnen beantworten?«, fragte Wulfmeyer. »Ist das nicht Ihr Job?«

»Sagen Sie mir einfach, was Sie wissen.« Stahlhut ließ sich nicht beirren. Es war offensichtlich, dass sein Gegenüber versuchte, sich um Antworten herumzudrücken.

»Lydia hatte tatsächlich einen Freund«, sagte Wulfmeyer plötzlich mit leiser Stimme. »Sie hat es mir vor einigen Monaten gesagt.«

»Der Name des Freundes?«, fragte Stahlhut.

»Keine Ahnung.«

Stahlhut musterte Wulfmeyer. In dessen Augen erkannte er weitaus mehr als die Traurigkeit eines Psychologen über den Tod einer seiner Patientinnen.

»Wie stark berührt Sie Lydias Tod?«

»Sie stellen vielleicht Fragen«, entgegnete Wulfmeyer aufgebracht. »Sie sehen doch, dass ich in großer Trauer bin.«

»Das meinte ich nicht.«

»Sie geben wohl niemals auf, oder?« Wulfmeyer sah Stahlhut an. In seinem Blick lag etwas Verletztes. »Um ehrlich zu sein, mochte ich Lydia wirklich sehr gern. Ist es das, was Sie hören wollen?«

»Beruhte das auf Gegenseitigkeit?«

»Nicht so, wie Sie denken. Zwischen uns lief nichts.«

»Wo waren Sie vorgestern Abend?«, fragte Stahlhut.

»Hören Sie mal«, sagte Wulfmeyer empört. »Ich lasse mir von Ihnen doch nicht –«

»Sagen Sie mir einfach, wo Sie waren«, unterbrach ihn Stahlhut.

»Wenn Sie es unbedingt wissen wollen, ich war bis spät abends hier in der Praxis. Es ist nicht ungewöhnlich, dass ich vierzehn Stunden am Tag arbeite.«

»Kann das jemand bezeugen?«

»Nein.«

»In Ordnung«, sagte Stahlhut. Einen Moment lang war er versucht, Wulfmeyer weiter in die Defensive zu drängen, doch dann überlegte er es sich anders. Sie würden zunächst sein Alibi überprüfen lassen.

»Stimmt es, dass Lydia Klein ihren Körper verkauft hat?«

Wulfmeyer sah ihn perplex an. Es schien, als hätte er die Frage nicht verstanden, doch dann lächelte er plötzlich bedeutungsvoll.

»Ich höre«, sagte Stahlhut.

Wulfmeyer nickte bedächtig. Stahlhut kam es vor, als versuche sich der Psychologe selbst davon zu überzeugen, dass das, was er sagen wollte, richtig war. Dann begann Wulfmeyer zu erzählen.

14

Jan kam zurück in den Verkaufsraum der Bäckerei und blickte sich um. Ergün und Lydia Kleins Vater waren verschwunden.

Er stieß die Ladentür auf und stürzte nach draußen. Eisige Luft wehte ihm entgegen und ließ ihn erschauern. Dann fiel sein Blick auf die andere Straßenseite, wo Ergün und Manfred Klein in ein Handgemenge verwickelt waren.

Im Laufschritt überquerte Jan die Straße und ging ohne Zögern dazwischen, indem er nach Kleins Armen griff und ihn wegzog. Dann drückte er ihn zu Boden, mit dem Gesicht in den Schnee, und setzte den Polizeigriff an.

»Hol die Handschellen aus dem Wagen!« Jan warf Ergün den Autoschlüssel zu. Dann stand er auf und zog Klein mit einem Kraftakt hoch.

»Pass auf! Er will sich losreißen.« Ergüns Warnung kam gerade noch rechtzeitig. Jan verstärkte seinen Griff, bis Klein vor Schmerzen aufstöhnte und wieder zurück auf den Boden sank. Im nächsten Moment kam Ergün zurück, und die Handschellen klickten um Kleins Handgelenke zu.

»Verdammt, was ist denn los gewesen?«, fragte Jan, nachdem sich die Lage etwas beruhigt hatte und Klein sich nicht mehr zur Wehr setzte.

Ergün sah ihn an. »Du willst gar nicht wissen, was mir dieser Typ an den Kopf geworfen hat. Passt allerdings in das Bild, das ich bislang von Finstrup habe.«

»Ich hab nur die Wahrheit gesagt«, stöhnte Klein mit schmerzverzerrter Stimme.

Ergün ging in die Knie und kam Kleins Gesicht so nah, dass sie sich beinahe berührten. »Kanake, dreckiger Moslem, Ölauge ...«, zählte er auf. »Und das waren noch die harmloseren Sachen.«

Für einen Moment hatte Jan das Gefühl, Ergün würde die Contenance verlieren und Klein eine verpassen, doch sein Kollege sprach ganz unaufgeregt weiter.

»Mit den Beleidigungen kann ich leben, aber ich lasse mir von so einem besoffenen Nazi nicht ins Gesicht spucken.«

»Verständlich«, sagte Jan. »Bringen wir ihn erst mal ins Auto.«

Er zog Klein hoch und schob ihn vor sich her über die Straße.

Als sie im Einsatzwagen saßen, drehte sich Jan zu Ergün und Klein um. »Ihre Tochter ist vor zwei Tagen umgebracht worden. Schämen Sie sich eigentlich gar nicht?«

»Warum sollte ich?«, fragte Klein lallend, dann lachte er höhnisch. »Was wollt ihr überhaupt von mir?«

»Gehen Sie zurück zu Ihrer Frau und trauern Sie. So wie das Eltern tun, wenn ihr Kind gestorben ist. Stattdessen fällt Ihnen nichts Besseres ein, als sich zu besaufen und meinen Kollegen mit Ihren dumpfen Parolen anzupöbeln.«

»Versteht ihr Bullenschweine eigentlich nicht, dass ihr hier nicht willkommen seid?«, fragte Klein grinsend. »Ihr sollt euch verpissen, und zwar schnell. Und außerdem geht es euch einen Scheißdreck an, wie ich um Lydia trauere.«

»Das glaube ich kaum«, entgegnete Jan. Er zog sein Telefon aus der Jackentasche, wählte die Nummer des Präsidiums und beorderte einen Streifenwagen. Als er aufgelegt hatte, wandte er sich wieder Klein zu. »Wir unterhalten uns später weiter. Bis dahin werden Sie ein bisschen Zeit zum Nachdenken haben.«

Er stieg aus und atmete tief durch. Was zum Teufel ging bloß in diesem Dorf vor sich? Mit was für Menschen hatten sie es hier zu tun?

Aus dem Augenwinkel sah er, dass sich ihnen eine ältere Mercedes-Limousine langsam näherte. Kurzzeitig glaubte Jan, der Fahrer des Wagens würde anhalten, als er im Schritttempo an ihm vorbeirollte. Doch dann gab er plötzlich Gas und schlitterte auf der schneebedeckten Straße davon.

Jans Telefon klingelte. Als er sah, wer der Anrufer war, seufzte er. Dennoch hob er ab.

»Hallo, Katharina.«

»Jan, schön, deine Stimme zu hören. Hast du kurz Zeit?«

»Eigentlich ist es gerade ganz schlecht.«

»Es dauert nicht lange«, sagte Katharina. »Ich würde gern mit dir über gestern Abend reden. Ich bin nämlich ganz froh, dass wir unterbrochen wurden.«

»Ich auch.«

»Wirklich?«

»Ja, ich glaube, es wäre nicht richtig gewesen.«

»Aber du hast doch …?«

»Ich weiß, aber irgendetwas lässt mich einfach zweifeln«, antwortete Jan kühl. »Wahrscheinlich ist es doch keine gute Idee mit uns beiden.«

»Dabei wollte ich dir gerade sagen, dass ich deshalb froh bin, nicht mit dir geschlafen zu haben, weil ich die Hoffnung habe, dass du mehr bist als eine weitere uninteressante Bettgeschichte.«

»So etwas aus deinem Mund?«, fragte Jan. »Warst du nicht bislang diejenige, die nur das eine wollte?«

»Ja schon, aber …«

»Woran bin ich eigentlich bei dir?«, unterbrach er sie. »Ich verstehe dich einfach nicht.«

»Das merke ich«, antwortete Katharina eingeschnappt. »Dir fehlt wirklich jedes Gespür dafür, wann ich Spaß mache und wann etwas ernst gemeint ist.«

»Offenbar«, entgegnete Jan kurz. Er war nicht in der Stimmung, mit Katharina über ihr schwieriges Verhältnis zu sprechen. »Können wir heute Abend telefonieren?«

»Ich rufe dich an«, antwortete Katharina. »Glaub aber bloß nicht, dass du mich an der Nase herumführen kannst. Ich durchschaue nämlich, was du vorhast.«

Jan wollte etwas entgegnen, hörte jedoch, dass Katharina bereits aufgelegt hatte. Er blickte noch eine Weile auf sein Handy und dachte darüber nach, was sie gesagt hatte. Meinte sie es tatsächlich ernst, oder gehörte das Ganze zu ihren merkwürdigen Spielchen, die sie trieb?

Der angeforderte Streifenwagen traf wenige Minuten später ein und lud Manfred Klein ein, um ihn aufs Präsidium nach Bielefeld zu bringen. Anschließend setzte Jan sich wieder hinters Steuer.

»Schauen wir uns noch ein wenig hier um?«

Ergün nickte wortlos. Jan hatte das Gefühl, dass seinen Kollegen die Feindseligkeit, die ihnen in Finstrup entgegenschlug, mehr traf, als er zugeben wollte. Manfred Kleins Parolen hatten anscheinend ihre Wirkung hinterlassen.

»Lass uns die Leute finden, die beim letzten Mal mein Auto zerkratzt und mit Steinen beworfen haben. Allmählich habe ich nämlich genug von diesem braunen Sumpf hier.« Jan startete den Motor und fuhr los. Am Ende des Ortes, auf Höhe des Hauses von Rolf Kuhfuß, drehte er wieder um. Er schaltete den rechten Blinker an und fuhr so langsam zurück durch den Ort, dass ein hinter ihm fahrendes Auto plötzlich hupend ausscherte und ihn überholte. Jan interessierte in diesem Moment jedoch etwas anderes.

Zu seiner Rechten erkannte er die Häuser, in denen – so erinnerte er sich – die unbekannten Männer verschwunden waren, nachdem sie ihnen aufgelauert hatten. Er parkte am Straßenrand und schaltete den Motor aus.

»Willst du da rein?«, fragte Ergün.

»Ja. Ich will wissen, was in diesem Kaff vor sich geht. Außerdem habe ich noch eine Rechnung mit diesen Typen offen. Niemand tut meinem Mini so etwas ungestraft an.«

»Aber wir wissen doch nicht einmal, ob sie sich tatsächlich in einem dieser Häuser versteckt haben. Und wenn, vielleicht wohnen sie gar nicht hier.«

Jan musterte seinen Kollegen. Sah er etwa Unbehagen in Ergüns Augen? Oder sogar Angst? »Was ist los mit dir? Traust du dich nicht?«

»Darum geht es doch gar nicht«, sagte Ergün schroff. »Wir müssen uns allerdings darüber im Klaren sein, dass wir nicht wissen, worauf wir uns hier einlassen. Ich habe mir gestern noch mal das Pressearchiv vorgenommen und bin dabei auf einige interessante Artikel gestoßen. Interessant, aber auch ziemlich erschreckend. Wir haben es hier mit einem Nest von Rechtsradikalen zu tun, die vor nichts zurückschrecken. Körperverletzung gegenüber Ausländern, Volksverhetzung, Brandstiftung … Alles schon dabei gewesen. Die Täter hat man allerdings bis heute nicht ausfindig machen können.«

»Was schlägst du vor?«

Ergün zuckte mit den Schultern. Er wirkte unentschlossen.

»Lass uns wenigstens einen Blick auf die Klingelschilder werfen«, sagte Jan. »Ich will wissen, wen ich eventuell verklagen kann.

Mein Mini kennt keine Gnade. Und sobald die Situation kritisch werden sollte, hauen wir ab.«

Die beiden Mehrfamilienhäuser stammten aus den sechziger Jahren und bildeten eine Ausnahme zu den übrigen kleineren Ein- und Zweifamilienhäusern. Bereits aus einiger Entfernung erkannte Jan, dass die Häuser in keinem guten Zustand waren. Putz bröckelte an mehreren Stellen von der Fassade, einzelne Dachziegel fehlten, und im zweiten Stockwerk der Hausnummer 51 zeugte eine durchsichtige Plastikfolie von einem zerbrochenen Fenster.

Jan und Ergün näherten sich mühsam dem Hauseingang. Der feuchte Schnee lag knöchelhoch auf dem Bürgersteig. Niemand hatte sich die Mühe gemacht, ihn wegzuräumen.

Auf dem Klingelschild der 51 las Jan sechs Namen. Er zog sein iPhone aus der Jackentasche und fotografierte das abgegriffene Messingschild. Dann nickte er Ergün zu und wandte sich ab, um hinüber zum Haus mit der Nummer 49 zu gehen. Er hatte sich noch nicht ganz umgedreht, da sah er, wie die Haustür des Nachbarhauses aufgestoßen wurde. Zwei hochgewachsene, schlanke Männer traten ins Freie und stapften mit klobigen Springerstiefeln durch den Schnee. Er versuchte sich zu erinnern, doch fiel es ihm schwer, sich die Gesichter der Männer, die seinen Mini mit Steinen beworfen hatten, vor Augen zu rufen. Dennoch war er sich sicher, dass sie zu der Gruppe gehört hatten.

»Bist du bereit für ein kleines Gespräch mit den beiden?«

»Würdest du ein Nein akzeptieren?«

»Nein.«

»Dachte ich mir«, seufzte Ergün.

Schnell und unbemerkt folgten sie den beiden Männern, die in Richtung der angrenzenden Stichstraße gingen. Sie führte in ein kleines Waldstück.

Nach etwa fünfzig Metern änderte sich die Bebauung. Statt der Wohnhäuser, die sich entlang der Hauptstraße reihten, war die Seitenstraße von kleinen Holzhäusern und Wellblechhütten gesäumt.

Die beiden Männer verschwanden hinter einer Hecke und bogen in einen schmalen Weg ein.

»Verdammt!«, fluchte Jan leise. »Ich kann sie nicht mehr sehen.«

»Das bringt doch alles nichts«, sagte Ergün. »Lass uns gehen.«

»Auf keinen Fall. Diese Typen haben meinen Wagen demoliert.«

Jan verfiel in Laufschritt. Nach zwanzig Metern endete der heckengesäumte Weg und führte über ein Tor in eine Schrebergartenkolonie. Jan sah, wie sich die beiden Männer an der Tür einer der Holzhütten zu schaffen machten.

»Hallo!«, rief er. »Kripo Bielefeld, wir müssen mit Ihnen sprechen.«

Die Männer drehten sich um und verharrten einen Augenblick, ehe sie sich abwandten und davonliefen. Obwohl die Distanz zu ihnen mehr als dreißig Meter betrug, war sich Jan jetzt endgültig sicher, die beiden schon einmal gesehen zu haben.

»Stehen bleiben!«, brüllte er, während er gefolgt von Ergün weiterrannte. Als sie an die Hütte kamen, waren die beiden schwarz gekleideten Männer bereits außer Sichtweite. Der Weg, den sie entlanggelaufen waren, gabelte sich in einiger Entfernung und schien noch schmaler zu werden.

Plötzlich wurde die Tür der Hütte aufgerissen. Eine junge Frau, kaum älter als Mitte zwanzig, erschien, um die Tür im nächsten Moment wieder zuzuziehen. Jan war schneller und stellte einen Fuß auf die Schwelle. Ergün kam ihm zu Hilfe und stemmte sich gegen die Tür, bis die Frau nachgeben musste.

Sie betraten die Hütte. Gerade noch rechtzeitig, um die Frau an einer Flucht durch das offen stehende Fenster am anderen Ende des Raums zu hindern.

»Sie bleiben schön hier!«, rief Jan und packte die Frau an den Armen. Sie trug eine Lederjacke über einem weißen Top und eine eng anliegende schwarze Jeans. »Wie heißen Sie?«, fragte er, nachdem er den Griff gelockert hatte.

»Wer will das wissen?«, entgegnete die Frau. »Sagen Sie mir lieber, wer Sie sind.« Sie musterte die beiden kritisch. Ergün noch einen Moment länger als Jan.

»Kripo Bielefeld, Oldinghaus mein Name. Das ist mein Kollege Cengiz Ergün. Wer sind Sie?«

Die Frau schwieg.

»Sagen Sie mir bitte Ihren Namen?«

Noch immer reagierte die attraktive Brünette nicht.

»In Ordnung. Wenn Sie nicht über sich sprechen möchten, dann nennen Sie mir stattdessen die Namen der beiden Männer, die Ihnen gerade einen Besuch abstatten wollten.«

»Ich weiß nicht, wovon Sie sprechen.«

»Ach nein?«, sagte Jan eine Spur lauter. »Dann schlage ich vor, dass wir Sie mit aufs Präsidium nehmen und unsere Kollegen von der Technik Ihre Hütte mal auf den Kopf stellen. Ich schätze, dann werden wir schon finden, was wir suchen.«

»Das glaube ich kaum«, antwortete die Frau. »Ich habe nichts zu verbergen. Mein Name ist Anne Becker.«

»Geht doch«, sagte Jan und sah sich um. Die Hütte sah ungenutzt aus. Die wenigen Möbel waren lieblos arrangiert, persönliche Gegenstände schienen gänzlich zu fehlen.

»Gehören Ihnen die Laube und der Garten?«

»Meinen Eltern. Sie leben aber nicht mehr in Finstrup, sondern an der Nordsee. Was wollen Sie eigentlich von mir?«

»Die Namen der zwei Männer.«

»Weshalb?«

»Wir stellen die Fragen«, sagte Jan. »Es geht in erster Linie um Vandalismus.«

»Um Vandalismus?«, fragte Anne Becker erstaunt. »Mehr nicht?«

»Haben Sie etwas anderes erwartet?«

»Nein, nein«, sagte sie schnell. Dann gab sie die Namen der beiden Männer zögerlich preis. »Axel und Dennis.«

»Nachnamen?«

»Die kenne ich nicht.«

Jan war sich sicher, dass Anne Becker log. Doch er ließ es zunächst auf sich beruhen. »Wohnen die beiden auch in Finstrup?«

»Schon seitdem ich denken kann.«

»Sind es Freunde von Ihnen?«

»Wir kennen uns, mehr nicht.«

»Teilen Sie deren politische Einstellung?«

»Was geht Sie das an?«

»Eine ganze Menge«, antwortete Jan. »Vor allem, wenn es strafrechtlich relevant ist wie im Fall Ihrer Freunde.«

»Ist es bei mir aber mit Sicherheit nicht«, sagte sie gereizt. »Wenn Sie jetzt bitte gehen würden.«

Jan nickte nachdenklich. »Wenn sich herausstellt, dass Sie den beiden näherstehen, als Sie zugeben, werden wir noch einmal wiederkommen«, sagte er schließlich. Er wusste, dass seine Worte ohne Wirkung verpuffen würden. Im Moment gab es keinen Grund für einen erneuten Besuch bei Anne Becker. Trotzdem verspürte er den Drang, sie einzuschüchtern.

»Eine Frage noch«, sagte er, als sie die Hütte schon fast verlassen hatten. »Kannten Sie Lydia Klein?«

»Lydia?« Anne Becker zögerte. »Klar. Schrecklich, was mit ihr passiert ist. Sind Sie deshalb hier in Finstrup?«

»Nicht nur«, antwortete Jan kühl. »Waren Sie mit Lydia befreundet?«

»Befreundet?« Die junge Frau lachte. »Ich kenne niemanden, der mit ihr befreundet war. Sie redete ja kaum. Allerdings kannten wir uns schon seit der Kindheit und waren vor mehr als zehn Jahren mal so etwas wie befreundet.«

»Wieso heute nicht mehr?«, hakte Jan nach. »Wann und weshalb hat sich Lydia verändert? Was ist passiert?«

»Bin ich etwa die Erste hier im Dorf, mit der Sie sprechen?« Anne Becker schüttelte noch immer lachend den Kopf. »Sie wissen doch bestimmt längst über Lydia Bescheid, oder etwa nicht?«

»Erzählen Sie einfach, was Sie wissen«, entgegnete Jan.

»Irgendetwas muss bei den Kleins damals passiert sein. Lydia wurde immer seltsamer, redete kaum noch und ging nur noch selten aus dem Haus. Ihre Veränderung war ein schleichender Prozess. Ich glaube, der Alte hat sich damals an ihr vergangen. Ist aber nur eine Vermutung.«

»Lydia Kleins Vater hat sie als Kind sexuell missbraucht, verstehe ich Sie richtig?«

»Keine Ahnung, ob das stimmt. Das erzählt man sich zumindest in Finstrup. Die ganze Familie Klein ist etwas merkwürdig.«

»Wissen Sie, was Lydia in den letzten Jahren gemacht hat? Beruflich und privat?«

»Noch mehr Gerüchte«, antwortete Anne Becker. »Ich weiß wirklich nicht, was davon wahr ist. Sie hatte wohl nicht den besten Umgang. Manch einer im Dorf behauptet, sie sei anschaffen gegangen. Einer ihrer Freier hat sie dann wahrscheinlich auch geschwängert.«

»Woher wissen Sie, dass Lydia ein Kind erwartete?«, fragte Jan überrascht.

»Gerüchte.« Wieder lächelte Anne Becker. »In Finstrup gibt es keine Geheimnisse. Hier wissen die Menschen übereinander Bescheid. Manchmal ist das gut, manchmal kann das aber auch zur Qual werden.«

»Sie glauben also, dass eine von Lydias Bekanntschaften der Vater des ungeborenen Kindes ist. Oder hatte sie möglicherweise einen festen Partner?«

»Nicht dass ich wüsste. Ich vermute, dass es kein Mann mit ihr ausgehalten hätte.«

»Weshalb nicht? Erklären Sie es mir.«

»Weil Lydia einfach anders war. Sie hatte so etwas Unnahbares, Distanziertes. Vielleicht wirkt das auf manche Männer anziehend. Aber wenn, dann nur für eine Nacht.«

»Ich gehe davon aus, dass wir noch einmal in Ruhe mit Ihnen sprechen müssen«, sagte Jan zum Abschluss des Gesprächs und gab ihr seine Karte. »Vielleicht fällt Ihnen bis dahin ja noch mehr ein.«

Anne Becker lächelte erneut und verabschiedete Jan und Ergün mit einem flüchtigen Nicken.

Als die beiden zurück in Richtung Straße gingen, fiel Jans Blick noch einmal auf das Haus mit der Nummer 49. Er trat an die Haustür und fotografierte auch dieses Klingelschild. Vier weitere Namen, die sie dringend überprüfen mussten. Er schickte beide Fotos per MMS an Bettina mit der Bitte, sich schnellstmöglich darum zu kümmern.

Er wollte sich bereits von dem Haus wieder abwenden, als ihm plötzlich Schmierereien im Türrahmen auffielen. Hetzparolen gegen Ausländer, Hakenkreuze und Drohungen gegen Bundespolitiker. Nichts, was ihn angesichts dessen, was er über Finstrup bereits wusste, verwunderte. Und doch ein Hinweis darauf, welches Gedankengut vorherrschte.

Sein Handy klingelte. Diesmal war es Stahlhut.

»Was gibt's?«, fragte Jan knapp.

»Ich komme gerade von Dr. Wulfmeyer.«

»Wer ist das?«

»Der Psychologe, bei dem Lydia Klein in Behandlung war.«

»Was sagt er?«

»Er hat einen anderen Grund für Lydias Andersartigkeit genannt, als wir bislang angenommen haben.«

»Und zwar?«

»Sie hat seit vielen Jahren unter einer massiven Psychose gelitten. In Folge …« Stahlhut hielt kurz inne und räusperte sich. »In Folge tiefer traumatischer Erlebnisse während ihrer Kindheit. Sie wurde über Jahre hinweg missbraucht.«

»Dann stimmt es also tatsächlich«, sagte Jan leise.

»Das ist aber noch nicht alles«, sagte Stahlhut.

»Erzähl schon!«

»Nicht am Telefon. Wir sollten uns treffen, so schnell wie möglich. Könnt ihr in einer halben Stunde in Lemgo sein?«

15

Stahlhut saß an der Theke im »Alten Backhaus«, als Jan und Ergün am späten Nachmittag das Restaurant im Herzen Lemgos betraten. Das »Alte Backhaus« war im späten sechzehnten Jahrhundert erbaut worden und gehörte zu den ältesten und schönsten Fachwerkhäusern der Stadt. Jan erinnerte sich, vor einigen Jahren mit seinen Eltern einmal hier gewesen zu sein. Es war eines dieser unsäglichen Familienessen gewesen, an dessen Ende seine Schwester und er sich mit dem Rest der Familie zerstritten hatten.

Noch immer widerstrebte es Jan, mit Stahlhut zusammenzuarbeiten. Doch die Informationen, die Stahlhut heute Morgen gesammelt hatte, waren wichtiger als jede persönliche Animosität.

»Ich war so frei und habe bereits für euch bestellt. Ein Pils zur Beruhigung und eine Kleinigkeit zu essen.«

»Wir haben nicht viel Zeit«, sagte Jan. »Wir müssen zurück ins Präsidium. Das Verhör von Manfred Klein wartet. Am besten kommst du sofort zur Sache.«

»Immer mit der Ruhe, Kollege.« Stahlhut genoss es sichtlich, dass er über Informationen verfügte, an denen Jan interessiert war. »Mit vollem Magen lässt es sich besser arbeiten. Die Zeit sollten wir uns nehmen. Und wie ich sehe, kommt dort auch schon unser Essen.«

Eine junge Kellnerin mit mehreren Tellern in den Händen trat heran. »Dreimal das Geschnetzelte vom Schweinefilet. Die Biere kommen sofort.«

»Vielen Dank, das sieht hervorragend aus.« Stahlhut zwinkerte der Bedienung zu und brachte ein kaum verständliches »Guten Appetit« heraus, bevor er sich auf seinen Teller stürzte. Auch Jan ließ sich nicht zweimal bitten.

»Was ist los? Keinen Hunger?« Stahlhut musterte Ergün, der keinerlei Anstalten machte, sein Essen zu probieren.

»Ach herrje«, entfuhr es Stahlhut plötzlich, und er schlug sich mit der flachen Hand vor die Stirn. »Du bist ja Moslem.«

Ergün verzog den Mund und schüttelte verständnislos den Kopf.

»Ist aber auch wirklich schwierig. Der eine isst gar kein Fleisch, der nächste nur diesen Bio-Quatsch, und ihr Türken habt was gegen Schweine.«

»Lassen wir das«, winkte Ergün ab. »Ich habe sowieso keinen Hunger. Mich interessiert viel mehr, was deine Gespräche ergeben haben.«

»Eine ganze Menge«, antwortete Stahlhut mit vollem Mund. »War einiges dabei, das euch interessieren dürfte.«

Er berichtete ausführlich über sein Gespräch mit Professor Siebrasse und dessen Vermutung, dass kaum jemand davon gewusst hatte, dass Lydia Klein an der Hochschule Ostwestfalen-Lippe als Studentin des Fachs Medienproduktion eingeschrieben gewesen war. »Dieser Professor ist ein widerlicher Kerl«, endete Stahlhut. »Arrogant und selbstverliebt. Äußerst unangenehm.«

»Kommt mir bekannt vor«, murmelte Jan.

»Nicht immer so verbissen, Kollege. Wir sollten uns langsam mal zusammenraufen.«

»Das klingt aus deinem Mund ziemlich höhnisch. Aber an mir soll es nicht scheitern.«

»Siebrasse erwähnte übrigens außerdem noch, dass Lydia einen Freund gehabt habe. Einzelheiten konnte er jedoch nicht nennen.«

»Sie hat also tatsächlich einen Freund gehabt«, sagte Ergün, ohne auf die Sticheleien zwischen Jan und Stahlhut einzugehen.

»Auch Dr. Wulfmeyer hat das bestätigt«, erklärte Stahlhut.

»Und wer soll dieser Freund gewesen sein?«, fragte Jan. »Etwa einer ihrer angeblichen Freier? Wenn wir denn diesem Kuhfuß mit seiner Vermutung, was Lydia so getrieben hat, Glauben schenken sollen.«

»Nicht nur Kuhfuß«, sagte Stahlhut. »Unabhängig voneinander haben mir eine Kommilitonin von Lydia und Dr. Wulfmeyer von Gerüchten erzählt, dass sie möglicherweise anschaffen gegangen ist. Wulfmeyer hat übrigens auch eine Vermutung, wer ihr Freund gewesen sein könnte.«

»Wir hören.«

»Ein Typ namens Ardian. Nachname unbekannt. Mit ihm soll sie sich in letzter Zeit oft getroffen haben. Er vermutet, dass dieser Ardian früher einmal ihr Kunde gewesen ist. Möglich, dass sich Lydia in ihn verliebt hat.«

»Woher weiß er denn diese Details über Lydias Liebesleben?«, fragte Ergün.

»Das ist der nächste Hammer. Wie gesagt, Wulfmeyer war schon seit vielen Jahren Lydias Psychologe. Irgendwann, als sie aus dem Teenageralter herausgewachsen war, hat er sich allerdings in sie verknallt. Allerdings vollkommen hoffnungslos. Er hatte keine Chance bei ihr, wie er selbst zugegeben hat.«

Jan versuchte, das soeben Gehörte einzuordnen. Die Gerüchte um den Nebenverdienst von Lydia Klein schienen sich zu verdichten. Vielleicht war tatsächlich etwas an dieser Sache dran. Andererseits dachte er darüber nach, ob Wulfmeyers nicht erwiderte Zuneigung zu Lydia ein Motiv für den Mord an ihr sein konnte.

»Glaubst du, dieser Psychologe hat etwas mit der Sache zu tun?«, fragte er schließlich.

Stahlhut schien diese Möglichkeit auch schon in Erwägung gezogen zu haben. »Derzeit sollten wir wohl keine Option ausschließen.«

»Lasst uns noch mal auf den Grund zu sprechen kommen, weshalb Lydia bereits als Kind in psychologischer Behandlung war«, sagte Ergün. »Was genau hat Wulfmeyer erzählt?«

Stahlhut räusperte sich. »Lydia Klein ist vorgestern gestorben, aber ihr Leben wurde schon vor etwa zwei Jahrzehnten zerstört. Wie ich eben am Telefon bereits sagte, wurde sie als Kind sexuell missbraucht.«

»Von ihrem Vater?«

»Nein, anscheinend nicht«, sagte Stahlhut. »Wulfmeyer vermutet, dass es Lydias Mutter gewesen ist.«

»Wie bitte?« Jan blickte Stahlhut fassungslos an. Sie hatten in ihrem Gespräch nicht den besten Eindruck von Jutta Klein gewonnen, aber nichts hatte darauf hingedeutet, dass sie es gewesen war, die ihrer Tochter das Leben zur Hölle gemacht hatte. Diese Information kam vollkommen überraschend.

Ein Anruf auf seinem Handy riss ihn aus seinen Gedanken. Jan stand auf und stellte sich etwas abseits. Er kannte die Nummer nicht und meldete sich deshalb mit vollem Namen und Dienstbezeichnung.

»Anne Becker hier«, meldete sich die Frau, der er eben noch gegenübergestanden hatte. »Im Präsidium hat man mir Ihre Handynummer gegeben.«

»Was kann ich für Sie tun? Ist Ihnen doch noch etwas eingefallen?«

»Wenn Sie es so nennen möchten. Es geht um Lydia, besser gesagt um den Vater ihres Kindes. Ich glaube, ich weiß, um wen es sich dabei handeln könnte.«

»Tatsächlich?«

»Ja, ich erinnere mich, dass mir jemand vor einigen Wochen gesagt hat, sie hätte eine Affäre.«

»Und das ist Ihnen natürlich erst jetzt eingefallen?«, fragte Jan.

»Ja, ich hatte es vollkommen vergessen.«

»Also gut. Ich glaube Ihnen zwar kein Wort, aber sagen Sie mir bitte, wie der Mann heißt.«

»Er heißt Ardian.«

So wie es Dr. Wulfmeyer vermutet hatte. »Und sein Nachname? Kennen Sie den auch?«

»Lila … oder Lala … oder so ähnlich«, antwortete Anne Becker. »Genau kann ich mich nicht erinnern.«

»Wer ist dieser Jemand, von dem Sie das erfahren haben?«

»Tut mir leid, auch daran kann ich mich nicht mehr erinnern. Hier im Dorf wird so viel gesprochen. Ich muss jetzt leider Schluss machen.«

»Natürlich«, sagte Jan, aber da hatte Anne Becker bereits aufgelegt. Er ging zurück an die Theke.

»Dr. Wulfmeyer scheint recht gehabt zu haben«, sagte er nach einer Weile. »Der Mann, den wir finden müssen, heißt Ardian.«

16

Jan rempelte versehentlich den jungen Kollegen vom BKA an, als er um kurz vor sechs über den Flur des Präsidiums eilte. Er hielt inne und betrachtete den Mann, der kaum älter als fünfundzwanzig war, mit skeptischem Blick. Wie sollte jemand in seinem Alter aufklären, was es mit dem Bombenanschlag auf sich hatte? Er wünschte sich einige erfahrene BKAler herbei.

»Schon neue Erkenntnisse?«, fragte Jan.

»Morgen früh setzen wir uns mit Ihnen zusammen und sprechen über den aktuellen Stand der Ermittlungen. Vorher möchten wir noch nichts dazu sagen.« Der junge Mann nickte und ging weiter.

Jan blieb kopfschüttelnd zurück. Bislang hatte er noch nicht viele Erfahrungen mit Kollegen des BKA gemacht, allerdings hatte er schon eine Menge darüber gehört, wie schwierig die Zusammenarbeit mit den Wiesbadener Kollegen war. Es hieß, sie seien wenig kooperativ, hochnäsig und zu weit weg von der Basis der Polizeiarbeit. Offenbar bestätigten sich diese Vorurteile gerade.

In seinem Büro stapelten sich Akten kleinerer Delikte, die fürs Erste liegen bleiben mussten. Der Mord an Lydia Klein und der Nagelbombenanschlag in der Lipperlandhalle hatten Vorrang. Jan schaltete seinen Computer ein und klopfte ungeduldig auf die Schreibtischkante. Er wartete auf eine E-Mail von seinem alten Kumpel Simon, der bei der Kriminalinspektion Detmold arbeitete. Jan hatte ihn um Hilfe gebeten, weil er hoffte, dass Simon ihm mehr über die rechte Szene in Finstrup berichten konnte.

Der Rechner fuhr so langsam hoch, dass Jan kurz davor war, ihn sich unter den Arm zu klemmen und seiner Chefin Vera Jesse auf den Schreibtisch zu knallen, doch gerade noch rechtzeitig öffnete sich das E-Mail-Programm.

Die erhoffte Mail war nicht dabei, dafür eine Nachricht von Nolte aus der Spurensicherung. Die ballistische Untersuchung im Mordfall Lydia Klein war abgeschlossen. Bei der Waffe, mit der sie erschossen worden war, handelte es sich um eine Česká, Modell

CZ 75. Der Täter hatte offenbar aus naher Distanz abgedrückt und frontal in die Stirn geschossen. Lydia Klein hatte keine Chance gehabt und war auf der Stelle tot gewesen.

Auch der Sprengsatz war von der Spurensicherung rekonstruiert worden. Er war relativ simpel in Form einer Rohrbombe gebaut worden. Mit Nägeln und einem Zeitzünder bestückt hatte sie der Attentäter im Thekenbereich der Lipperlandhalle versteckt. Die Untersuchungen zum Sprengstoff waren noch nicht abgeschlossen, vieles deutete jedoch auf die Verwendung von C4, einem vor allem beim Militär verwendeten Plastiksprengstoff, hin.

»Bei einer professionelleren Bombe dieser Art hätte es wahrscheinlich Tote gegeben«, schrieb Nolte am Ende seines Berichts.

Jan lehnte sich in seinem Schreibtischstuhl zurück und verschränkte die Arme hinter dem Kopf. Womit hatten sie es zu tun? Mit einem persönlich motivierten Einzeltäter, einer politischen Tat oder einem religiösen Motiv? Ergüns Recherchen über einen möglichen antisemitischen Hintergrund waren bislang die einzig brauchbaren Erkenntnisse. Er musste daran denken, was er in Finstrup erlebt hatte, und spürte Unbehagen.

Die Erkenntnisse der Spurensicherung waren in vielerlei Hinsicht hilfreich. In Bezug auf Lydia Klein konnten sie jetzt endgültig davon ausgehen, dass es sich um eine gezielte Tötung gehandelt hatte. Dass der Täter eine CZ 75 benutzt hatte, überraschte Jan nicht weiter. Die Pistole tschechischen Fabrikats erfreute sich seit Jahren großer Beliebtheit, vor allem in kleinkriminellen Kreisen.

Ob der Mord an Lydia Klein etwas mit dem Nagelbombenanschlag zu tun hatte, darüber wussten sie allerdings immer noch nichts. Aber wo zum Teufel konnte der Zusammenhang sein? Klar war, dass die Rohrbombe wahrscheinlich zur selben Zeit explodiert war, als der tödliche Schuss auf Lydia Klein abgegeben wurde. Absicht? Oder purer Zufall?

Eine dilettantisch gebaute Bombe ließ nicht unbedingt auf eine gewachsene Terrorbewegung schließen. Vielmehr konnten sie nicht einmal mehr ausschließen, dass es sich bei der ganzen Sache nur um einen üblen Scherz irgendwelcher Jugendlicher gehandelt hatte.

Er musste an Ardian denken, den mutmaßlichen Freund von

Lydia Klein. War er derjenige, den es zu finden galt? Dass er wichtig für ihre Ermittlungen war, schien klar zu sein. Doch war er auch der Mörder?

Oder hatte Dr. Wulfmeyer, der laut Stahlhut ein Auge auf seine Patientin Lydia geworfen hatte, etwas mit der Sache zu tun? Er würde ihn sich vorknöpfen müssen. Genauso, wie er ein weiteres Gespräch mit Lydias Mutter führen musste, die Wulfmeyer zufolge Lydias Leben bereits in ihrer Kindheit zerstört hatte. Zu viele Baustellen, die keinen Sinn zu ergeben schienen.

Es klopfte an seiner Tür. Ergün steckte den Kopf herein. »Hast du einen Moment?«

»Klar, was gibt's?«

»Ich glaube, Finstrup ist tatsächlich der Ort, den wir suchen. Ich habe vorhin etwas Interessantes in Erfahrung gebracht.«

»Erzähl schon.«

»Auf der Website von ›Newton‹ gibt es ein Gästebuch, in dem es ziemlich hoch hergeht. Die Fans der Band sind ganz schön aufgebracht und drohen mit Rache.«

»Wissen die denn mehr als wir?«

»Wissen ist vielleicht das falsche Wort, aber die Vorwürfe sind recht eindeutig. Ich zitiere mal kurz: ›Diese Scheiß-Faschos aus diesem verkackten Finstrup haben auf der letzten Tour den Bandbus mit Hakenkreuzen beschmiert‹ oder ›Man sollte das ganze Dorf zubomben, dort trifft man immer den Richtigen‹.«

»Harter Tobak«, sagte Jan. »Aber weshalb Finstrup? Wie kommen diese Leute darauf?«

»Habe ich mich natürlich auch gefragt. Also habe ich bei Elad Harush, dem Sänger von ›Newton‹, angerufen. Ich hatte bereits am Morgen nach dem Anschlag mit ihm gesprochen, ohne dass er mir etwas Wichtiges berichten konnte. Diesmal war er allerdings redseliger.«

»Warum hat er sich nicht von sich aus bei uns gemeldet?«

»Angeblich keine Zeit. Die ziehen ihre Tour gerade mit einer anderen Vorband durch. Ich habe ihn in Schweden erreicht.«

»Manchmal fällt einem wirklich nichts mehr ein«, sagte Jan. »Aber erzähl lieber, was er gesagt hat.«

»Für ihn ist es ebenfalls klar, dass der Anschlag etwas mit Finstrup zu tun hat. Das Ganze rührt offenbar daher, dass die Band vor zwei Jahren einen Song über das Nazi-Problem in Deutschland geschrieben und sich dabei auf Finstrup bezogen hat. Damals war gerade Landtagswahl gewesen, und Finstrup geisterte dank der zweiunddreißig Prozent NPD-Wähler bundesweit durch die Presse.«

»Warum wussten wir davon denn bislang nichts?«, fragte Jan aufgebracht.

»Harush sagte, dass sie keinen großen Wirbel um die Sache machen wollten, weil sie die Reaktion der Finstruper unterschätzt hatten. Sie sind wohl ziemlich eingeschüchtert worden. Die Aktion mit dem Bus, Anrufe und Drohschreiben. Das könnte der Grund dafür sein, dass sie nach dem Anschlag nicht mit der Wahrheit herausgerückt sind.«

Wieder klopfte es an der Tür. Diesmal war es Vera Jesse. »Seid ihr so weit?«, fragte sie.

Jan sah sie an und zuckte mit den Schultern.

»Jetzt sag bloß, du hast es vergessen?«, fragte sie.

»Nein, ich ...«

»Gut. Klein wartet nämlich bereits im Verhörzimmer auf euch.«

»Verdammt«, entfuhr es Jan. Klein. Den hatte er vollkommen vergessen.

Als er kurze Zeit später gemeinsam mit Ergün den Verhörraum betrat, war Jan unwohl im Magen. Manfred Klein war niemand, der ihnen bereitwillig Auskunft geben würde. Das hatten sie leidvoll erfahren müssen. Das kurze Intermezzo vom Vormittag wirkte noch immer nach.

Sie nahmen auf den schwarzen Plastikstühlen gegenüber Klein Platz, und Jan schaltete das Tonbandgerät ein. Dann verlas er Kleins Personalien und stellte seine erste Frage.

»Weshalb sind Sie heute Morgen auf meinen Kollegen losgegangen?«

»Meinen Sie das etwa ernst?« Klein lachte abfällig. »Ganz sicher bin nicht ich auf ihn losgegangen. Wenn er seine Drecksgriffel nicht an sich halten kann, muss ich mich schließlich wehren.«

Jan versuchte, einen kurzen Blick mit Ergün zu wechseln. Er

scheiterte jedoch, da dieser sichtlich um Fassung rang und Klein wütend anstarrte.

»Sie bestreiten also, dass Sie Kriminalkommissar Cengiz Ergün beleidigt und bespuckt haben?«

»Nein, das tue ich nicht. Ich habe ihn beleidigt, so wie ich die meisten Ausländer, die sich in unserem Land breitmachen, uns unsere Arbeitsplätze wegnehmen und unsere deutschen Frauen ficken, beleidige. Mich interessiert dieser ganze Integrations- und Globalisierungsscheiß einen Dreck.« Klein räusperte sich, nachdem er sich in Rage geredet hatte. »Gespuckt habe ich außerdem erst nach dem ersten Schlag Ihres Kollegen.«

Jan biss sich auf die Zunge, um ruhig zu bleiben. Egal, ob Klein ihn provozieren wollte oder seine rechten Parolen aus tiefster Überzeugung äußerte, er wollte auf keinen Fall darauf eingehen und ihm diesen Erfolg gönnen. In der Hoffnung auf ein Zeichen suchte er erneut den Blickkontakt zu seinem Kollegen. Doch Ergün verharrte regungslos.

Jan entschied sich, das Thema zu wechseln. Solange er keine Gewissheit darüber hatte, was vorgefallen war, musste er vorsichtig sein. Hatte Ergün womöglich tatsächlich die Nerven verloren und zuerst zugeschlagen? Verständlich wäre es auf jeden Fall gewesen, trotzdem hoffte er, dass Klein nicht die Wahrheit gesagt hatte.

»Ich möchte mit Ihnen über Ihre Tochter Lydia sprechen«, sagte Jan. »Was empfinden Sie derzeit?«

»Sie nerven«, antwortete Klein. »Sie werden von mir nicht hören, dass ich um meine Tochter trauere. Ich hatte nämlich schon lange keine Tochter mehr.«

»Wie darf ich das verstehen?«, fragte Jan.

»Lydia gehörte nicht mehr zu unserer Familie, ganz einfach. Sie hat es selbst so gewollt.«

»Was genau ist vorgefallen, dass es zum Bruch zwischen Ihnen gekommen ist? Man lässt seine Tochter doch nicht einfach so ziehen?«

»Zu viel, als dass ich mit Ihnen darüber sprechen will. Nur so viel: Lydia wollte nichts mehr mit uns zu tun haben. Und wir nichts mehr mit ihr.«

»Was wissen Sie über Lydias Leben in den vergangenen Jahren?«

»Man hat allerhand gehört. Nichts Gutes, aber überraschend kam das für uns nicht.«

»Sie spielen auf Lydias Männerbekanntschaften an?«

»Schön gesagt«, antwortete Klein grinsend. »Rumhurerei trifft es wohl besser. Wirklich tragisch, was sie aus ihrem Leben gemacht hat. Würden Sie eine solche Tochter haben wollen?«

»Ihre Frau hat bestritten, dass Lydia als Prostituierte gearbeitet hat.«

»Sie glauben der Alten doch wohl nicht mehr als mir, oder?«, entgegnete Klein. »Jutta weiß schon lange nicht mehr, was sie daherquatscht. Jeder im Dorf weiß, was Lydia getrieben hat.«

»Sie haben ja wirklich eine hohe Meinung über Ihre Familie«, sagte Jan sarkastisch. »Weshalb sind Sie nicht längst von zu Hause ausgezogen?«

»Bequemlichkeit«, antwortete Klein. »Und ab und zu lässt mich die Alte ja auch noch ran.« Wieder grinste er.

»So genau will ich das gar nicht wissen. Sagen Sie mir lieber, wer Ihre Tochter umgebracht haben könnte. Wir gehen derzeit davon aus, dass sie gezielt erschossen wurde.«

»Was weiß ich.« Klein winkte ab und schüttelte den Kopf. »Wahrscheinlich einer ihrer Freier. Oder ihr Zuhälter.«

»Wer soll das sein?«

»Keine Ahnung. Irgendein Ausländer wahrscheinlich.«

»Ein Ausländer?«, wiederholte Jan scharf. »Was muss ich mir darunter vorstellen? Schweden, Franzosen oder solche Ölaugen wie mein Kollege hier? Vielleicht geht es etwas konkreter?«

»Nein, geht es nicht. Wie gesagt, ich hatte in den letzten Jahren keinen Kontakt zu ihr.«

»Was genau hat Lydia denn mit diesen Ausländern getrieben?«, fragte Ergün. Er schien sich wieder beruhigt zu haben.

»Was soll die Frage?«, fragte Klein. »Sie war 'ne Nutte und hat sich von diesen Kanaken vögeln lassen. Reicht das nicht?«

»Ich werde Sie nicht darauf hinweisen, sich in Ihrer Ausdrucksweise zu zügeln«, sagte Ergün mit ruhiger Stimme. »Sie können sich allerdings sicher sein, dass Ihre Entgleisungen nicht folgenlos bleiben werden. Dafür werde ich sorgen.«

»Drohen Sie mir?«

»Nein. Ich erkläre Ihnen lediglich, dass die Sache ein Nachspiel für Sie haben wird. Leute wie Sie sollten bekommen, was sie verdienen.«

»Du mieser kleiner Bastard!«, polterte Klein plötzlich los und sprang auf. »Ich mach dich fertig. Mal sehen, wem die Richter am Ende mehr glauben. Einem aufrechten deutschen Bürger oder so einem anatolischen Ziegenhirten, der meint, hier in Deutschland den großen Macker spielen zu können.«

»Schluss jetzt!«, ging Jan dazwischen. »Setzen Sie sich! Sofort! Sie antworten von jetzt an nur noch auf unsere Fragen, verstanden?«

»Arsch lecken«, murmelte Klein.

»Schnauze, verdammt noch mal!«, schrie Jan so laut, dass er einen Moment lang über sich selbst erschrocken war. Er stand auf, lief einige Male im Raum auf und ab, um sich zu beruhigen, und setzte sich schließlich wieder.

»Hatte Lydia Schulden?«, fragte er nach einigen Sekunden. »Hat sie Drogen genommen?«

»Es würde mich nicht wundern«, antwortete Klein unbeeindruckt. »Aber das herauszufinden ist ja wohl Ihr Job.«

»Ich sage Ihnen jetzt mal etwas«, sagte Jan. »Was wir bereits herausgefunden haben, ist mehr, als Sie offenbar über Ihre eigene Tochter wussten.«

»Wovon sprechen Sie?«

»Sie kannten Ihre Tochter anscheinend kein bisschen, oder wie erklären Sie sich, dass Lydia an der Hochschule Ostwestfalen-Lippe studiert hat?«

»Das glauben Sie doch selbst nicht«, sagte Klein höhnisch. »Lydia war nun wirklich nicht die Hellste.«

»Sie gehörte zu den besten ihres Semesters.« Jan musterte Klein. Er empfand eine solche Abneigung gegen diesen Mann, dass er ihn am liebsten geohrfeigt hätte. »Kennen Sie einen Ardian?«, fragte er stattdessen.

»Wer soll das sein?«

»Möglicherweise war er der Freund Ihrer Tochter.«

»Einer ihrer Freier, oder was? Nennen Sie es von mir aus Freund. Ich kenne ihn nicht und lege auch keinen Wert darauf.«

»Kommen wir noch einmal auf Sie zu sprechen. Aus Ihrer politischen Gesinnung machen Sie keinen Hehl. Wir wissen, dass Sie in Finstrup kein Einzelfall sind. Es ist allgemein bekannt, dass ein Drittel Ihres Dorfes rechts denkt. Gestern haben ein paar Glatzen meinen Wagen demoliert. Können Sie sich denken, wer dahintersteckt?«

»Selbst wenn, würde ich es nicht sagen. Ich verpfeife niemanden aus meinem Dorf.«

»Außer Ihrer eigenen Tochter«, entgegnete Jan. Am liebsten hätte er Klein mit den Missbrauchsvorwürfen konfrontiert, doch es fiel ihm schwer zu glauben, was Stahlhut ihm erzählt hatte.

»Lassen Sie mich jetzt endlich gehen«, sagte Klein. »Ich habe Ihnen alles gesagt, was ich weiß.«

»In Ordnung«, gab Jan ruhig zurück. Er konnte Klein ohnehin keine Sekunde länger ertragen. »Nur damit Sie Bescheid wissen, wir werden Anzeige gegen Sie erstatten. Wegen Volksverhetzung, Beamtenbeleidigung und tätlichem Angriff gegen einen Beamten. Sie sollten Finstrup in den nächsten Tagen nicht verlassen.«

»Lächerlich«, entgegnete Klein.

»Verschwinden Sie jetzt!«, rief Jan genervt. »Ich will Sie nicht mehr sehen.«

Zwei Kollegen von der Schutzpolizei, die im Hintergrund gestanden hatten, traten an den Tisch und begleiteten Klein aus dem Raum. Als sie die Tür öffneten, stand Jan auf.

»Einen Moment.«

»Was denn noch?«

»Lydia war schwanger. Sie wären in sechs Monaten Großvater geworden.«

Für einen kurzen Augenblick entglitten Kleins Gesichtszüge. Zum ersten Mal, seitdem Jan ihm begegnet war, zeigte er so etwas wie eine emotionale Regung. Offenbar hatte er nichts von der Schwangerschaft seiner Tochter gewusst.

»Ein Glück«, sagte Klein, nachdem er sich wieder gesammelt hatte.

»Wie bitte?«, fragte Jan.

»So schlimm die Sache mit Lydia auch ist«, antwortete Klein, »immerhin ist es uns erspart geblieben, dass sie einen Bastard zur

Welt gebracht hat. Ich hätte es nicht ertragen, wenn durch die Adern meines eigenen Enkelkindes das Blut eines Kanaken geflossen wäre.«

Jan traute seinen Ohren nicht. Klein war in seinem braunen Wahn noch radikaler, als er angenommen hatte. Wie konnte ein Vater den Tod seiner eigenen Tochter als etwas Positives bewerten?

Aus dem Augenwinkel sah er, dass Ergün aufsprang und auf Klein zuging. Im nächsten Moment holte sein Kollege bereits aus und verpasste Klein eine harte Rechte. Das krachende Geräusch und das schmerzerfüllte Ächzen Kleins waren unmissverständlich. Ergün hatte Klein die Nase gebrochen.

17

Der Termin am Amtsgericht in Lemgo hatte wenig Gutes gebracht. Auch die Tage, Wochen und Monate davor waren größtenteils zermürbend gewesen. Das, was seine Arbeit als Staatsanwalt in der Vergangenheit ausgezeichnet hatte, schien kaum mehr etwas wert zu sein. Er hatte schon lange nicht mehr das Gefühl, dass das Prinzip von Gerechtigkeit noch zählte. Gesetze wurden aufgeweicht und Rechtsanwälten ihr schäbiges Treiben gewährt. Was ergab es da noch für einen Sinn, auf der richtigen Seite zu stehen, wenn eben diese kaum noch existierte?

Aufschlussreicher war da schon der anschließende Termin in seinem Büro gewesen. Der junge Mann, der ihm einen Besuch abgestattet hatte, war anders gewesen, als er ihn sich vorgestellt hatte. Selbstkritisch und geläutert, so hatte er sich ihm präsentiert. Und es schien ihm tatsächlich ernst zu sein. Trotzdem hatte er seine Zweifel daran, dass dieser junge Mann ihm wirklich behilflich sein wollte.

Und dann war da noch die Sache mit dem Anschlag auf die Lipperlandhalle und der toten Frau. Er spürte die Beklemmung, das Unwohlsein bei dem Gedanken daran, was womöglich der Hintergrund dieser grausamen Tat war. Dabei hatte er schon immer davor gewarnt, dass sie eines Tages im größeren Stil zuschlagen würden.

Der Schneefall hatte den gesamten Nachmittag über angehalten und für eine durchgehende Schneeschicht auf den Straßen gesorgt. Da die Temperaturen jetzt am frühen Abend wieder unter null Grad lagen, gefror der feuchte Schnee zu allem Überfluss auch noch.

Er hatte es selbst einmal als Ironie des Schicksals bezeichnet, dass er tagtäglich auf dem Weg nach Hause durch dieses Dorf fahren musste. Ausgerechnet er. Nach all dem, was vorgefallen war. Manchmal überkam ihn regelrecht Angst bei dem Gedanken daran, was passieren konnte, wenn sie eines Tages seinen Wagen erkannten.

Hinter Finstrup fuhr er noch eine Weile weiter, ehe er auf eine kreuzende Landstraße abbog. Ein ums andere Mal hatte er schon überlegt, sein Haus zu verkaufen und sich eine Wohnung in Detmold in der Nähe des Landgerichts zu mieten. Doch noch hatte er es nicht über sich gebracht, sein Haus aufzugeben, auch wenn er spürte, dass es allmählich an der Zeit war.

Mehrere Autos und ein Lastwagen kamen ihm entgegen. Sie wirbelten Schnee auf und zwangen ihn dazu, den Scheibenwischer auf höchster Stufe arbeiten zu lassen.

Die roten Rücklichter des Gegenverkehrs verschwanden aus dem Rückspiegel. Es war wieder dunkel um ihn herum. Nur schemenhaft erkannte er, dass sich links und rechts der Straße die Landschaft veränderte. Er hatte das kleine Waldstück erreicht, einen Ausläufer des Teutoburger Walds. Ein Erholungsgebiet mit Bachläufen und Karpfenteichen. Er mochte diese Gegend. Ein weiterer Grund, hier wohnen zu bleiben und nicht in die Stadt zu ziehen.

Der Wald wirkte heute besonders finster. Obwohl die Bäume blätterlos waren, hatten sie kaum Schnee durchgelassen. Alles um ihn herum war in ein tiefes Schwarz gehüllt. Nur das Licht seiner Scheinwerfer spiegelte sich gefährlich glänzend auf dem Asphalt wider. Die Fahrbahn schien glatt zu sein.

Er fuhr in einer lang gezogenen Linkskurve noch tiefer in den Wald hinein. Ein schwaches Licht in der Ferne zeigte an, dass ein Fahrzeug entgegenkam. In der Dunkelheit versuchte er, sich auf die Fahrbahnmarkierung zu konzentrieren und möglichst weit rechts zu fahren. Kein leichtes Unterfangen.

Er drosselte die Geschwindigkeit, als er merkte, dass sich das entgegenkommende Fahrzeug ungewöhnlich schnell näherte. Er sah nur auf seine Spur und vermied es, einen Blick auf das andere Auto zu werfen, um nicht geblendet zu werden. Im letzten Moment sah er dennoch hoch. Ein Fehler. Der Fahrer des Wagens schaltete plötzlich das Fernlicht ein und blendete ihn so stark, dass er die Augen zusammenkneifen musste. Ein dunkler SUV donnerte an ihm vorbei.

Beinahe blind steuerte er weiter durch den Wald. Als er die Augen wieder öffnete, atmete er tief durch. Das war knapp gewesen.

Nach einer Weile beschleunigte er das Tempo wieder. Er wusste, dass er sich jetzt am tiefsten Punkt des Waldes befand. Hier war es so dunkel, dass er trotz des Fernlichts, das er mittlerweile angeschaltet hatte, kaum etwas vom Straßenverlauf erkennen konnte.

Plötzlich zuckte er zusammen. Keine zwanzig Meter vor ihm bemerkte er etwas auf der Fahrbahn. Eine Person, die in gebückter Haltung auf der Straße stand. Mit der Verzögerung einer Schrecksekunde trat er auf die Bremse und schlidderte über den rutschigen, vereisten Asphalt. Er verlor die Kontrolle über den Wagen und geriet rechts auf die Fahrbahnmarkierung, die noch glatter war und ihn vollends ins Schleudern brachte.

Ein letzter Versuch, dem Unbekannten, der mitten auf der Straße stand, mit einem Lenkmanöver auszuweichen. Doch es war zu spät.

Im nächsten Moment erschütterte den Wagen ein dumpfer Aufprall.

18

Er sah den Mercedes auf sich zukommen und konnte gerade noch zur Seite springen, ehe der Wagen mit hoher Geschwindigkeit und einem ohrenbetäubenden Aufprallgeräusch gegen einen dicken Baumstamm krachte.

Stratemeier musste ein noch größerer Idiot sein, als er ohnehin schon vermutet hatte. Warum zum Teufel hatte er nicht angehalten, als er das Hindernis auf der Straße gesehen hatte? Er hatte viel zu spät gebremst und war mit fast ungeminderter Geschwindigkeit in die lebensgroße Puppe hineingefahren, die er mitten auf der Straße auf einem Stuhl drapiert hatte.

Ingo und Dirk waren nicht gekommen. Sie hatten tatsächlich gekniffen. Sein anfänglicher Ärger darüber war jedoch in Gleichgültigkeit übergegangen. Wahrscheinlich war es besser, wenn er sich zukünftig tatsächlich nur noch auf sich selbst verließ.

Vorsichtig näherte er sich dem Wrack. Aus dem demolierten Motorraum der Limousine stieg Rauch auf, und die Front-Airbags waren aufgegangen. Er rüttelte an der Tür, aber sie ließ sich nicht öffnen. Durch den Aufprall hatte sich die Karosserie völlig verzogen. Es dauerte eine Weile, ehe er die Tür einen Spalt geöffnet hatte, sodass er ins Innere hineingreifen konnte. Er spürte, dass sich Stratemeier bewegte.

Er tastete mit der Hand über dessen Gesicht. Es war feucht. Sofort war ihm klar, was das bedeutete. Mit aller Kraft riss er weiter an der Tür, bis sie endlich nachgab. Erst jetzt sah er, wie schwer es Stratemeier tatsächlich erwischt hatte. Er wimmerte leise und krümmte sich vor Schmerzen. Es schien, als hätte er sich nicht nur am Kopf, sondern auch an den Beinen schwer verletzt.

Rasch öffnete er den Gurt und wuchtete Stratemeier ohne Rücksicht auf dessen schmerzerfülltes Stöhnen aus dem Wrack. Dann packte er ihn an den Armen und zog ihn aus dem leicht abschüssigen Wald zurück auf die Straße.

Er hatte im Lauf der Jahre die Fähigkeit entwickelt, Geräusche wahrzunehmen, die weit außerhalb der Hörweite eines normalen Menschen lagen. Sein einsames, zurückgezogenes Leben und die endlosen Spaziergänge im Wald waren ihm dabei zugutegekommen. In diesem Augenblick war jedoch nichts zu hören. Kein Motorengeräusch. Nicht einmal ein Tier in der Nähe.

Er legte Stratemeier unsanft auf der Straße ab und verschnaufte für einen Augenblick. Noch einmal spielte er in Gedanken durch, welche Konsequenzen Stratemeiers Unfall nach sich ziehen würde. Wahrscheinlich nur die, dass sich die Bullen noch mehr wunderten. Sie würden sich die Frage stellen, weshalb jemand gegen einen Baum fuhr und anschließend tot auf der Straße lag. Erschossen.

Je länger er darüber nachgedacht hatte, desto mehr Gefallen hatte er an diesem Plan gefunden. Er beugte sich zu Stratemeier herunter und blickte ihm in die halb geschlossenen Augen. Wenn er ihn nicht erschießen würde, ginge er wohl auch von allein vor die Hunde. Er zeigte kaum mehr eine Reaktion.

Plötzlich nahm er ein Motorengeräusch wahr. Er war sich sicher, dass es näher kam. Aber noch klang es, als sei es mehrere Kilometer entfernt.

Er griff in die Jackentasche nach seiner Česká und packte mit der anderen Hand Stratemeier an den Haaren, um ihn hochzuziehen. Routiniert legte er den Finger an den Abzug, führte die Waffe an Stratemeiers Kopf und drückte ab.

Trotz des Schalldämpfers hallte der Schuss dumpf in der kalten Winternacht wider. Stratemeier fiel zurück auf den Asphalt und blieb reglos liegen. Eine Blutlache breitete sich um seinen Kopf herum aus.

Einem inneren Bedürfnis folgend feuerte er zwei weitere Male auf Stratemeier. Dann verstaute er die Waffe wieder in seiner Tasche und entfernte sich von seinem Opfer. Er sammelte die Puppe und Teile des zerborstenen Holzstuhls auf, lief zu seinem Auto, das er am Straßenrand geparkt hatte, und lauschte noch einmal in die Nacht.

Das Motorengeräusch näherte sich weiter, es kam ohne Zweifel aus der Richtung, aus der auch er gekommen war. Vielleicht noch einen knappen Kilometer entfernt.

Eilig stieg er in seinen Wagen und startete den Motor. Er tippte kurz auf die Bremse, um im Rückspiegel einen letzten, rot gefärbten Blick auf Stratemeier werfen zu können, und schrak zusammen.

Im Dunkel der Nacht sah er, dass sich hinter ihm in einiger Entfernung ein Schatten über die Fahrbahn bewegte. Ein schwach funkelndes Augenpaar blickte ihn an. Mit einem Mal überkam ihn Angst.

Panisch stieß er die Tür auf, lief um den Wagen herum und zückte erneut seine Waffe. Langsam trat er einige Schritte auf die schimmernden Augen zu und brachte sich in Position. Erst im letzten Moment erkannte er, wer dort keine zehn Meter von ihm entfernt stand. Zu spät. Er hatte bereits abgedrückt.

19

Seine Hand glitt vorsichtig, aber zielstrebig unter ihren Rock. Er küsste ihren Hals und strich ihr sanft durchs Haar. Sie roch verlockend nach Parfum und ihren körpereigenen Pheromonen, wenn es die denn gab.

Der Moment war gekommen, sie zu verführen. Ihr endlich zu zeigen, dass er ein guter Liebhaber war.

Seine Finger fuhren immer weiter unter den Rock. Er fühlte die Spitzenunterwäsche auf ihrer weichen Haut. Er gab den Ton an, liebte sie nach seinen Regeln.

Plötzlich hielt er inne. Sein Handy vibrierte auf dem Nachttisch. Er tastete danach, bis er es zu greifen bekam.

»Warte, es geht gleich weiter«, flüsterte er. Dann erst wurde ihm bewusst, dass ihn der Anruf aus dem Schlaf gerissen hatte. Aus einem Traum. Einem überaus angenehmen Traum.

Er nahm ab und meldete sich mit einem verschlafenen »Oldinghaus«. Aus dem Augenwinkel erkannte er die leuchtenden Zahlen auf seinem Digitalwecker. Es war kurz nach halb zwei.

»Cengiz hier. Kannst du kommen?«

»Es ist mitten in der Nacht. Was um alles in der Welt ist denn los?«

»Wir haben einen Mord«, sagte Ergün knapp. »In Lippe, ein paar Kilometer von Lemgo entfernt. Auf einer Landstraße in einem Waldstück. Und so wie es aussieht, ist der Tote niemand Geringeres als Johannes Stratemeier.«

»Stratemeier?«, wiederholte Jan langsam. Er war plötzlich hellwach.

»Ja, genau der Stratemeier, den wir alle kennen. Er wurde erschossen.«

Jan stöhnte innerlich auf. Stratemeier war Staatsanwalt am Landgericht Detmold und weit über die Grenzen Ostwestfalen-Lippes hinaus bekannt, weil er sich den Kampf gegen rechte Gewalt zum Ziel gesetzt hatte. Er war in Talkshows aufgetreten und hatte mit Vehemenz ein Verbot der NPD eingefordert. Im vergangenen Jahr hatte er einen Bestseller über den schleichenden Prozess des Vergessens des schlimmsten Kapitels der deutschen Geschichte geschrieben.

»Irgendein Anzeichen, dass der Mord mit unserer anderen Sache zu tun hat?«

»Auf den ersten Blick vor allem die Nähe des Tatorts zu Lemgo«, antwortete Ergün. »Wir sollten darauf vorbereitet sein, dass mehr dahintersteckt.«

Jan wollte etwas entgegnen. Sagen, dass sie keine voreiligen Schlüsse ziehen sollten, aber nichts dergleichen kam über seine Lippen. Er ahnte, dass Ergün womöglich recht hatte.

»Kannst du mich abholen?«, fragte Ergün. »Mein Wagen ist noch immer in der Werkstatt.«

»In Ordnung, ich bin in zwanzig Minuten bei dir.«

»Beeil dich.«

Jan schlüpfte in Hose, Pullover und Schuhe, hielt den Kopf kurz unter kaltes Wasser und lief zu seinem Mini, der an der Berliner Straße geparkt war.

Zehn vor zwei. Auf den Straßen war kaum etwas los. Hauptsächlich Taxen auf der verzweifelten Suche nach Kundschaft in einer trostlosen Nacht.

Die Gedanken an seinen Traum kehrten zurück, als er auf die einsame Bielefelder Straße abbog. Es hatte sich verdammt real angefühlt. Und schön. Ohne Zweifel hatte er von Katharina geträumt, obwohl es ihm nicht gelingen wollte, sich ihr Gesicht als Teil des Traums vor Augen zu rufen.

Sie knöpfte sein Hemd auf, zog es ihm langsam aus und küsste seine Brust. Die Erregung kehrte sofort zurück, wurde jedoch von der Lichthupe eines entgegenkommenden Autos jäh gestoppt. Erschrocken darüber, in einen Sekundenschlaf gefallen zu sein, riss Jan den Mini von der Gegenfahrbahn und drosselte die Geschwindigkeit. Der Wagen raste an ihm vorbei und verschwand im Dunkel der Nacht.

Der Beinahe-Crash hatte Jan wach gemacht. Seine Gedanken kehrten zu dem zurück, was Ergün gesagt hatte. Johannes Stratemeier war ermordet worden. Noch hatte er nicht zu Ende gedacht, was der Tod des Staatsanwalts bedeutete, aber es lag nahe, dass die Vorfälle der letzten Tage miteinander in Zusammenhang standen.

Bei Milse bog er ab in Richtung Heepen. Ergün wohnte im Obergeschoss eines Zweifamilienhauses in einer ruhigen Seitenstraße. Spießig. Deutsch. Integriert. In Finstrup wahrscheinlich undenkbar für einen türkischstämmigen Bürger.

Sie fuhren über die Ostwestfalenstraße tief hinein nach Lippe. Vorbei an Lemgo in Richtung Barntrup bis zu dem Waldstück, in dem Stratemeier auf offener Straße ermordet worden war. Schon von Weitem war das zuckende Blaulicht der Einsatzwagen zu erkennen. Es flackerte hell zwischen den Bäumen, die wie knochige Riesen am Straßenrand standen und auf sie herabzublicken schienen.

Nolte und sein Team waren bereits vor Ort. Routiniert bewegten sie sich um den Tatort herum. Jeder Handgriff saß, war Dutzende Male ausgeübt worden. Beim Anblick der Männer in ihren Schutzanzügen hatte Jan regelmäßig das Gefühl, selbst ein blutjunger Anfänger zu sein, den jeder Einsatz aufs Neue mitnahm.

Er ging näher heran und erkannte, dass Stratemeier mitten auf der Straße lag. Die Blutlache auf dem Asphalt umrahmte seinen Oberkörper. Langsam beugte Jan sich hinunter.

»Glatte Hinrichtung«, sagte jemand zu seiner Rechten. Nolte stand neben ihm und zeigte auf die Einschusslöcher in Stratemeiers Körper. »Drei Treffer, einer zwischen die Augen. Der allein dürfte bereits tödlich gewesen sein. Die anderen beiden in die Brust.«

»Zeugen?«

»Fehlanzeige. Wir haben ein junges Pärchen, das ihn gefunden hat. Sie konnten ihren Wagen gerade noch stoppen, bevor sie ihn überfahren hätten. Allerdings war er zu diesem Zeitpunkt ohnehin schon tot.«

»Was macht ein Mann wie Stratemeier mitten in der Nacht zu Fuß in diesem Waldgebiet?«, fragte Jan.

Nolte zeigte auf einen Punkt neben der Straße. Doch in der Dunkelheit konnte Jan kaum etwas erkennen.

»Dort drüben steht sein Wagen. Vor einen Baum gefahren. Die Verletzungen in seinem Gesicht stammen nicht allein von dem Schuss. Er war bereits durch den Unfall schwer verletzt.«

»Er baut einen Unfall, steigt aus dem Wrack und wird vom nächstbesten Autofahrer erschossen? Das ergibt keinen Sinn.«

»So war es auch sicher nicht«, antwortete Nolte. »Stratemeier dürfte abgelenkt worden sein, sodass er den Unfall gebaut hat. Anschließend hat man ihn wahrscheinlich aus dem Auto gezerrt und dann hier auf der Straße erschossen. Vielleicht saß sein Mörder aber auch mit ihm im Wagen.«

»Die Waffe?«

»Haben wir nicht gefunden. Morgen früh sollten wir spätestens wissen, um welches Modell es sich handelt.«

»Chef!«, hallte es plötzlich durch die Nacht.

Jan und Nolte drehten sich um. Einer der Techniker aus Noltes Team hockte am Straßenrand und hatte sich ihnen zugewandt. »Ich hab etwas gefunden.«

Sie traten näher und versuchten in der Dunkelheit zu erkennen, was der Kollege in der Hand hielt.

»Sieht aus wie ein zerbrochenes Stuhlbein.«

»Hier ist alles voll mit kleinen Holzsplittern«, sagte Jan, während sein Blick über den Asphalt glitt.

»Kann mal jemand den Scheinwerfer hierherbringen!«, rief Nolte ungehalten.

Jan ging ein paar Schritte und versuchte sich vorzustellen, was passiert war. Stratemeier war vermutlich auf dem Weg nach Hause gewesen; er wohnte gleich in der Nähe, kurz vor Barntrup. Jemand hatte ihn wahrscheinlich von der Straße abgedrängt. Vielleicht ein entgegenkommendes Fahrzeug oder aber ein Drängler hinter ihm. Möglich auch, dass jemand mit im Auto gesessen hatte. Jemand, mit dem Stratemeier in Streit geraten war. Jedenfalls schien es wahrscheinlich, dass derjenige, der den Unfall provoziert hatte, Stratemeier anschließend erschossen hatte.

Aus dem Augenwinkel erkannte er, dass sich Ergün näherte.

»Stratemeier hat weder eine Frau noch sonstige Angehörige. Immerhin bleiben uns somit einige unangenehme Gespräche erspart.«

»Hier wollte jemand möglicherweise eine offene Rechnung begleichen«, sagte Jan nachdenklich. »Wir müssen so schnell wie möglich überprüfen, ob Stratemeier bei seinem Kampf gegen Rechts auch gegen einige unserer Freunde aus Finstrup vorgegangen ist. Würde mich nicht wundern.«

»Ich hoffe, dir ist klar, dass uns die Scheiße bis zum Hals steht, Jan.« Polizeioberrat Stefan Vlothoerbäumer, Leiter der Kriminalinspektion Bielefeld, erschien aus der Dunkelheit und postierte sich vor Jan. »Erst der Anschlag, jetzt Stratemeier. Die Medien werden uns zerfleischen, wenn wir nicht schnell Erfolge liefern. Und es dürfte auch klar sein, in welche Richtung die Spekulationen gehen werden. Mich kotzt es an, dass diese Nazi-Spinner ausgerechnet hier in Lippe ihre kranken Ideen ausleben müssen und offenbar vor nichts zurückschrecken. Ich dachte eigentlich immer, so etwas gibt es nur in Ostdeutschland.«

»Also glaubst du mittlerweile auch, dass sie dahinterstecken?«

»Ich befürchte es«, antwortete Vlothoerbäumer. »Noch habe ich die Hoffnung, dass wir für den Anschlag eine andere Erklärung finden. Aber diese Sache mit dem Antisemitismus lässt das Schlimmste befürchten. Cengiz hat mir gestern Abend noch von seinem Telefonat mit diesem Sänger berichtet.«

»Reicht unsere Vermutung aus, damit die Staatsanwaltschaft einen SEK-Einsatz in Finstrup erlaubt?«, fragte Ergün vorsichtig.

»Schwierig«, antwortete Vlothoerbäumer. »Wir haben noch immer nichts Konkretes gegen einzelne Personen in der Hand. Außerdem haben wir noch ein viel größeres Problem.«

»Und welches soll das sein?«, fragte Ergün.

»Wir wissen zwar seit Jahren, was in Finstrup vor sich geht. Allerdings ist niemand bislang strafrechtlich aufgefallen. Uns fehlen die Gesichter. Es existiert leider keine Liste mit Namen potenzieller Gewalttäter der rechten Szene.«

»Aber der Verfassungsschutz und das BKA haben doch bestimmt Listen?«, fragte Jan überrascht. »Bestimmt existiert eine Datenbank.«

»Nichts dergleichen«, sagte Vlothoerbäumer. »Soweit ich weiß, wird der Verfassungsschutz erst aktiv, wenn Straftaten vorliegen, die konkret zuzuordnen sind. Du weißt selbst, wie die Kollegen arbeiten. Die haben sich in der letzten Zeit nicht gerade mit Ruhm bekleckert.«

»Ohne Worte.« Jan schüttelte den Kopf. »In diesem Land wird jeder Scheißdreck überwacht. Nur da, wo es um die Grundfesten unseres Rechtsstaats geht, duckt man sich weg und überlässt diesen Hohlbirnen ein ganzes Dorf. Und alles auch noch mit freundlicher Unterstützung von Polizei und Verfassungsschutz.«

»Möglich«, antwortete Vlothoerbäumer.

»Wir reden hier über Nazis, die ihre rechte Gesinnung in Finstrup ausleben«, sagte Ergün. »Und niemand weiß, wie viele in diesem Kaff so ticken. Geschweige denn, was diese Menschen in den letzten Jahren geplant haben. Wir können nicht länger warten, morgen früh müssen wir Finstrup auf den Kopf stellen und ...«

»Kommt mal rüber!« Noltes sonore Stimme hallte durch den Wald. Er klang ungewohnt hektisch.

Jan reagierte als Erster und eilte die abgesperrte Straße entlang bis zu dem Punkt, an dem Nolte und sein Team gerade ihren Scheinwerfer aufbauten. Sie standen am Heck des zerstörten Autowracks, einer Mercedes-Limousine.

»Was ist los?«, fragte Jan. »Habt ihr etwas gefunden?«

»Allerdings«, antwortete Nolte. Mit einem Nicken bedeutete er einem seiner Leute, die Kofferraumklappe zu öffnen.

Jan trat noch einen Schritt näher an das Wrack heran. Mit einem lauten Knarzen bewegte sich das verzogene Blech des Deckels. Als er ins Innere des Kofferraums sah, zuckte Jan zusammen.

Vor ihm lag ein blutüberströmtes Reh. Getötet mit einem gezielten Schuss zwischen die Augen.

20

Als Jans Handywecker um halb sieben klingelte, saß er bereits in der Küche und nippte an dem schwärzesten Kaffee, den er sich je gebrüht hatte.

Er hatte keine Sekunde geschlafen. Es war halb vier gewesen, als er die Haustür aufgeschlossen hatte. In Jeans und Pulli hatte er sich ins Bett gelegt und gehofft, wenigstens für ein paar Stunden seinen inneren Akku aufladen zu können. Doch die Erinnerungen an die Geschehnisse der Nacht waren zu stark gewesen. Immer wieder hatte er die Bilder vor Augen gehabt.

Johannes Stratemeier, mitten auf der Landstraße liegend. Umrahmt von einer großen Blutlache, nachdem er mit drei Schüssen getötet worden war. Das erschossene Reh im Kofferraum. Dazu der Nagelbombenanschlag, den er selbst miterlebt hatte, und der Mord an Lydia Klein. All das war mehr, als er selbst, aber auch die Menschen in der Region vertragen konnten.

Mit Unbehagen dachte er an den heutigen Tag. Die Pressemeute würde das Präsidium belagern. Sie würden in Finstrup einfallen und anfangen, eigene Recherchen anzustellen. Und über allem würde die Frage schweben: Hatten sie es etwa tatsächlich mit einer neuen Form rechten Terrors zu tun?

Die Radionachrichten um sieben berichteten bereits über den Mord an Stratemeier, blieben aber vage. Jan wusste, dass Vlothoerbäumer den Medien gegenüber einige Details so lange wie möglich zurückhalten wollte.

»Morgen, Jan. Du siehst aus wie ich nach einer Runde Bikram-Yoga.« Mareike kam herein und setzte sich zu ihm an den Küchentisch.

»Glaub mir, Mareike, keiner der Götter hätte den passenden Rat für mich nach dem, was ich heute Nacht erlebt habe.«

»Sie lehren dich darin, mit Erlebnissen umzugehen. Willst du darüber reden?«

»Im Augenblick nicht. Wo ist eigentlich Umashankar?«

»Nicht mehr hier. Er besucht noch Freunde in Amsterdam. Die Sache neulich hat ihn mehr belastet, als er zugeben wollte.«

»Du meinst diese Typen, die euch angepöbelt haben?«

»Ja, das hat ihn ganz schön umgehauen. Stell dir vor, du bist in Indien und wirst dort aufgrund deiner Herkunft auf offener Straße angefeindet.«

Das Klingeln von Jans Handy unterbrach das Gespräch.

»Cengiz, was gibt's?«

»Du bist tatsächlich schon wach?«

»*Noch* trifft es wohl besser. Aber du ja offenbar auch.«

»Ich bin seit einer halben Stunde im Präsidium, weil ich nicht schlafen konnte. Vorhin habe ich Bettina auf dem Flur getroffen. Sie hat herausgefunden, dass es im Nachbarort von Finstrup einen Ardian gibt. Ardian Edmond Lala ist sein vollständiger Name.«

»Das ist unser Mann«, sagte Jan. Er erinnerte sich an Anne Beckers Worte.

»Ich habe sofort zwei Streifenwagen hingeschickt, er scheint allerdings nicht zu Hause zu sein. Sie observieren jetzt das Haus, in dem er wohnt.«

»Gut«, sagte Jan. »Ich bin gleich bei euch, dann sprechen wir darüber, wie wir vorgehen. Und über Stratemeier.«

Als Jan über den Flur des Präsidiums hastete, hatte er die vage Hoffnung, den Mord an Lydia Klein schon bald aufklären zu können. Wenn dieser Ardian tatsächlich derjenige war, der mit ihr eine heimliche Beziehung geführt hatte, rückte er automatisch in den Kreis der Verdächtigen.

Mehr Kopfzerbrechen bereitete ihm der Fall Stratemeier. Vielleicht hingen der Mord an ihm und der Anschlag wirklich zusammen. Rechter Terror, durchgeführt von einer Zelle skrupelloser Nazis, die in Finstrup oder anderswo in der Region die perfekten Bedingungen vorgefunden hatten, ihre Taten in Ruhe zu planen. Konnte das tatsächlich sein oder dachte er in die falsche Richtung?

Möglicherweise hatte er ihnen bereits in die Augen gesehen, als ihm in Finstrup das Auto zerkratzt und mit Steinen beworfen worden war. Dennis und Axel, diese Namen hatte Anne Becker genannt. Sie hatten definitiv zu der Gruppe der Kahlgeschorenen gehört.

»Warte mal!« Nolte stürmte aus dem Fahrstuhl und eilte hinter Jan her.

»Ich weiß es bereits«, sagte Jan.

»Was?«

»Dass wir das Haus von Lydia Kleins Freund umstellt haben.«

»Das meine ich nicht.«

Jan blickte den Kollegen von der Spurensicherung verwundert an. »Was denn noch?«

»Wir haben die Ergebnisse der ballistischen Untersuchung vorliegen. Alle Schüsse am Tatort wurden aus derselben Waffe abgefeuert. Der Mörder von Stratemeier hat somit aller Wahrscheinlichkeit nach auch das Reh erschossen.«

»War ja nicht anders zu erwarten«, sagte Jan. »Aber trotzdem danke. Wir sehen uns später.«

»Moment«, entgegnete Nolte. »Wir haben noch etwas herausgefunden. Etwas, das auch die Ermittlungen im Fall Lydia Klein in einem neuen Licht erscheinen lässt.«

»Wovon sprichst du?«

»Die Waffe, mit der sie erschossen wurde, war eine Česká CZ 75. Und jetzt rate mal, mit welchem Waffentyp Stratemeier und das Reh umgebracht worden sind.«

»Verdammt«, murmelte Jan.

»Richtig. Ebenfalls mit einer Česká CZ 75. Allerdings nicht mit derselben. Es wurde zwar der gleiche Waffentyp benutzt, aber nicht dieselbe Waffe. Das prüfen wir derzeit aber noch.«

Jan spürte, dass er zu müde war, um die richtigen Schlüsse aus der Vielzahl an Informationen der letzten Stunden zu ziehen. Er nickte und bedankte sich bei Nolte. Dann verschwand er in seinem Büro und schloss die Tür hinter sich.

Nach einigen Minuten griff er zum Hörer, um Ergün anzurufen, legte jedoch sofort wieder auf. Stattdessen schaltete er seinen Computer an und startete das E-Mail-Programm. Es dauerte eine Weile, bis es sich aktualisiert hatte. Jan trommelte ungeduldig mit den Fingern auf der Schreibtischplatte, bis die E-Mail, auf die er gewartet hatte, aufblinkte. Sein Kumpel Simon von der Kriminalinspektion Detmold hatte endlich geantwortet.

Tach Jan,
was muss ich denn da lesen? Da bin ich einmal im Urlaub, und schon bricht in meiner Heimat das Chaos aus.
Zurück zu deiner Frage: Finstrup ist ein übles Pflaster. Frag mal Johannes Stratemeier, der kann dir einiges dazu erzählen. Aber ich warne dich, diese Typen sollte man nicht auf die leichte Schulter nehmen.

Jan schluckte schwer. Simon wusste noch nichts von der Ermordung Stratemeiers, deshalb sein ironischer Unterton. Er erinnerte sich, dass Simon und Stratemeier im Kampf gegen Rechts zusammengearbeitet hatten.

Die Familie Klein kenne ich nur flüchtig. Ich weiß allerdings, dass es Probleme gab. Die Eltern sind schon einige Male in Folge ihrer Sauferei auffällig geworden, ebenso wie der Bruder. Und dann gibt es natürlich das Nazi-Problem. Die rechte Gesinnung zieht sich wie schleimiger Brei durch das gesamte Dorf. Gefährlich ist allerdings vor allem eine kleinere Gruppe, die sich in den letzten Jahren zusammengeschlossen hat. Momentan wissen wir leider noch viel zu wenig über sie. Wir wissen nicht einmal, wer der Kopf der Gruppe ist. Wenn du mich fragst, würde ich nicht ausschließen, dass sie etwas mit dem Anschlag auf die Lipperlandhalle zu tun hat. Wie gesagt, am besten fragst du Johannes, der kann dir bestimmt mehr sagen.
Viel Erfolg, wir schnacken nach meinem Urlaub.
Simon

Jan schloss das E-Mail-Fenster und blickte auf den Posteingang. Auch der Bürgermeister von Finstrup, den er gestern telefonisch nicht erreicht hatte, schrieb zurück.

Sehr geehrter Herr Kommissar Oldinghaus,
mit großem Bedauern habe ich den Tod von Lydia Klein zur Kenntnis genommen. Ich kannte sie, seitdem sie vor sechsundzwanzig Jahren zur Welt gekommen ist. Ihr Leben war nicht immer leicht, vieles hat sie sich allerdings auch selbst verbaut. Ihre Eltern haben mir schon immer leidgetan. Sie haben es nicht verdient, diese Qualen zu durchleiden.

Jan schüttelte irritiert den Kopf, ehe er weiterlas.

In welche Sache Lydia auch immer reingeraten ist, es hat nichts mit Finstrup und seinen Bewohnern zu tun. Dafür lege ich meine Hand ins Feuer. Dasselbe gilt für diesen hinterhältigen Anschlag in Lemgo. Ich vertraue Ihnen, dass Sie dies bei Ihren Ermittlungen berücksichtigen. Ich gebe Ihnen stattdessen einen kleinen Tipp: Es heißt, Lydia hatte einen Freund. Einen Kosovaren. Er lebt im Nachbardorf, nicht in Finstrup. Das würde doch vielleicht passen, oder?
Mit besten Grüßen
Dieter Pauli

Weshalb sollte das passen?, wollte Jan laut brüllen. Weil ihr Freund Kosovare war? Das allein sollte also schon ausreichen?

Natürlich war es möglich, dass er als Lydias Mörder in Frage kam. Aber letztlich war zu diesem Zeitpunkt gar nichts auszuschließen. Nur auf solche Ratschläge wie die des Bürgermeisters konnte er gut und gerne verzichten.

Er machte sich einige Notizen und erhob sich schließlich von seinem Stuhl. In wenigen Minuten begann die Lagebesprechung. Und er wusste, dass sie heute hektisch werden würde.

Der Polizeipräsident betrat mit seiner persönlichen Assistentin, einer Anfang dreißigjährigen Kollegin, deren Name Jan partout nicht einfallen wollte, den Raum und schloss die Tür.

Jan musterte die Frau. Mit ihren dunkelbraunen, zum Zopf gebundenen Haaren, dem eng anliegenden Pullover und dem knielangen Rock sah sie attraktiv aus. Es war ihr deutlich anzumerken, dass sie die Blicke der Männer im Raum genoss.

Das komplette Gegenteil zu ihr bildete der Polizeipräsident. Sowohl optisch als auch von seiner Art. Äußerlich glich er dem Klischee eines verbeamteten Sachbearbeiters kurz vor der Pension. Hinzu kamen seine Ansprachen, die meistens eine qualvolle Ewigkeit dauerten. »Ich will mich heute kurz fassen«, begann er zu Jans Überraschung. »Wir alle wissen, dass wir in schwierigen Ermittlungen stecken. Umso deutlicher möchte ich euch mein Vertrauen aussprechen. Ich bin davon überzeugt, dass wir die Sache gemeinsam mit den Kollegen von BKA und Verfassungsschutz zu einem erfolgreichen Ende bringen können.«

Jan sah die beiden Männer der Bundesbehörden an. Zwei junge Schnösel, die sich bislang vor allem durch ihr überhebliches Verhalten hervorgetan hatten. Von einer konstruktiven Zusammenarbeit konnte jedenfalls keine Rede sein.

»Falls wir es tatsächlich mit rechtem Terror zu tun haben, dürfen wir nicht aufhören, diese Leute zu bekämpfen. Ohne Wenn und Aber möchte ich, dass wir jedes Detail aufklären, das mit diesem Fall zu tun hat. Wir werden dafür sorgen, dass es in Ostwestfalen-Lippe nicht noch einmal zu einem solchen Angriff auf die Demokratie kommt.«

Jan war einen Moment lang versucht, auf den Tisch zu klopfen, unterdrückte den Drang jedoch. So emotional und wachrüttelnd hatte er den Polizeipräsidenten jedenfalls noch nie reden hören.

»Alles Weitere jetzt von Stefan Vlothoerbäumer.« Der Polizeipräsident nickte dem Leiter der Polizeiinspektion zu und verließ den Raum gemeinsam mit seiner Assistentin.

Vlothoerbäumer stand auf, trat ans Kopfende und stützte sich mit den Händen auf den Tisch. Jan sah die Anspannung in seinem Gesicht. Die gestrige Nacht hatte bei allen ihre Spuren hinterlassen, doch Vlothoerbäumer wirkte besonders mitgenommen. Jan konnte sich nicht erinnern, ihn schon einmal derart nachdenklich gesehen zu haben.

»Wo fange ich an?«, fragte er schließlich. »Mir kommt es so vor, als breche gerade alles über uns zusammen. Die schlechten Neuigkeiten kommen beinahe minütlich rein.« Er machte eine kurze Pause, ehe er weiterredete. »Normalerweise müsste hier jetzt Vera stehen. Sie liegt allerdings seit gestern Abend mit Verdacht auf Blinddarmentzündung im Krankenhaus. Darum bitte ich dich, Jan, uns auf den aktuellen Stand zu bringen. Ich bin mir sicher, dass du den besten Überblick hast.«

»Ich?« Jan war überrascht. Er wusste nichts von Veras Erkrankung und fühlte sich überrumpelt. Leicht benommen stand er auf und stellte sich neben den Flipchart am Kopfende. Er ließ seinen Blick langsam durch den Raum kreisen. Mit Ausnahme von Vera war das gesamte Kommissariat anwesend, außerdem Nolte von der

Spurensicherung und die beiden Kollegen von BKA und Verfassungsschutz.

»Zwei Tote, zwei Tatwaffen, eine Nagelbombe und ein Dorf voll mit jeder Menge braunem Gedankengut«, begann er. »Ich hatte noch keine Möglichkeit, die Dinge nach den aktuellen Entwicklungen neu zu ordnen, und doch glaube ich mittlerweile, dass vieles miteinander zusammenhängt. Der Mord an Johannes Stratemeier in der vergangenen Nacht hat möglicherweise mit seiner Rolle als Staatsanwalt im Kampf gegen rechte Gewalt zu tun.«

Nolte machte sich mit einem Hüsteln bemerkbar und hob die Hand. Jan nickte ihm zu.

»Eine kurze Anmerkung zum Tatort«, sagte Nolte. »Wir haben Teile eines Stuhls und einer großen Stoffpuppe gefunden. Nach einem ersten Abgleich mit dem Fahrzeugwrack von Stratemeier können wir mit hoher Wahrscheinlichkeit sagen, dass der Stuhl samt Puppe auf der Straße gestanden haben muss und von Stratemeier überfahren wurde. Es könnte sein, dass jemand dieses Hindernis aufgestellt hat, um Stratemeier aufzuhalten. Das bedeutet auch, dass der oder die Mörder wussten, dass Stratemeier den Weg durch den Wald nehmen würde.«

»Danke«, sagte Jan. Die Ausführungen von Nolte überraschten ihn nicht. Mit wem sie es auch zu tun hatten, klar war, dass derjenige gezielt und skrupellos vorgegangen war. »Im Kofferraum von Stratemeiers Wagen haben wir ein totes Reh gefunden, ebenfalls erschossen«, fuhr er fort. »Auch wenn wir nicht wissen, weshalb das Tier sterben musste, zeigt das Ganze die Brutalität des Mörders. Stratemeier und das Reh wurden mit derselben Waffe getötet.«

»Eine Česká CZ 75«, warf Nolte ein. »Tschechischer Typ, wie ihr sicherlich wisst. Eine sehr beliebte Halbautomatik. Mit demselben Waffentyp wurde auch Lydia Klein umgebracht. Allerdings nicht mit derselben Waffe.«

»Es liegt also nahe, dass wir es mit mehreren Tätern zu tun haben«, fasste Jan zusammen. »Möglich aber auch, dass die Täter gemeinsam agieren und deshalb auf den gleichen Waffentyp zurückgreifen.« Er machte eine Pause und wartete ab, ob jemand etwas dazu sagen wollte. Doch niemand äußerte sich. »Obwohl wir weiterhin nicht wissen, wer hinter dem Nagelbombenanschlag steckt, dürfen wir nicht außer Acht lassen, dass dieser Vorfall in Zusammenhang mit den Morden stehen kann.«

»Gewagte Theorie, Herr Kollege«, sagte der BKA-Beamte, mit dem Jan gestern bereits einige Worte gewechselt hatte. »Wir sehen derzeit keinerlei Anzeichen für eine Verbindung. Auch konnten wir bislang keinen konkreten Hinweis auf einen rechtsterroristischen Hintergrund erkennen.«

»Und was ist mit den jüdischstämmigen Fans der Band?«, unterbrach Ergün den BKA-Beamten kühl. »Ist das etwa kein Hinweis? Und die Drohungen, von denen der Sänger berichtet hat? Ignorieren Sie das alles? Unsere Theorie, dass wir es mit rechtem Terror zu tun haben, verdichtet sich doch immer mehr.«

»Ach ja?«

Bevor der BKA-Beamte noch mehr sagen konnte, ging Jan dazwischen. »Ich glaube, die meisten von uns sind sich mittlerweile einig, dass wir es mit einem fremdenfeindlichen Motiv zu tun haben. Dafür sprechen auch einige Dinge, denen wir in Finstrup begegnet sind.«

Jan berichtete noch einmal ausführlich von Ergüns neuesten Erkenntnissen bezüglich der Band, dem gestrigen Gespräch mit Anne Becker und von den beiden Männern, die sie verfolgt hatten. »Axel und Dennis sind ihre Namen. Sie gehören wahrscheinlich zur Finstruper Nazi-Szene. Wir müssen dringend wissen, wer davon gewaltbereit ist und wer lediglich im Strom mitschwingt. Bei Letzteren denke ich vor allem an Leute wie Manfred Klein. Außerdem erscheint es mir sinnvoll, die Person Lydia Klein noch einmal genauer unter die Lupe zu nehmen. Ihr Verhalten im Gegensatz zur Wahrnehmung durch ihre Verwandten und Bekannten wirft mehr Fragen als Antworten auf.«

»Das Melderegister spuckt übrigens weder einen Axel noch einen Dennis in Finstrup aus«, sagte Bettina. »Ich war so frei, es prüfen zu lassen. Außerdem habe ich die Namen der Hausbewohner, die du mir gestern geschickt hast, durchs Vorstrafenregister jagen lassen. Nichts Auffälliges dabei.«

Jan nickte frustriert.

»In Ordnung«, übernahm Vlothoerbäumer wieder. »Ich denke, wir wissen, in welche Richtung unsere Ermittlungen laufen sollten. Alles Weitere klärt jetzt Jan.« Er verabschiedete sich mit einem raschen Nicken und verließ den Raum.

Jan hielt kurz inne, dann sah er den Mann vom Verfassungsschutz an, der sich bislang noch gar nicht geäußert hatte. »Stimmt es eigentlich, dass Ihnen keine Liste mit Namen vorliegt?«

»Was meinen Sie damit?«

»Eine Liste mit Nazis in der Region, die unter Beobachtung stehen sollten. Ist das nicht Ihr Job?«

»Ich glaube, das muss ich mir nicht anhören. Nur weil Sie keinen Plan davon haben, was in Ihrer Region vor sich geht, müssen Sie uns nicht die Schuld dafür geben. Wir werden von einem V-Mann regelmäßig über die Szene hier informiert. Wir haben alles unter Kontrolle. Es ist allerdings nicht unsere Aufgabe, für Sie irgendwelche Listen zu führen.« Der junge Beamte stand auf, drehte sich auf dem Absatz um und verließ das Besprechungszimmer. Sein Kollege vom BKA zuckte mit den Schultern. Jan war sich sicher, ein leichtes Grinsen auf seinen Lippen zu erkennen.

»Und ich dachte immer, wir würden unkoordiniert arbeiten«, sagte Stahlhut flapsig.

»Was machen wir denn jetzt?«, fragte Ergün ungeduldig. »Wir wissen noch immer nicht genau, wer diese Leute sind, glauben jedoch, dass sie etwas mit der Sache zu tun haben könnten. Sollten wir nicht so schnell wie möglich nach Finstrup fahren und uns diese Typen schnappen?«

»Ja und nein«, antwortete Jan. »Wir müssen auf jeden Fall zurück nach Finstrup, um diese beiden Männer, Axel und Dennis, ausfindig zu machen und sie zu fragen, weshalb sie vor uns abgehauen sind. Für mehr fehlen uns momentan die Beweise und somit die Handhabe. Für den Mord an Lydia Klein fehlt uns außerdem noch das Motiv. Bei Stratemeier und dem Anschlag lässt sich immerhin ein rechtsextremistischer Hintergrund annehmen.«

Plötzlich öffnete sich die Tür, und Vlothoerbäumer betrat erneut den Besprechungsraum. An seinem Gesichtsausdruck war abzulesen, dass er Neuigkeiten zu verkünden hatte.

»Eine Streife hat vorhin den Bruder von Lydia Klein aufgegriffen. Er war bewaffnet und drohte damit, denjenigen umzubringen, der seine Schwester ermordet hat.«

21

Zum ersten Mal seit Tagen fühlte er so etwas wie Erleichterung. Unter welcher Anspannung er stand, hatte er gemerkt, als er das Reh abgeknallt hatte, das auf einmal mitten auf der Straße vor ihm aufgetaucht war. Was um alles in der Welt hatte er in diesem Augenblick bloß gedacht? Wer hätte ihm in der Dunkelheit auflauern sollen?

Die lange Zeit der Vorbereitung, immer mit der Furcht lebend, entdeckt zu werden, hatte ihre Spuren hinterlassen.

Immerhin hatte die Sache mit Stratemeier geklappt. Trotz der kleineren Komplikationen und der bitteren Erkenntnis, dass Dirk und Ingo nicht erschienen waren. Sie hatten es vorgezogen, den Weg auf ihre Weise zu gehen. Was immer sie auch vorhatten.

Die Vorwürfe, die sie ihm wegen des missglückten Anschlags gemacht hatten, waren lächerlich und haltlos gewesen. Er hatte sie erfolgreich verdrängen können. Was bildeten sie sich eigentlich ein? Sie waren nichts. Zwei unerfahrene Kameraden, die bislang kaum etwas vorzuweisen hatten, das ihnen erlaubt hätte, so mit ihm umzugehen. Er war den beiden absolut nichts schuldig. Wenn sie mit ihm und seinem Plan ein Problem hatten, dann mussten sie eben getrennte Wege gehen. Wichtiger war, dass Stratemeier seine gerechte Strafe bekommen hatte. Er war sich sicher, dass die Bullen sich eine Weile die Zähne an der Sache ausbeißen würden, ehe sie verstanden, was vor sich ging.

Die zierliche Chinesin trat an seinen Tisch und servierte Wan Tans. Im nächsten Moment öffnete sich die Tür des »Lotus Garden« und Molli kam herein. Diesmal setzte er sich direkt zu ihm an den Tisch und nickte ihm zu. Er nuschelte eine Begrüßung und winkte die Bedienung herbei. Wortlos tippte er auf ein Gericht in der Karte, dann bedeutete er der Bedienung mit einer abfälligen Handbewegung, sie wieder allein zu lassen.

»Weshalb bin ich hier?«, fragte Molli unvermittelt. »Ich dachte, alles sei klar.«

»Meinst du die Frage ernst?«

Molli sah ihn herausfordernd an.

»Durch deine Scheißbombe ist niemand draufgegangen. Die einzige Tote an diesem Abend hat nicht einmal etwas mit dem Anschlag zu tun.«

»Verstehe ich nicht.«

»Jemand wurde in der Halle erschossen. Etwa zur selben Zeit, als die Bombe hochging. Aber das ist ein anderes Thema. Ich will wissen, warum der Sprengsatz keine Menschenleben gefordert hat. Das war unsere Vereinbarung. Mich hat der ganze Spaß eine Menge Kohle gekostet.«

Die junge Chinesin brachte zwei Frühlingsrollen an den Tisch und verschwand, ohne sie eines Blickes zu würdigen.

»Also, was ist schiefgegangen?«, drängte er.

»Keine Ahnung«, antwortete Molli achselzuckend. »Die Bombe war einwandfrei. Ich hab sie so deponiert, wie wir es besprochen hatten. Der Fehler liegt also nicht bei mir.«

»Ich will nicht mit dir diskutieren«, entgegnete er. Obwohl er seine Worte beinahe flüsterte, klangen sie drohend. »Wir kennen uns nicht gut, und ich verspüre keine Lust, das zu ändern. Wir haben allerdings einen Deal. Und ich mag es nicht, wenn mich jemand bescheißen will.«

»Ich bezahl deine Teigtaschen, dann sind wir quitt.« Molli lächelte und schnitt seine Frühlingsrolle auf.

»So nicht, mein Freund«, zischte er. »Wenn du keine Probleme haben willst, solltest du dir etwas anderes einfallen lassen. Wie wäre es damit, dass ich noch einen bei dir gut habe?« Er zog sein kleines Butterfly-Messer aus der Jackentasche und presste es Molli unter dem Tisch gegen den Oberschenkel. »Bis Ende der Woche lieferst du mir eine neue Bombe, verstanden?«, flüsterte er. »Und diesmal eine, die so funktioniert wie besprochen. Ich will Todesopfer sehen. Morgen früh melde ich mich mit den Einzelheiten. Und keine krummen Dinger, andernfalls …« Er drückte die Klinge durch Mollis Jeans. Dessen Mund zuckte kurz, dann rang er sich ein Lächeln ab.

Routiniert ließ er das Messer zuklappen und wieder in seiner Tasche verschwinden. Dann erhob er sich und knallte einen Zwanziger auf den Tisch.

»Vierundzwanzig Stunden«, sagte er. »Ab jetzt.« Er schob den

Stuhl zurück und verließ das Restaurant. Aus dem Augenwinkel sah er, dass sich Molli nervös mit einer Papierserviette über die Stirn tupfte. In diesem Moment war er sich sicher, dass er sein Ziel erreicht hatte. Molli würde ihm in kürzester Zeit eine weitere Bombe bauen. Eine, die funktionierte. Eine, die tötete. Und seit heute Morgen wusste er auch, wo und wann sie explodieren sollte.

22

Kai Stahlhut wartete, bis die Tür des Verhörzimmers geschlossen war. Obwohl wahrscheinlich niemand im Präsidium daran glauben wollte, dass Christian Klein irgendetwas mit den Morden zu tun hatte, hatte er die vage Hoffnung, dass Lydias Bruder vielleicht derjenige war, den sie suchten. Gut möglich, dass Christian Klein genau so rechts dachte wie sein Vater. Und vielleicht war er aus diesem Grund zum Äußersten gegangen und hatte erst seine Schwester und dann ihren aus dem Kosovo stammenden Freund umgebracht. Immerhin fehlte jede Spur von diesem Ardian. Ein Ehrenmord auf Finstruper Art. Gutgeheißen vom eigenen Vater.

Er tauschte einen kurzen Blick mit Bettina Begemann, die neben ihm saß. Dann schob er die tief hängende, grell leuchtende Lampe über dem Tisch ein Stück nach oben und sah Klein eindringlich an.

Stahlhut schätzte ihn auf etwa dreißig. Sein Äußeres machte einen ungepflegten Eindruck. Das unrasierte Gesicht unter der abgegriffenen Schirmmütze wirkte hart und unnahbar.

»Christian Klein, richtig?« Stahlhut begann das Verhör mit der Abfrage der Personalien.

Klein verzog keine Miene und blickte Stahlhut herausfordernd an.

»Ihnen wird vorgeworfen, mit gezückter und entsicherter Pistole durch Finstrup gelaufen zu sein. Ein Atemschnelltest ergab fast zwei Promille. Nachdem meine Kollegen von der Schutzpolizei Sie aufgegriffen haben, haben Sie sich zudem massiv gewehrt und die Kollegen aufs Übelste beschimpft. Außerdem haben Sie deutlich hörbar verkündet, sich an allen rächen zu wollen, die etwas mit dem Tod Ihrer Schwester zu tun haben. So weit korrekt?«

Klein schüttelte kaum sichtbar den Kopf, antwortete jedoch nicht.

»Wen genau meinten Sie damit?«, fragte Stahlhut weiter. »Gibt es jemanden, den Sie verdächtigen?«

Wieder reagierte Klein nicht. Stattdessen senkte er den Blick.

»Es wird nicht besser, wenn Sie schweigen. Ihre Schwester wird nicht wieder lebendig werden. Falls Sie etwas wissen, dann sagen Sie es uns.« Stahlhut blieb beharrlich, spürte jedoch, dass er so nicht weiterkam. »Wie eng war Ihr Kontakt zu Lydia? Enger als der Ihrer Eltern zu ihr?«

»Was wissen Sie denn schon über unsere Familie?« Klein stieß seine Frage wie eine Drohung aus.

»Dann helfen Sie mir, Ihre Familienverhältnisse besser zu verstehen.« Stahlhut hatte sich bei Oldinghaus über die Kleins informiert. Insbesondere der Bericht über das Verhör von Manfred Klein war ihm in Erinnerung geblieben.

»Ich wüsste nicht, warum ich ausgerechnet mit Ihnen über meine Familie sprechen sollte«, entgegnete Klein trotzig.

»Überstrapazieren Sie nicht meine Geduld«, gab Stahlhut zurück. »Die Situation, in der Sie aufgegriffen wurden, war eindeutig. Ich denke, es liegt auf der Hand, dass wir Ihnen ein paar Fragen stellen.«

»Sie wissen gar nichts«, antwortete Klein verächtlich. »Und wahrscheinlich interessiert es Sie auch überhaupt nicht, was mit meiner Schwester passiert ist. Ihnen geht es doch nur darum, irgendjemanden für diese ganze Scheiße verantwortlich zu machen. Wie es mir und meinen Eltern geht, ist Ihnen doch vollkommen egal.«

»Verstehe ich das richtig, Sie trauern um Ihre Schwester?«, fragte Stahlhut provokant.

»Was soll der Mist? Meine Schwester ist umgebracht worden. Ich will dieses Schwein finden, das das gemacht hat.«

»Dann haben wir ja etwas gemeinsam. Nur laufe ich nicht mit entsicherter Waffe durch die Straßen und drohe den Leuten.« Stahlhut sah Klein in die Augen. »Sagen Sie mir, was Sie über das Leben von Lydia in den vergangenen Jahren wissen.«

»Sie hat unserer Familie viel Schande zugefügt«, antwortete Klein mit leiser Stimme. »Das Rumgehure mit diesen Ölaugen fand keiner von uns gut. Mit meinen Eltern hatte sie lange Zeit überhaupt keinen Kontakt mehr.«

»Wie hat man sich das in einem Dorf wie Finstrup vorzustellen? Diese ›Ölaugen‹ werden den meisten hier im Dorf wahrscheinlich ein ziemlicher Dorn im Auge gewesen sein, oder?«

»Und ob«, brach es aus Klein heraus. »Manchmal gab es …« Er

stockte. Offenbar hatte er gemerkt, dass Stahlhut ihn aufs Glatteis führen wollte.

»Reden Sie ruhig weiter.«

»Ich tue Ihnen nicht den Gefallen, mich selbst in die Scheiße zu reiten«, entgegnete Klein. »Dass diese Kanaken nicht gern in Finstrup gesehen werden, ist ja wohl selbstverständlich.«

»Wohl nur, wenn man so tickt wie Sie«, sagte Stahlhut ungerührt. »Wann haben Sie Ihre Schwester eigentlich das letzte Mal gesehen?«

»Ich habe vor zwei Wochen zuletzt mit ihr geredet. Da hat sie es mir gesagt.«

»Was meinen Sie?«

»Na, dass sie schwanger von diesem Dreckstypen war.«

»Sie sprechen von Ardian Lala?«

»Von wem denn sonst?«

»Im Gegensatz zu Ihren Eltern kannten Sie ihn also und wussten von der Schwangerschaft?«

»Ich wusste, dass es ihn gibt. Aber zum Glück bin ich ihm nie begegnet.«

»Glück für ihn, das kann ich mir vorstellen«, sagte Stahlhut. »Haben Sie nicht mit Ihren Eltern über diese Sache gesprochen? Immerhin wohnen Sie noch zu Hause.«

»Mein Vater wäre durchgedreht. Der hätte diesen Typen umgebracht.«

»Tatsächlich?« Stahlhut erinnerte sich daran, dass Oldinghaus erwähnt hatte, er habe Manfred Klein über die Schwangerschaft Lydias informiert. »Ihr Vater weiß übrigens inzwischen alles. Von der Schwangerschaft. Und von Ardian Lala.«

»Schwachsinn«, zischte Christian Klein.

»Wissen Sie vielleicht, wo sich Ardian Lala im Moment aufhält? Wir suchen ihn, aber er scheint verschwunden zu sein.«

»Wahrscheinlich hat er sich abgesetzt, nachdem er Lydia erschossen hat.«

»Weshalb sollte er das getan haben?«

»Keine Ahnung, das müssen Sie herausfinden. Ich schätze, er war eifersüchtig, weil Lydia sich noch mit anderen Männern getroffen hat.«

»Wissen Sie das sicher, oder ist das lediglich eine Ihrer Vermutungen?«

»Ich war nicht dabei, aber jeder im Dorf wusste davon.«

»Das ist keine Antwort auf meine Frage. Es gibt auch ganz andere Aussagen über Ihre Schwester. Zum Beispiel, dass sie außergewöhnlich intelligent war und sich deshalb von Ihnen und Ihrer Familie distanziert hat, um in Ruhe ihr eigenes Leben führen zu können. Wussten Sie eigentlich, dass Lydia studiert hat?«

»Verarschen kann ich mich allein. Meine Schwester hat nicht mal die Realschule gepackt. Was soll der Quatsch?«

»Wissen Sie, was ich glaube?« Stahlhut stand auf und ging um den Tisch herum, bis er direkt neben Klein stand. »Ich glaube, dass Ihre Schwester die Einzige in Finstrup war, die erkannt hat, mit was für Menschen sie es dort zu tun hat. Ihre Schwester war hochintelligent und eine der besten Studentinnen in ihrem Jahrgang. Sie hat im Übrigen Medienproduktion in Lemgo studiert, falls Sie damit etwas anfangen können.«

Klein antwortete nicht, blickte stattdessen unbeirrt auf den Tisch.

»Sie bleiben also bei Ihrer Einschätzung über Ihre Schwester?« Stahlhut stützte sich mit den Händen auf den Tisch und versuchte, mit Klein Blickkontakt aufzunehmen. Erfolglos. Klein starrte weiter ins Leere.

»Na gut«, seufzte Stahlhut, ging zurück zu seinem Stuhl und setzte sich wieder. »Sprechen wir über etwas anderes. Sie machen keinen Hehl aus Ihrer Gesinnung. Genau wie Ihr Vater und ein großer Teil Finstrups, richtig?«

Erneut reagierte Klein nicht.

»Wir gehen derzeit davon aus, dass der Anschlag auf die Lipperlandhalle und der gestrige Mord an Staatsanwalt Stratemeier das Werk rechtsextremer Krimineller ist.« Stahlhut hielt inne. Er wusste, dass er sich auf dünnes Eis begab. Sie wussten längst noch nicht, was hinter den Vorfällen steckte. Trotzdem hatte er sich dafür entschieden, Klein auf diese Weise aus der Reserve zu locken.

Klein hob mit einem Mal den Kopf und sah Stahlhut an. »Falls Sie glauben, dass mein Vater oder ich etwas damit zu tun haben, muss ich Sie leider enttäuschen.«

»Weshalb sollte ich das denken?«, antwortete Stahlhut gelassen. »Mich würde allerdings interessieren, was Sie über die Finstruper Neonazi-Szene berichten können. Ich schätze, Sie kennen die Konsorten.«

»Welche Konsorten?«

»Lassen Sie die Spielchen. Sagen Ihnen die Namen Axel und Dennis etwas?«

»Nie gehört«, antwortete Klein.

»Was ist mit Anne Becker?«

»Klar, die kenne ich. Was soll mit ihr sein?«

»Gehört sie dazu?«

»Wozu?«

»Zur rechten Terrorzelle Finstrups.«

»Anne?«, fragte Klein verächtlich. »Die ist mal links, mal rechts, mal Tussi. Je nachdem, was ihr gerade in den Sinn kommt. Aber sie sieht natürlich ganz lecker aus.«

»Wer gehört dann dazu?«, drängte Stahlhut.

»Ich verpfeife niemanden.«

»Wenn Sie die Aussage verweigern, werde ich veranlassen, dass Sie vorerst nicht auf freien Fuß kommen.«

»Das dürfen Sie nicht …«

»Schluss jetzt mit dem Theater!« Stahlhut schlug mit der flachen Hand auf den Tisch. »Sagen Sie mir, wer diese Leute sind!«

»Keine Chance.«

»In Ordnung«, sagte Stahlhut kühl. »Wo waren Sie gestern Abend?«

Klein blickte ihn skeptisch an. Es schien, als verstehe er nicht, worauf Stahlhut hinauswollte.

»Ich höre?«

»Gestern Abend«, antwortete Klein schließlich. »Wenn Sie es unbedingt wissen wollen. Ein Alibi wird er mir nicht mehr geben können, aber ich habe mich am frühen Abend mit Staatsanwalt Stratemeier getroffen.«

23

Stratemeiers Büro im altehrwürdigen Gebäude des Landgerichts Detmold sah anders aus, als Jan es sich vorgestellt hatte. Anstelle von wuchtigen Antikmöbeln und sorgfältig beschrifteten Aktenordnern herrschte in dem Raum ein unvorstellbares Durcheinander. Überall an den Wänden hingen Zeitungsschnipsel und Fotos von Männern, die an ihrem äußeren Erscheinungsbild als Neonazis auszumachen waren. Auf dem Glasschreibtisch und selbst auf dem Holzboden stapelten sich Dokumente und weitere Fotos. Stratemeier hatte sein Büro zu einem kleinen Archiv umgewandelt, in dem er seine Recherchen über rechte Machenschaften in Deutschland betrieb.

Nolte begrüßte Ergün und Jan mit einem kurzen Nicken. Er hatte sich am späten Vormittag bei Jan gemeldet und vorgeschlagen, sich in Stratemeiers Büro zu treffen, weil er Neuigkeiten hatte.

»Habt ihr das Chaos hier veranstaltet?«, fragte Jan grinsend.

»Sehr witzig«, sagte Nolte. »Wir haben die ganze Nacht durchgearbeitet. Gleichzeitig mussten wir aufpassen, nicht noch größeres Chaos anzurichten. Keine leichte Aufgabe.«

»Wie ich dich kenne, wart ihr erfolgreich.«

»Na ja, wie man's nimmt«, antwortete Nolte verhalten. »Stratemeier war pedantisch. Er hat alles gesammelt, was in den letzten Jahren mit rechter Gewalt und Volksverhetzung in diesem Land zu tun hatte. Vielleicht hilft euch das hier weiter.«

»Was ist das?«

»Eine Liste mit Namen.«

Nolte drückte Jan einen Zettel in die Hand, auf dem ein halbes Dutzend Namen mit Personalien und Schwarz-Weiß-Fotos aufgeführt war. Jan begann zu lesen.

Ingo Schubert, 32 Jahre alt
Dirk Ruschmeier, 31 Jahre alt
Ralf Weiler, 26 Jahre alt
Stefan Lindenschmidt, 41 Jahre alt
Jörg Heckmann, 24 Jahre alt
Anne Becker, 28 Jahre alt

Als er den letzten Namen gelesen hatte, nickte er. Kein Dennis und kein Axel. Dafür jedoch mit Schubert und Ruschmeier zwei Namen, die er erst vor Kurzem schon einmal gelesen hatte. Am Klingelschild der Hausnummer 49. Und außerdem Anne Becker. Er reichte den Zettel an Ergün weiter.

»Weshalb stehen genau diese Namen auf der Liste?«, fragte er nachdenklich. »Was wusste Stratemeier?«

»Ich empfehle euch, diesen Stapel hier durchzuarbeiten«, antwortete Nolte. »Ich habe nur einen kurzen Blick in die Unterlagen geworfen, aber mir scheint, dass Stratemeier sich ziemlich intensiv mit diesen Leuten auseinandergesetzt hat.«

Jan und Ergün räumten sich zwei Stühle frei und setzten sich an den Schreibtisch. Dann nahmen sie sich den Stapel Unterlagen vor, von dem Nolte gesprochen hatte.

Eine halbe Stunde später hatte Jan genug gelesen, um sich ein Bild von Stratemeiers Arbeit im Kampf gegen rechte Gewalt zu machen. Und um endgültig davon überzeugt zu sein, dass der Anschlag auf die Lipperlandhalle und der Mord an Stratemeier auf das Konto von Finstruper Nazis gingen.

Im vergangenen Jahr hatte es zwei rechtspolitisch motivierte Überfälle auf Einrichtungen der Linken in Lemgo gegeben, außerdem mehrere Angriffe auf Mitbürger mit ausländischen Wurzeln in Lemgo, Detmold, Barntrup und Lage. Stratemeier war sich sicher gewesen, dass die Finstruper Zelle dahintersteckte. Er berief sich auf Zeugenaussagen und eigene Ermittlungen in Finstrup.

Der Staatsanwalt hatte in seinen Aufzeichnungen auch die Sache mit »Newton« erwähnt, allerdings nur beiläufig. Offenbar hatte auch er nicht die ganze Wahrheit über die massiven Drohungen gegen die Band gekannt.

Interessant war es geworden, als Jan einige Notizen Stratemeiers gefunden hatte, in denen er zukünftige Szenarien, ausgehend von der Finstruper Zelle, entwickelte. Er schrieb von der Gefahr eines terroristischen Anschlags auf eine politische oder öffentliche Einrichtung in der Region, ohne jedoch auf konkrete Anschlagsziele oder Planungen einzugehen.

Im nächsten Absatz ließ sich Stratemeier über den Verfassungsschutz aus, der keinerlei Interesse daran zeige, mit ihm zu kooperieren und seine gewonnenen Erkenntnisse intensiver zu verfolgen. Auch das BKA hatte ihn beim Kampf gegen Rechts bislang nicht unterstützt.

»Bei der Liste handelt es sich um die Personen, die Stratemeier besonders im Auge gehabt hat«, sagte Ergün nach einer Weile. »Sie scheint jedoch nicht vollständig zu sein. Sieh mal.«

Er reichte Jan einen weiteren Zettel mit nur schwer leserlichen handschriftlichen Notizen.

»Er war davon überzeugt, dass es noch jemanden geben muss. Einen, der die Kommandos gibt.«

»Wie kommt er darauf?«

Ergün zuckte mit den Schultern. »Keine Ahnung, das schreibt er nicht.«

»Wir haben trotzdem nichts Stichhaltiges gegen diese Leute in der Hand«, sagte Jan. »Und Stratemeier ging es nicht anders. Andernfalls hätte er mehr getan, als nur ein paar Namen aufzuschreiben.«

»Vielleicht ja doch«, entgegnete Ergün. »Was, wenn er etwas herausgefunden hatte, das diese Gruppe belastete? Zum Beispiel, dass sie einen Anschlag auf die Lipperlandhalle plante? Dann hätten wir doch ein Motiv für seinen Tod.«

»Wäre nicht undenkbar. Hat Stratemeier eigentlich jemals mit uns oder den anderen Kriminalinspektionen der Region zusammengearbeitet?«

»Wäre mir neu«, antwortete Ergün.

Jans Gedanken über den toten Staatsanwalt wurden vom Klingeln seines Handys unterbrochen. Die Nummer auf dem Display kam ihm bekannt vor, es gelang ihm jedoch nicht, sie zuzuordnen.

»Jan Oldinghaus.«

»Hier spricht Dr. Wulfmeyer. Sie baten um Rückruf?«

»Gut, dass Sie sich melden«, sagte Jan. Auf dem Weg vom Präsidium nach Detmold hatte er vergeblich versucht, den Psychologen zu erreichen. Nach dem, was Stahlhut ihm über Wulfmeyer berichtet hatte, wollte er unbedingt selbst noch einmal mit ihm sprechen. »Sie hatten ja bereits mit meinem Kollegen das Vergnügen. Ich würde Ihnen gern noch ein paar weiterführende Fragen stellen.«

»Worum geht's denn? Ich habe nicht viel Zeit.«

»Um Ihre Beziehung zu Lydia Klein«, antwortete Jan.

»Meine Beziehung?«, fragte Wulfmeyer hörbar überrascht. »Was soll das heißen?«

»Sie haben zugegeben, für Lydia im Laufe Ihrer Therapie Gefühle entwickelt zu haben. Wie kam es dazu?«

»Was soll diese Frage? Ich kannte Lydia, seitdem sie ein Teenager war. Sie war ein tolles Mädchen und eine intelligente Frau. Dazu noch attraktiv. Natürlich war es nicht richtig von mir, Gefühle für sie zu entwickeln. Ich habe immer versucht, mich dagegen zu wehren. Und in den letzten Jahren ist es mir auch gelungen. Sie können mir nichts vorwerfen, zumal es nie zu einer Annäherung zwischen uns gekommen ist.«

»Aber Sie sagen es ja selbst. Die Zuneigung beruhte nicht auf Gegenseitigkeit.«

»Jetzt verstehe ich«, sagte Wulfmeyer nach einigen Sekunden. »Sie denken, dass ich etwas mit der Sache zu tun habe. Weil Lydia meine Liebe nicht erwidert hat. Und ich Idiot erzähle Ihrem Kollegen auch noch davon.«

»Wir denken gar nichts«, antwortete Jan. »Wir sammeln Fakten. Sie haben ausgesagt, dass Lydia schwanger war und einen Freund namens Ardian hatte. Haben Sie mit ihr darüber in den Therapiesitzungen gesprochen?«

»Sie hat es in einer der letzten Sitzungen beiläufig erwähnt. Ich habe es mir allerdings erspart, sie darüber auszufragen.«

»Sie haben also Lydias Beziehung zu Ardian Lala nicht thematisiert?«

»Nein«, antwortete Wulfmeyer gereizt. »Wahrscheinlich hätte sie ohnehin nichts erzählt. Sie konnte zu manchen Dingen schweigen wie ein Grab. Nicht immer zu ihrem Vorteil.«

»Sie spielen auf den Missbrauch an?«

»Ja.«

»Sie hat sich Ihnen aber anvertraut?«

»Nein, das ist so nicht richtig.«

»Aber Sie vermuten doch ...«

»Mein Vater hat mir davon erzählt. Er hat damals ihr Tagebuch gelesen«, unterbrach Wulfmeyer Jan. »Ohne dass sie davon wusste. Es war nur ein kurzer Vermerk. Kein Beweis, dass es wirklich so gewesen ist.«

»Wo ist dieses Tagebuch?«

»Keine Ahnung, das Ganze ist mehr als zehn Jahre her. Damals war sie vielleicht zwölf oder dreizehn. Eine ihrer schlimmsten Phasen. Das Jugendamt wollte sie aus der Familie holen, weil sie in der Schule massive Probleme hatte und die katastrophalen Verhältnisse in der Familie schon damals bekannt waren.« Wulfmeyer stockte. »Vielleicht hat ihre Mutter das Buch«, fuhr er fort. »Würde mich nicht wundern. Sie hat immer versucht, die Kontrolle über Lydias Leben zu behalten. Ohne Erfolg, wie sich gezeigt hat.«

»Haben Sie denn niemals mit Lydia über den möglichen Missbrauch gesprochen?«

»Nein. Wie gesagt, sie hätte sich niemals dazu geäußert.«

»Glauben Sie, dass ihr Tod etwas mit der Sache zu tun hat?«

»Wie meinen Sie das?«

»So wie ich es gefragt habe.«

»Dann lautet meine Antwort Nein.«

»Weil Sie denken, dass es dieser Ardian war? Oder aber einer ihrer Freier?«

»Beides möglich.«

»Weshalb sind Sie sich sicher, dass sie ihren Körper verkauft hat? Außer Vermutungen haben wir keinerlei Hinweise, die dafür sprechen.«

»Ich bin mir keineswegs sicher«, antwortete Wulfmeyer. »Aber diese Gerüchte kursieren nun mal. Die öffentliche Wahrnehmung von Lydia war alles andere als positiv.«

»Das ist uns auch schon zu Ohren gekommen«, sagte Jan und verabschiedete sich von Wulfmeyer. Nachdem er aufgelegt hatte, wandte er sich Ergün zu.

»Können wir los?«

Ergün nickte.

»Dann lass uns nach Finstrup fahren. Ich will endlich wissen, was dort vor sich geht.«

Jan ging gedanklich noch einmal alles durch, als sie erneut das beschmierte Ortseingangsschild passierten. Sie besaßen die Namen und Adressen der verdächtigen Personen. Die meisten wohnten entlang der Hauptstraße. Drei von ihnen hatten sogar dieselbe Anschrift; Jan vermutete, dass sie sich eine Wohnung teilten.

Eine vage Hoffnung stieg in ihm auf, dass sie die richtige Spur verfolgten.

»Mit voller Truppe und SEK im Hintergrund würde ich mich wohler fühlen«, durchbrach Ergün die Stille.

Jan schwieg. Er wusste, dass Ergün recht hatte. Allein konnten sie gegen diese gewaltbereiten Männer wenig ausrichten. Noch war es für einen SEK-Einsatz jedoch zu früh. Ihnen fehlten noch immer die Beweise. Doch plötzlich kam ihm eine Idee. Er trat hart auf die Bremse und geriet auf der schneebedeckten Straße ins Schliddern. Als er den Wagen wieder unter Kontrolle gebracht hatte, fuhr er rechts ran.

»Was war das denn?«, fragte Ergün aufgebracht.

»Schon vergessen? Genau hier hatten wir unser kleines Tête-à-tête mit Manfred Klein.«

»Wie könnte ich?«

»Kommst du mit?«, fragte Jan und nickte in Richtung der Bäckerei. »Bevor wir diesen Nazis einen Besuch abstatten, will ich noch einmal mit Gina sprechen. Sie hat sich trotz Vorladung noch nicht bei uns gemeldet, um ihre Aussage zu Protokoll zu geben. Aber sie weiß auf jeden Fall mehr, als sie mir beim letzten Mal gesagt hat.«

»Geh ruhig allein rein«, sagte Ergün. »Ich schaue mich mal ein bisschen um.«

»Diesmal bitte ohne Prügelei«, sagte Jan zwinkernd. »Du weißt, was hier für Typen rumlaufen. Ich bin in zehn Minuten wieder da. Und pass mir auf meinen Wagen auf.«

Jan stieg aus und schlüpfte in seinen taillierten Wintermantel. Die Temperaturen waren in den frühen Morgenstunden immer weiter gefallen. Der vereiste Bürgersteig war ein untrügliches Zeichen dafür, dass die Null-Grad-Grenze unterschritten war. Mit hochgestelltem Kragen eilte er in Richtung Ladentür. Doch schon aus der Entfernung sah er, dass in der Bäckerei kein Licht brannte und die Schaufensterauslage leer war. Jan versuchte dennoch, die Tür zu öffnen. Ohne Erfolg, sie war verschlossen. Erst jetzt sah er das »Geschlossen«-Schild, das von innen an der Tür hing.

Er spähte in den Laden, bis seine Nasenspitze die kalte Scheibe berührte. Niemand war zu sehen. Jan klopfte gegen die Scheibe. Es rührte sich nichts. Schließlich entfernte er sich ein paar Schritte von der Ladentür und ging in Richtung eines Hauseingangs, der offenbar zu den oberen Stockwerken des Gebäudes führte. Wahllos drückte er auf eine der Klingeln. Auf dem Namensschild las er den Namen »Wiedemann«. Nach wenigen Sekunden meldete sich über die Gegensprechanlage eine weibliche Stimme.

»Oldinghaus, guten Tag, Frau Wiedemann. Können Sie mir sagen, ob die Bäckerei heute noch öffnet?«

»Keine Ahnung«, antwortete die Frau unfreundlich. »Versuchen Sie es später wieder.«

»Warten Sie«, rief Jan. »Wissen Sie denn, warum noch nicht geöffnet ist?«

»Sie kommen wohl nicht von hier, was?«

»Nein«, antwortete Jan und war einmal mehr froh darüber, tatsächlich nicht aus Finstrup zu stammen.

»Dann geht es Sie auch nichts an«, sagte die Frau barsch. »Also verschwinden Sie –«

»Moment«, unterbrach Jan schnell. »Kripo Bielefeld. Sagen Sie mir jetzt sofort, was Sie wissen. Warum hat die Bäckerei nicht geöffnet?«

»Kripo?«, fragte die Frau skeptisch. »Ich habe schon gehört, dass Sie in unserem Dorf herumschleichen und versuchen, die Bürger zu verunsichern.«

»Das muss jemand anderes sein«, antwortete Jan kühl. »Also raus jetzt mit der Sprache.«

»Ich weiß wirklich nichts –«

Ein dumpfes Geräusch unterbrach die Frau. Im nächsten Moment war die Leitung tot. Jan betätigte noch einmal die Klingel, doch niemand meldete sich mehr über die Sprechanlage oder öffnete ihm die Tür.

»Verdammt noch mal!«, rief er laut. »Gibt es in diesem Scheißdorf eigentlich auch irgendjemanden, der erzählt, was er weiß? Oder hat hier jeder eine Leiche im Keller liegen?«

Ergün trat auf ihn zu und legte ihm eine Hand auf die Schulter. »Reg dich ab«, sagte er leise.

»Auf keinen Fall«, echauffierte sich Jan weiter. »Ich glaube so langsam, dass in diesem Kaff alle unter einer Decke stecken. Bis auf Gina. Die hatte genug Mumm, mir zu sagen, dass etwas nicht in Ordnung ist. Wir müssen dringend herausfinden, wo sie wohnt.«

»Wem gehört eigentlich die Bäckerei?«, fragte Ergün.

»Laut dem Schild einem gewissen Mathias Büscher.« Jan zeigte auf eine Metallplakette neben der Ladentür. »Auf den Klingelschildern habe ich den Namen allerdings nicht gesehen.«

»Suchen Sie mich?«

Jan und Ergün drehten sich abrupt um und blickten einem Mann um die vierzig in die Augen. Jan wunderte sich, wie es ihm gelungen war, sich ihnen unbemerkt zu nähern.

»Wenn Sie Mathias Büscher sind?«, fragte Ergün.

»Der bin ich«, antwortete Büscher. »Darf ich fragen, mit wem ich das Vergnügen habe?«

»Kripo Bielefeld. Jan Oldinghaus mein Name. Und mein Kollege Cengiz Ergün. Wir ermitteln im Mordfall Lydia Klein.«

»Schreckliche Geschichte. Wissen Sie denn schon, wer dahintersteckt?«

»Wir stehen kurz vor dem Durchbruch«, log Jan. Er wollte sich nicht in die Karten blicken lassen. »Ihre Bäckerei hat heute geschlossen?«

»Ja, ich hatte es am Magen. Ich musste meiner Mitarbeiterin heute Morgen freigeben. Keine Brötchen, kein Verkauf.«

»Sie sprechen von Gina?«

»Ja, Sie kennen sie?«

»Wir haben uns bereits unterhalten. Ich hätte aber noch einige Fragen.«

»Brauchen Sie Ginas Adresse?«

»Vielleicht können Sie uns ja helfen«, antwortete Jan. Ihn interessierte, ob Ginas Chef ähnliche Befürchtungen wie sie selbst hatte. »Erzählen Sie uns über die Stimmung in Finstrup. Wir haben schon einiges darüber gehört.«

»Was meinen Sie?«

»Ich spreche von der Fremdenfeindlichkeit hier. Sie als Bäcker bekommen bestimmt eine Menge mit.«

»Das stimmt«, antwortete Büscher. »Und ich muss sagen, das ist der einzige Punkt, der mich an diesem Dorf wirklich stört. Wir alle werden wegen ein paar Einzelner in ein falsches Licht gerückt.«

»Ein paar Einzelne?«, fragte Jan erstaunt nach. »Mir scheint, als gehöre der Hass auf Ausländer hier zum guten Ton.«

»Die meisten Finstruper sind doch harmlos und wählen lediglich aus Frustration Rechts. Nur ein paar wenige im Dorf sind wirklich gefährlich.«

»Sie kennen sie?«

»Klar.«

»Dann wäre ich Ihnen dankbar, wenn Sie mir die Namen nennen.«

»Mir fallen da zum Beispiel Leute wie Ingo Schubert oder Dirk Ruschmeier ein.«

»Ralf Weiler, Stefan Lindenschmidt, Jörg Heckmann?«, fragte Jan.

»Ja, die wahrscheinlich auch. Allesamt unangenehme Zeitgenossen.«

»Vielen Dank«, sagte Jan. »Sie haben uns sehr geholfen.«

»Gern geschehen«, antwortete Büscher. »Wenn es um die Sicherheit unseres Dorfes geht, helfe ich selbstverständlich gern.« Er schloss die Tür der Bäckerei auf und verschwand im Inneren.

»Ich rufe Vlothoerbäumer an«, sagte Ergün. »Er soll endlich Verstärkung organisieren.« Er setzte sich in Jans Mini und zog die Tür hinter sich zu.

Trotz der eisigen Kälte blieb Jan auf dem Bürgersteig stehen und blickte sich um. Die festgefahrene Schneeschicht zeugte von regem Verkehr, der durch den Ort rollte. Und dennoch war es auch heute Morgen seltsam still. Seitdem sie hier waren, hatte sie noch kein einziges Auto passiert.

Jan wechselte die Straßenseite. Die Häuser auf dieser Seite waren in keinem guten Zustand. Sie erinnerten ihn an das Haus der Familie Klein. Finstrup war kein wohlhabendes Dorf, so viel stand fest. Der Großteil der Häuser wirkte heruntergekommen. Auch die wenigen verbliebenen Fachwerkhäuser waren renovierungsbedürftig.

Er ging einige Meter weiter und sah in einem Hinterhof ein Ladengeschäft. Offenbar ein kleiner Elektronikfachhandel, der dem Äußeren nach zu urteilen auf dem Stand der achtziger Jahre stehen geblieben war. Die meisten der beworbenen Firmen, so war sich Jan sicher, existierten mittlerweile nicht mehr. Er trat näher heran und versuchte, durch die Schaufensterscheibe ins Innere zu blicken.

Im Verkaufsraum herrschte ein unvorstellbares Chaos. Alte HiFi-Anlagen, Computer, Fernseher, selbst Kühlschränke standen wahllos aufeinandergestapelt herum. Und inmitten des ganzen Durcheinanders ein Mann, den Jan kannte. Rolf Kuhfuß.

Jan suchte vergeblich nach einem Ladenschild und fand lediglich einen laienhaft angebrachten DIN-A4-Zettel, auf dem »Kuhfuß« stand. Darunter in kleinerer Schrift das Kürzel »Inh.«.

Ohne Ergün Bescheid zu geben, betrat er den Laden und sah Kuhfuß an. »Guten Morgen.«

Der grauhaarige Mann trug den gleichen altmodischen Anzug wie bei ihrem ersten Aufeinandertreffen. »Sie schon wieder?«, fragte er überrascht. »Wie kann ich Ihnen helfen?«

Jan zückte sein iPhone und hielt es in die Luft. »Ich brauche ein neues Kabel für –«

»Mit diesem neumodischen Kram hab ich nichts zu tun«, unterbrach Kuhfuß ihn. »Ich verkaufe in erster Linie Gebrauchtware. Sie glauben gar nicht, wie viele Menschen in der heutigen Zeit darauf angewiesen sind, gute Qualität zu niedrigen Preisen zu kaufen. Und eines steht fest: Vor dreißig Jahren war die Qualität der Produkte um ein Vielfaches besser als heute. Die Wegwerfgesellschaft dieser Tage kann und will ich nicht unterstützen.«

»Dann lassen Sie uns mal über wichtigere Dinge reden«, entgegnete Jan.

»Sind Sie immer noch wegen Lydia Klein hier?«

»Auch«, antwortete Jan. »Im Moment interessiert mich jedoch etwas anderes. Sie haben vielleicht davon gehört, dass gestern Nacht nur wenige Kilometer entfernt von hier der Staatsanwalt Johannes

Stratemeier ums Leben gekommen ist. Wir haben Grund zu der Annahme, dass der Mord an ihm einen rechtsextremen Hintergrund hat. Genau wie der Nagelbombenanschlag auf die Lipperlandhalle vor einigen Tagen.«

»Und wie kann ausgerechnet ich Ihnen dabei helfen?«, fragte Kuhfuß unbewegt.

»Es ist kein Geheimnis, dass Finstrup ein Problem mit Ausländerfeindlichkeit hat. Das Bild hat sich mittlerweile gefestigt. Das, was wir herausgefunden haben, klingt alles andere als positiv. Um nicht zu sagen erschreckend.«

»Was wissen Sie denn schon, Herr Kommissar?« Kuhfuß lächelte süffisant. Ihm gelang es jedoch nicht, seine Verbissenheit zu überspielen. »Kommen hierher und wollen mir erzählen, wie unser Dorf tickt. Ich sag Ihnen mal etwas: Sie sollten uns besser in Ruhe lassen und aufhören, hier Unruhe zu stiften. Ich weiß, dass einige der Dorfbewohner das gar nicht gern sehen.«

»Ich hoffe, Sie wollen mir nicht drohen?«

»Interpretieren Sie es, wie Sie möchten. Aber Ihnen sollte klar sein, dass es hier ungemütlich für Sie werden kann. Wie ich gehört habe, hat Ihr Auto bereits leiden müssen.«

Jan war einen Moment lang von der Rolle. Es schien die Menschen aus Finstrup nicht im Geringsten zu stören, dass jemand aus ihrem Dorf ermordet worden war und einige Bewohner womöglich unter Terrorverdacht standen. Genauso wenig wie die Tatsache, dass eine Gruppe kahl geschorener Nazis das Fahrzeug eines Polizeibeamten mit Steinen beworfen hatte. Im Gegenteil, man brüstete sich mit dieser Tat auch noch. Jan platzte der Kragen.

»Es reicht jetzt!«, sagte er. »Eines sage ich Ihnen: Wir werden sowieso herausfinden, wer hinter dem Anschlag und den Morden steckt. Ingo Schubert, Dirk Ruschmeier, Ralf Weiler, Stefan Lindenschmidt, Jörg Heckmann – sagen Ihnen diese Namen etwas?«

»Von mir erfahren Sie nichts«, antwortete Kuhfuß stur. »Deshalb brauchen Sie aber nicht zu denken, dass ich mit diesen Personen sympathisiere. Ich heiße es nicht gut, was sie tun, verurteile sie allerdings auch nicht wegen ein paar Dummejungenstreiche und einigen unüberlegten Äußerungen.«

»Dummejungenstreiche?«, fragte Jan aufgebracht. »Die Leute,

die Sie schützen, stehen unter Verdacht, Menschen getötet zu haben und das Leben weiterer vorsätzlich in Gefahr gebracht zu haben.«

»Das ist doch an den Haaren herbeigezogen«, wehrte Kuhfuß ab. »Sie haben überhaupt keine Beweise dafür. Und aus meiner Sicht ist es vollkommen unsinnig, dass jemand aus Finstrup etwas mit diesen Vorfällen zu tun haben soll.«

»Ich hoffe, Sie wissen, was Sie da tun«, sagte Jan. »Sie behindern die Ermittlungen, indem Sie wichtige Informationen zurückhalten.«

»Ich habe Ihnen alles gesagt, was ich weiß. Entschuldigen Sie bitte, dass ich Ihnen keine unschuldigen Bürger dieses Dorfes zum Fraß vorwerfe.«

»Warum machen Sie das?«, fragte Jan verständnislos. »Wie nahe stehen Ihnen diese Leute wirklich?«

»Ich glaube, ich bin Ihnen keine Rechenschaft schuldig. Verlassen Sie jetzt bitte meinen Laden.«

Hatte Kuhfuß gerade wirklich »Laden« gesagt?, fragte sich Jan. Er schüttelte den Kopf und ließ seinen Blick noch einmal durch den Raum schweifen. Ein unvorstellbares Chaos aus altem Gerümpel und defekten oder unnützen Geräten. Je länger er sich umsah, desto mehr Dinge erkannte er, bei denen es sich nicht um Elektronikartikel handelte.

»Sagen Ihnen eigentlich die Namen Axel und Dennis etwas?«, fragte er.

»Nie gehört.«

»Anne Becker?«

»Die süße Brünette? Was ist mit ihr?«

»Wie gut kennen Sie sie?«

»Man kennt sich vom Sehen. Ich glaube, sie war auch mal mit Lydia Klein befreundet.«

»Was wissen Sie noch über sie? Hat sie Kontakt zu den Nazis hier im Dorf?«

»Sie geben nicht auf, was?« Kuhfuß blickte Jan herausfordernd an. »Selbst wenn ich es wüsste, würde ich es Ihnen nicht sagen.«

»Leider sehe ich unter diesen Umständen keine andere Möglichkeit, als Sie aufs Präsidium zu bitten«, sagte Jan. »Ihre Vorladung wird noch heute ausgestellt. Ich werde veranlassen, dass eine Streife Sie abholt. Dann unterhalten wir uns in Ruhe weiter.«

»Wie Sie meinen.«

»Bevor ich es vergesse«, setzte Jan noch einmal an. »Gina, die Verkäuferin aus der Bäckerei, kennen Sie sie?«

»Sicher.«

»Wissen Sie, wie sie mit Nachnamen heißt und wo sie wohnt?«

»Gina Lehmsiek«, antwortete Kuhfuß. »Sie wohnt auch an der Hauptstraße, mitten im Ortskern. Das hellblau verputzte Haus. Sie können es nicht verfehlen.«

»Danke.« Jan wollte den Laden bereits verlassen, als ihm plötzlich etwas ins Auge fiel. Es dauerte einen Moment, bis er verstand, was er dort zwischen all dem Elektroschrott liegen sah, doch dann traf ihn die Erkenntnis umso härter.

Er zog die lebensgroße Stoffpuppe mühsam aus dem Chaos hervor und betrachtete sie. Sie erinnerte ihn an die Szenerie der gestrigen Nacht. Nolte hatte Teile einer solchen Puppe am Straßenrand gefunden. Jan war sich sicher, dass sie genauso ausgesehen hatte wie die Puppe, die er gerade in den Händen hielt.

»Wo haben Sie die her?«, fragte er.

»Keine Ahnung.« Kuhfuß zuckte mit den Schultern. »Wahrscheinlich von irgendeinem Flohmarkt. Ich kaufe ja alles Mögliche auf, um es anschließend mit ein paar Euro Gewinn weiterzuverkaufen. Woher die einzelnen Teile stammen, merke ich mir in der Regel nicht. Bin ja auch nicht mehr der Jüngste.«

»Hatten Sie noch mehr solche Puppen?«

»Ich glaube, es gab noch eine weitere. Sie müsste irgendwo hier herumliegen.«

Kuhfuß bahnte sich einen Weg durch den Schrott. Nach einigen Minuten des erfolglosen Suchens blickte er Jan entschuldigend an. »Tut mir leid. Die andere Puppe habe ich wohl schon verkauft.«

»An wen?«

»Ich erinnere mich nicht.«

»Strengen Sie sich bitte an«, sagte Jan scharf. »Es ist wichtig.«

»Ich weiß es nicht mehr«, antwortete Kuhfuß zögerlich. »Vielleicht …« Er brach ab.

»Was denn nun?«

»Vor einigen Wochen ist hier eingebrochen worden. Es wurden ein paar Geräte gestohlen und ein wenig Bargeld. Nichts Dramatisches. Ich habe es nicht einmal der Polizei gemeldet. Möglich, dass damals auch die Puppe entwendet wurde. Aber was ist denn eigentlich so spannend an ihr?«

»Wenn wir wissen, wer die Puppe gestohlen hat, dann wissen wir womöglich auch, wer Staatsanwalt Stratemeier umgebracht hat«, sagte Jan. Er sah Kuhfuß an. »Ich danke Ihnen. Sie haben mir geholfen. Zumindest unfreiwillig.«

Er trat hinaus ins Freie und atmete tief ein. Der Muff in dem kleinen Geschäft hatte ihm die Luft abgeschnürt. Doch das, was er gerade erfahren hatte, setzte neue Energie in ihm frei. Stratemeiers Mörder hatte offenbar einen Einbruch in Rolf Kuhfuß' kleinen Elektronikladen begangen. Die Wahrscheinlichkeit war hoch, dass der Mann, den sie suchten, tatsächlich aus Finstrup stammte.

Der Einbruch roch nach Beschaffungskriminalität. Aber als Motiv kam letztlich alles Mögliche in Frage. Vielleicht bestand sogar eine Verbindung zwischen Kuhfuß und dem Mörder. Noch immer wussten sie viel zu wenig. Viel zu viele Fragen. Und zu wenige Antworten.

Jan ging den schmalen Hinterhofweg zurück zur Hauptstraße und blickte sich um. Auf der anderen Straßenseite stand noch immer sein Mini, gegenüber der Bäckerei geparkt. Und noch immer war niemand auf den Straßen zu sehen; auch Autos fuhren keine durch Finstrup.

Doch die ruhige Fassade des Dorfes war trügerisch. Denn dahinter brodelte es gewaltig. In den heruntergekommenen Häusern spielten sich Dinge ab, von denen Jan am liebsten keine Ahnung gehabt hätte. Doch sein Job war es nun mal herauszufinden, was vor sich ging. Das Schweigen im Dorf zu brechen. Die Schuldigen zu finden.

Als er den Schlüssel ins Türschloss seines Mini steckte, um aufzuschließen, merkte er plötzlich, dass etwas nicht in Ordnung war.

Wo zum Teufel war Ergün?

24

Jan stand mitten auf der Dorfstraße und blickte sich um, während leichter Schneefall einsetzte und in Böen durch Finstrup wehte. Weit und breit keine Spur von Ergün. Wo steckte er nur?

Er spürte das Vibrieren seines Handys in der Hosentasche und fingerte es heraus. An der Nummer erkannte er, dass es jemand aus dem Präsidium war.

»Hallo?«, meldete er sich mit vor Kälte zitternder Stimme.

»Ich bin's, Kai. Wo steckst du gerade?«

»Immer noch in Finstrup.«

»Kannst du kommen?«, fragte Stahlhut.

»Im Augenblick ist es schlecht. Wieso denn?«

»Ich glaube, wir haben jemanden, der in Frage kommen könnte«, sagte Stahlhut.

»Wofür?«, fragte Jan überrascht zurück.

»Für den Mord an Stratemeier«, erklärte Stahlhut. »Ich habe heute Morgen Christian Klein, den Bruder von Lydia, verhört und einige interessante Dinge erfahren. Klein hat sich ziemlich ungeniert als Nazi zu erkennen gegeben. Genau wie sein Vater. Doch das Wichtigste für unsere Ermittlungen ist sein Alibi.«

»Was ist damit?«

»Es klingt völlig absurd, aber Klein behauptet, gestern Abend in Stratemeiers Büro gewesen zu sein. Er sagt, er habe Stratemeier davon überzeugen wollen, die Ermittlungen gegen ihn einzustellen. Angeblich wollte er aus der rechten Szene aussteigen.«

»Und was heißt das jetzt?« Jan hatte nur mit halbem Ohr hingehört. Das Verschwinden Ergüns beschäftigte ihn mehr als Stahlhuts Infos.

»Das liegt doch auf der Hand, oder nicht?«, entgegnete Stahlhut. »Wir müssen prüfen, ob Christian Klein gestern Abend tatsächlich bei Stratemeier war. Wahrscheinlich hat Klein gedacht, es wäre klug zuzugeben, Stratemeier besucht zu haben. Er hat allerdings nicht bedacht, dass er mit seiner Aussage sein eigenes Motiv mitgeliefert hat.«

»Wie meinst du das?«

»Stratemeier wollte sich wahrscheinlich nicht auf einen Deal mit Klein einlassen, weil er fest entschlossen war, seinen Kampf gegen Rechts fortzuführen. Daraufhin ist ein Streit zwischen den beiden entbrannt, der auf der Landstraße im Wald endete.«

»Entschuldige, Kai, aber ich kann dir gerade nicht ganz folgen. Klingt auf jeden Fall interessant, was du sagst. Aber ich habe hier ganz andere Probleme. Wir wissen jetzt, wer im Visier von Stratemeier stand. Allesamt wohnen sie in Finstrup. Klein war allerdings nicht dabei. Außerdem habe ich eben noch einmal mit diesem Kuhfuß gesprochen. Er betreibt einen kleinen Elektronikramschladen. Zufällig habe ich dort eine Puppe entdeckt, die möglicherweise so aussieht wie die, deren Teile wir letzte Nacht im Wald gefunden haben.«

»Du denkst, dass der Mörder die Puppe aus Kuhfuß' Laden mitgenommen hat? Was sagt dieser Kuhfuß denn dazu?«

»Er behauptet, dass bei ihm vor einigen Wochen eingebrochen wurde.«

»Vielleicht war er es selbst?«

»Daran habe ich auch schon gedacht, aber der Mann ist über sechzig. Ich halte es für ziemlich ausgeschlossen, dass er etwas mit der Sache zu tun hat.«

»Ich werde das Gefühl nicht los, dass die Finstruper überhaupt kein Interesse daran haben, die Vorfälle der letzten Tage aufzuklären«, sagte Stahlhut.

»Da stimme ich dir ausnahmsweise zu«, antwortete Jan. »Versuch bitte, Christian Klein so lange wie möglich festzuhalten. Es wäre allerdings gut, wenn du schnell hierher nach Finstrup kommen könntest. Ich will noch einmal mit Anne Becker sprechen, bevor wir uns um die anderen auf Stratemeiers Liste kümmern. Da kann ich Verstärkung gebrauchen. Außerdem mache ich mir um Cengiz Sorgen. Er ist verschwunden, und ich habe kein gutes Gefühl dabei, wenn er allein durch Finstrup läuft.«

»In Ordnung«, sagte Stahlhut. »Dann will ich mir diese Nazibande mal aus nächster Nähe ansehen. Bin in einer halben Stunde bei dir.«

Eine halbe Stunde, dachte Jan, nachdem er aufgelegt hatte. Eine halbe Stunde konnte lang sein, besonders wenn der eisige Wind an einem zerrte und sich durch die Kleidung fraß. Er wählte Ergüns Nummer. Ohne Erfolg. Nach dem zehnten Klingeln legte er wieder auf.

Ein Opel älteren Jahrgangs näherte sich mit hoher Geschwindigkeit, sodass Jan Probleme hatte, noch rechtzeitig auf den Bürgersteig zu springen. Der erste Wagen, seit sie hier waren. Die Trostlosigkeit Finstrups bemaß sich für ihn an der Zahl der Fahrzeuge, die das Dorf passierten.

Für einen Augenblick dachte er daran, Ergüns Namen laut hinauszuschreien, doch mit einem Mal sah er in einiger Entfernung ein bekanntes Gesicht. Aus einem Hauseingang war ein kahl geschorener Mann getreten. Ein bulliger Typ mit Stiernacken. Jan war sich sofort sicher, dass er einer der Männer war, die sein Auto zerkratzt und verbeult hatten. Er beschleunigte seinen Schritt und folgte dem Unbekannten unauffällig.

Nach wenigen Metern wechselte der Mann die Straßenseite und bog in die kleine Nebenstraße ein, die Jan bereits kannte. Hierhin war er auch Dennis und Axel gefolgt. Er wartete einen Augenblick, bis der Mann außer Sichtweite war, dann überquerte er ebenfalls die Straße.

»Pst!«

Jan blieb stehen und blickte sich irritiert um.

»Warte, Jan!«

Jan hatte Ergüns Stimme erkannt, konnte ihn zwischen den tanzenden Schneeflocken aber noch immer nicht sehen. Im nächsten Moment trat sein Kollege hinter einer Hauswand hervor und zog ihn hastig am Arm zu sich.

»Was machst du denn hier?«, flüsterte Jan. »Hast du den Typen nicht gesehen? Wir müssen hinter ihm her.«

»Zu gefährlich«, antwortete Ergün kurz.

Während sich die beiden hinter der Mauer eines der wenigen Fachwerkhäuser im Dorf versteckten, reckte Ergün ununterbrochen den Kopf in Richtung Straße.

»Warum bist du so nervös?«, fragte Jan.

»Weil wir eventuell beobachtet werden«, antwortete Ergün. »Da drüben, siehst du das Haus? Ich habe gesehen, dass mehrere Glatzen darin verschwunden sind. Axel und Dennis waren auch dabei.

Als ich vom Bürgersteig aus versucht habe, einen Blick ins Innere zu werfen, konnte ich erkennen, dass einer der Typen am Fenster Schmiere steht. Und ich bin mir ziemlich sicher, dass er mich gesehen hat.«

»Waren es dieselben Typen wie beim letzten Mal?«

»Ja, ich glaube schon. Die meisten von ihnen haben das Haus inzwischen aber wieder verlassen. Ich schätze, sie sind auf dem Weg zu der Hütte von Anne Becker. Zumindest sind alle in diese Richtung gegangen.«

»Weißt du, wem das Haus gehört?«, fragte Jan.

»Einem gewissen Dieter Pauli, ich habe im Präsidium angerufen und die Adresse überprüfen lassen.«

»Dieter Pauli?«, wiederholte Jan verwundert. Er kannte den Namen, hatte ihn erst vor Kurzem gelesen. »Der Bürgermeister?«

»Ist er das?«

»Ja, ich erinnere mich an die absurde E-Mail, die er mir geschrieben hat. Er wollte uns glauben machen, dass der Mörder von Lydia Klein nicht in Finstrup zu suchen ist. Seine Mail hatte tendenziell einen ausländerfeindlichen Unterton. Außerdem war er gut informiert. Er wusste, dass Lydia einen Freund hatte.«

»Wie gehen wir jetzt vor?«, fragte Ergün.

»Ich will da rein und mit denen sprechen«, sagte Jan mit Nachdruck. »Wir müssen endlich wissen, mit wem wir es zu tun haben.«

»Ich weiß wirklich nicht, ob das eine gute –«

»Wir haben keine Wahl«, unterbrach ihn Jan. »Die Zeit drängt. Erst der Anschlag, dann der Mord an Stratemeier. Wer weiß, was sie als Nächstes vorhaben.«

»Dann lass uns gehen«, seufzte Ergün.

Jan war plötzlich unschlüssig. War es sinnvoll, diesen Einsatz ausgerechnet mit Ergün durchzuziehen? Es war allzu menschlich, dass sein Kollege ein mulmiges Gefühl dabei hatte. Dass diese Typen skrupellos waren, hatten sie – sofern sie denn die Täter waren – bereits bewiesen. Er verwarf den Gedanken wieder und überquerte gemeinsam mit Ergün die Straße. Langsam traten sie auf das hell verputzte Einfamilienhaus zu. Im Gegensatz zu den meisten anderen Häusern in der Nachbarschaft machte es einen gepflegten Eindruck.

Auf dem Klingelschild las Jan den Namen »Pauli«. Entschieden drückte er den Knopf. Nach wenigen Sekunden öffnete sich die Tür, und ein etwa fünfzigjähriger Mann mit grau meliertem Haar stand ihnen gegenüber. In seinem altmodischen braunen Anzug, der mindestens eine Nummer zu klein war, erinnerte er Jan an seinen Vater.

»Herr Pauli?«

Der Mann nickte, machte jedoch keinerlei Anstalten, die beiden hereinzulassen.

»Jan Oldinghaus, Kripo Bielefeld. Wir hatten bereits per E-Mail das Vergnügen.«

»Ich erinnere mich«, antwortete Pauli zurückhaltend. »Ich hatte Ihnen geschrieben, dass Sie Ihre Ermittlungen in Finstrup einstellen können. Hier werden Sie nicht fündig werden. Was kann ich denn noch für Sie tun?«

»Wie Sie wissen, ist in den vergangenen Tagen einiges vorgefallen. Zuletzt der Mord an Johannes Stratemeier, dem bekannten Staatsanwalt, am gestrigen Abend.«

»Ich hörte davon.«

Jan versuchte, an Pauli vorbei einen Blick ins Innere des Hauses zu werfen, doch der Bürgermeister schien seine Absicht bemerkt zu haben und zog die Tür hinter sich ein Stück weiter zu.

»Sind Sie gerade allein?«, fragte Jan gespielt ahnungslos.

Er schien Pauli auf dem falschen Fuß erwischt zu haben. Mit einem Mal wirkte der Bürgermeister unsicher.

»Weshalb fragen Sie?«

»Weil wir uns gern in Ruhe mit Ihnen unterhalten möchten. Wir prüfen derzeit, ob der Mord an Stratemeier und der Anschlag auf die Lipperlandhalle auf das Konto einer rechtsextremen Gruppierung gehen.«

»Ich dachte, Sie wollen mit mir über Lydia Klein sprechen?«

»Das stimmt«, antwortete Jan. »Uns interessiert momentan allerdings auch der Mord an Stratemeier. Dürfen wir jetzt reinkommen?«

Pauli zögerte, nickte letztlich aber und ließ Jan und Ergün herein. Wortlos betraten sie das Haus. Jan hatte das Gefühl, eine Zeitreise in die achtziger Jahre zu unternehmen. Weiße Fliesen mit

Marmorelementen im gesamten Flurbereich schufen eine kühle Atmosphäre. Das sonstige, überwiegend aus weiß lackiertem Holz oder Kunststoff bestehende Mobiliar verstärkte diesen Eindruck noch.

Jan scannte jeden Winkel in der Hoffnung, irgendwo einen Hinweis darauf zu entdecken, dass sich einer der Glatzköpfe im Haus befand, so, wie es Ergün beobachtet hatte. Doch egal, durch welchen Raum sie gingen, nirgends gab es ein Anzeichen dafür, dass Pauli Besuch hatte.

»Jetzt haben Sie fast mein gesamtes Haus gesehen«, sagte Pauli, als sie im Wohnzimmer angekommen waren. »Also, stellen Sie bitte Ihre Fragen.«

»Es ist kein Geheimnis, dass Finstrup seit Jahren ein Problem mit Rechtsradikalität hat«, begann Jan. »Es liegt also nahe, dass Ihr Dorf in unseren Fokus gerückt ist.«

»Soviel ich weiß, reden wir lediglich von Bagatellen.«

»Wenn Sie Volksverhetzung und schwere Körperverletzung als Bagatellen ansehen, haben Sie natürlich recht«, entgegnete Jan. »Aber um ehrlich zu sein, stört es mich, dass Sie die Vorgänge in Ihrem Dorf derart verharmlosen. Mit Ihrer Verantwortung als Bürgermeister sollten Sie alles dafür tun, dass dieses braune Gedankengut aus Finstrup ein für alle Mal verschwindet.«

»Sie scheinen eine Menge über unseren Ort zu wissen«, sagte Pauli nüchtern. »Wenn Sie hier etwas verändern möchten, können Sie sich bei der nächsten Gemeindewahl gern auf meinen Posten bewerben.«

Jan musterte Pauli. Die Ablehnung, die der Mann ihm entgegenbrachte, war derart offensichtlich, dass er Mühe hatte, ruhig zu bleiben. Offensichtlich war außerdem, dass Pauli nicht leugnete, dass es eine rechte Szene in Finstrup gab.

»Lassen Sie uns über die Familie Klein reden«, fuhr er äußerlich unbeeindruckt fort. »Wie gut kannten Sie Lydia Klein?«

»Man kannte sich natürlich«, antwortete Pauli. »Ganz normal in einem Ort dieser Größe. Hinzu kam, dass sie ein sonderbares Mädchen war. So, wie ich es mitbekommen habe, hat sie ihren Eltern viel Kummer bereitet. Zuletzt hatten sie kaum noch Kontakt zu ihrer Tochter.«

»Wissen Sie, was Lydia beruflich gemacht hat?«

»Es gibt diese Gerüchte. Ich schätze, Sie haben bereits davon gehört.«

»Habe ich. Allerdings fragen wir uns, ob an ihnen irgendetwas dran ist. Denn vielleicht wissen Sie ja auch, dass Lydia an der Fachhochschule in Lemgo studiert hat. Sie war eine der Besten ihres Studienjahrgangs.«

»Tatsächlich?« Pauli versuchte, überrascht zu wirken, scheiterte jedoch. Seine Mimik wirkte aufgesetzt.

»Was ist mit Lydias Eltern?«, hakte Jan nach.

»Ihr Vater ist im ganzen Ort bekannt«, antwortete Pauli nach kurzem Innehalten. »Er trinkt und hat schon das ein oder andere krumme Ding gedreht. Aber im Großen und Ganzen harmlos. Sein Sohn scheint in die gleiche Richtung zu gehen.«

»Wissen wir«, sagte Jan. »Kommen wir noch einmal auf etwas anderes zu sprechen. Kennen Sie Anne Becker?«

»Natürlich«, antwortete Pauli. »Was soll mit ihr sein?«

»Wissen Sie, ob sie Kontakte in die rechte Szene hat?«

»Nicht dass ich wüsste.« Pauli brachte seine Antwort nur zögerlich hervor. »Sie ist eine attraktive Frau im besten Alter. Weshalb sollte sie mit diesen Jungs herumhängen?«

»Wen meinen Sie mit ›diesen Jungs‹?«

»Ist das jetzt ein Verhör?« Pauli blickte Jan herausfordernd an.

»Was sagen Ihnen die Namen Ingo Schubert, Dirk Ruschmeier, Ralf Weiler, Stefan Lindenschmidt und Jörg Heckmann?«, fragte Ergün plötzlich energisch. Er hatte die ganze Zeit über nichts gesagt, umso überraschender war seine heftige Reaktion.

»Sprechen Sie bitte in einem anderen Ton mit mir«, sagte Pauli mit aufgesetzter Empörung. »Bevor ich die Namen kommentiere, muss ich abwägen, ob ich Ihnen damit unschuldige Bürger zum Fraß vorwerfe.«

»Zum Fraß vorwerfen«, sinnierte Jan. Das hatte er vorhin doch schon einmal so ähnlich von Rolf Kuhfuß gehört.

»Ist es nicht vielmehr so, dass Sie einige Leute ganz bewusst schützen wollen?«, fragte Ergün. »Leute, die sich bis eben noch in Ihrem Haus befunden haben?«

»Wir wissen, dass Sie Besuch hatten«, sagte Jan ruhig. »Sie können also mit Ihren Spielchen aufhören. Was hatten diese Typen bei Ihnen zu suchen? Oder sind sie noch immer hier?«

»Sie sind also informiert?«, entgegnete Pauli unbeeindruckt. »Schön.«

»Schön?« Ergün platzte erneut der Kragen. »Ich sag Ihnen mal, was schön wäre. Wenn Sie als Bürgermeister dafür sorgen würden, dass auch jemand wie ich durch Ihren Ort laufen kann, ohne befürchten zu müssen, im nächsten Augenblick zusammengeschlagen zu werden.«

»Niemand hat Sie eingeladen«, gab Pauli zurück. »Wenn Sie sich hier nicht willkommen fühlen, dann verschwinden Sie doch einfach wieder.«

»Es reicht jetzt«, sagte Jan. »Ich habe keine Lust, mir diesen Mist noch länger anzuhören. Wo sind diese Männer?«

»Nicht mehr hier.«

»Wo sind sie?«, wiederholte Jan scharf.

»Durch den Hintereingang raus«, antwortete Pauli noch immer lächelnd.

»Sie bringen uns jetzt sofort zu ihnen«, sagte Jan.

»Was, wenn nicht?«

»Dann führen wir unser Gespräch auf dem Präsidium fort. Dort wird es allerdings ungemütlich für Sie werden.«

»Beides keine guten Varianten, dann muss ich mich wohl entscheiden.«

Jan hätte Pauli am liebsten am Kragen gepackt. Als der Bürgermeister endlich antwortete, gelang es ihm gerade noch, sich zurückzuhalten.

»Ich kann Sie zu den Männern führen, die Sie suchen«, sagte Pauli. »Ich weiß, wohin sie sich zurückgezogen haben.«

»›Zurückgezogen‹?«, fragte Jan skeptisch. »Was soll das heißen?« Er musste an die Schrebergartensiedlung denken, in deren Richtung der Stiernacken gegangen war.

»Es hat sich herumgesprochen, dass Sie hier schnüffeln. Darauf hat in Finstrup nun mal keiner Lust.«

»Diese Typen verstecken sich doch nur, weil sie etwas vor der Polizei zu verbergen haben«, rief Ergün.

»Sie geben nicht auf, was? Gehen wir einfach zu ihnen, dann

können Sie sich selbst davon überzeugen, dass Ihre Ermittlungen ins Leere laufen.«

»Abwarten«, sagte Jan.

Pauli drehte sich um und ging zurück in die Richtung, aus der sie gekommen waren. Jan und Ergün folgten ihm.

»Warten Sie bitte kurz.« Pauli blieb stehen. »Ich hole mir noch eine Jacke.« Er verschwand in einem vom Flur abzweigenden Zimmer und zog die Tür hinter sich zu.

»Was machen wir jetzt?«, fragte Ergün leise. »Lassen wir uns darauf ein? Oder glaubst du, dass es eine Falle ist?«

Jan blickte sich um. »Ich weiß es nicht.« Er spürte, dass sie sich von dem Bürgermeister an der Nase herumführen ließen. »Ich glaube ihm jedenfalls kein Wort. Keine Ahnung, was er vorhat, aber er wird uns mit Sicherheit nicht zu diesen Männern führen. Warum sollte er auch? Er hat unmissverständlich klargestellt, dass er niemanden aus dem Dorf verraten wird.«

»Dann lass uns gehen«, sagte Ergün. »Die Verstärkung müsste jeden Augenblick hier sein.«

Jan musterte seinen Kollegen. Wieder bemerkte er das Unbehagen in dessen Gesichtsausdruck. Ergün war alles andere als ein zögerlicher, ängstlicher Typ, doch die Vorkommnisse der letzten Tage hatten Spuren bei ihm hinterlassen. Jan versuchte sich vorzustellen, wie es sein musste, als Deutscher mit ausländischen Wurzeln in einem Fall zu ermitteln, bei dem das Hauptmotiv wahrscheinlich Fremdenfeindlichkeit war. Es schauderte ihn bei dem Gedanken daran, selbst die Zielscheibe dieser Verrückten zu sein.

»Du hast recht«, sagte er schließlich. »Es ist zu gefährlich. Aber wir nehmen Pauli mit.«

»Ach ja?«

Jan fuhr herum und sah Pauli in die Augen. Dann erst wanderte sein Blick abwärts zu der Waffe in dessen Hand.

»Wir machen jetzt einen kleinen Ausflug«, sagte Pauli. »Aber nach meinen Regeln. Entweder Sie tun, was ich sage, oder …« Er lächelte. »Gehen wir.«

Jan fühlte über seine Jacke. Die Waffe saß an ihrem Platz. Dann tauschte er einen raschen Blick mit Ergün. Gerade als die beiden ihre Waffen ziehen wollten, klopfte es vehement an der Haustür.

25

Allmählich spürte er ihren Atem. Sie kamen näher, und dennoch ahnten sie noch längst nicht, was sich hinter alldem verbarg. Wenn möglich, sollte das auch noch eine Weile so bleiben.

Wahrscheinlich waren sie ohnehin nur wegen Lydia Klein hier. Er ahnte, wer sie umgebracht hatte, ohne zu verstehen, worum es bei dieser Sache gegangen war. Im Grunde interessierte es ihn auch nicht, er hatte seine eigenen Pläne. Und nur die zählten.

Heute Morgen hatte er noch einmal mit Molli telefoniert. Sie waren so verblieben, dass der Sprengsatz am kommenden Samstag gezündet werden sollte. Molli hatte zugesichert, dass diesmal alles glatt gehen und die Bombe den gewünschten Effekt erzielen würde. Er hatte ihm eine Extraprämie in Aussicht gestellt, falls er Wort hielt und es tatsächlich Tote gäbe.

Die Tür öffnete sich, ohne dass jemand angeklopft hatte. Er zuckte kurz zusammen, fing sich jedoch sofort wieder. Dann musterte er die Frau, die hereingekommen war, und musste sich eingestehen, dass sie von Jahr zu Jahr attraktiver wurde. Sie war der einzige Mensch, der es schaffte, ihn aus der Fassung zu bringen.

»Komm her«, flüsterte er.

»Keine gute Idee«, antwortete sie kühl. »Du solltest besser von hier verschwinden.«

»Sorgst du dich etwa um mich?«

Sie schwieg, aber er war sich sicher, ein kurzes Lächeln über ihre Lippen huschen zu sehen. Sie standen sich nahe, und dennoch waren sie sich nie näher gekommen als in den Momenten, in denen sie Sex miteinander gehabt hatten.

»Jetzt komm schon her«, drängte er.

»Ich habe gerade einen Anruf erhalten. Sie sind schon wieder hier.« Sie ignorierte seine Bitte und blieb im Türrahmen stehen.

»Wer?«

»Die Bullen. Sie sind gerade bei Pauli. Und ich befürchte, sie wissen mittlerweile mehr, als uns lieb sein kann.«

»Wie meinst du das?«

»Die Bullen glauben, dass die Jungs dahinterstecken«, antwortete sie. »Sie werden bestimmt bald mit Ingo und Dirk sprechen.« Sie sah ihn eindringlich an. »Verstehst du, dass ich mir Sorgen mache? Oder traust du den beiden etwa? Glaubst du wirklich, dass sie ihre Klappe halten können?«

»Wenn sie klug sind, dann werden sie schweigen«, sagte er. »Aber natürlich hast du recht. Es ist besser, bald von hier zu verschwinden.«

»Pass auf dich auf!«, sagte sie leise. Sie kam zu ihm und küsste ihn sanft auf den Hals, sodass er augenblicklich eine Gänsehaut bekam. Gerade als er ihren Kuss erwidern wollte, löste sie sich wieder von ihm.

»Jetzt nicht, ich muss rüber. Alle sind da, und die Drecksbullen werden auch bald aufkreuzen.«

Er nickte und ließ sie widerwillig gehen. »Warte«, rief er, als sie die Hütte bereits verlassen hatte. »Ich weiß tatsächlich nicht, ob wir uns noch einmal wiedersehen.«

Sie wandte sich um und blickte ihn fragend an.

»Am Wochenende wird etwas passieren. Und diesmal wird es funktionieren.«

»Ich hoffe, du willst dich nicht selbst in die Luft sprengen«, sagte sie lächelnd.

»Nein, aber es könnte sein, dass sie mir irgendwann auf die Schliche kommen. Noch habe ich allerdings nicht vor, mich schnappen zu lassen.«

Wieder verharrte sie. »Ich will nicht, dass dir etwas passiert«, sagte sie nach einer Weile.

»Ich werde mir alle Mühe geben.« Sein Lächeln war aufgesetzt.

»Ich muss jetzt los.«

»Warte«, rief er noch einmal. »Eine Frage noch, bevor du gehst.« Er trat auf sie zu. »Stehst du wirklich auf meiner Seite?«

»Was meinst du damit?«

»Kannst du dir vorstellen, den Weg, den ich nehmen will, mit mir zusammen zu gehen? Inklusive aller Konsequenzen?«

Sie reagierte nicht, starrte ihn nur an. Sekundenlang. Sekunden, die ihm wie Minuten vorkamen. Schließlich verzogen sich ihre Mundwinkel zu einem Lächeln, das er nicht deuten konnte. Dann nickte sie kurz.

Es dauerte eine Weile, bis er verstand, dass sie zu lange gezögert hatte. Sie war nicht frei von Zweifeln und trug nicht die Entschlossenheit in sich, die notwendig war. Er würde sich nicht auf sie verlassen können, wenn es hart auf hart kam. Das wurde ihm in diesem Moment schmerzhaft bewusst.

26

»Herr Pauli, sind Sie da? Kripo Bielefeld, ich muss dringend mit Ihnen sprechen.«

Dieter Pauli sah Jan fragend an. Doch ehe Jan antworten konnte, brüllte Pauli bereits: »Aufmachen! Los, sofort!«

Jan blickte in den Lauf der Pistole, die der Bürgermeister direkt auf ihn richtete. Aus dem Augenwinkel konnte er erkennen, dass jemand auch auf Ergün zielte. Ein schmächtiger Mann mit strengem Seitenscheitel, der aussah, als sei er Paulis Sohn.

Langsam drehte sich Jan um und ging zur Tür. Dann öffnete er sie und ließ Kai Stahlhut herein. Er konnte sich nicht daran erinnern, zuvor schon einmal so froh gewesen zu sein, seinen Kollegen zu sehen.

Mehrere Sekunden lang starrte Stahlhut Jan verwundert an. Dann trat er mit einem milden Lächeln ins Haus.

»Was machen Sie hier?«, fragte Pauli barsch, die Pistole noch immer auf Jan gerichtet. »Wir kümmern uns bereits um Ihre Kollegen, die hier herumschnüffeln wollten.«

Stahlhut nickte verständnisvoll. »Ich glaube, ich kann einiges zur Aufklärung der Situation beitragen.«

Jan sah Stahlhut überrascht an. Was führte sein Herforder Kollege im Schilde?

»Wir glauben mittlerweile zu wissen, wer hinter dem Anschlag und dem Mord an Stratemeier steckt.«

»Ach ja?«, fragte Pauli. »Wer denn?«

»Darüber kann ich derzeit leider noch nicht sprechen. Ermittlungstaktische Gründe, Sie wissen schon. Allerdings scheint sich unser Anfangsverdacht nicht zu erhärten, dass wir es mit einem rechtsradikalen Anschlag zu tun haben.«

Kurzzeitig entglitt Jans Miene. Pokerte Stahlhut so hoch, oder gab es tatsächlich neue Informationen, von denen er selbst noch nichts wusste? Aus den Falten auf Paulis Stirn schloss er, dass der Bürgermeister ähnliche Gedanken hegte.

»Soll das heißen, Sie ermitteln nicht länger gegen die Bewohner von Finstrup?«

»So, wie es aussieht, suchen wir jemand anderen.«

Pauli begann zu lachen. »Dann hätte ich mir dieses ganze Theater hier also sparen können? Ich bedrohe Polizisten, obwohl sie gar nichts gegen uns in der Hand haben?« Er lachte immer lauter, es klang jetzt beinahe hysterisch.

Jan bemerkte, dass Stahlhut und Ergün einen raschen Blick tauschten, ehe sie sich zunickten. Im nächsten Moment machte Ergün einen Seitfallschritt und hebelte den Schmächtigen mit einer schnellen Bewegung aus, sodass dessen Waffe zu Boden fiel. Der anschließende Schlag, den er dem Mann gegen dessen Kinn verpasste, schleuderte ihn direkt in Paulis Arme. Jan reagierte schnell und stürzte hinterher. Mit einem kräftigen Handkantenschlag gegen den Unterarm entwaffnete und überwältigte er Pauli.

»Du solltest dein Talent ruhig mal auf einer Kleinkunstbühne ausprobieren«, sagte Jan zu Stahlhut, während er Pauli weiter im Griff hielt. »Du bist auf jeden Fall genau richtig gekommen. Keine Minute zu spät.«

»Was zum Teufel …?«, stieß Pauli aus.

»Haben Sie ernsthaft geglaubt, wir würden auf einmal in eine andere Richtung ermitteln?«, unterbrach ihn Jan. »Wir gehen jetzt dorthin, wo es noch mehr von Ihrer Sorte gibt. Und dann sehen wir mal, ob Ihre Freunde nicht doch etwas mit der Sache zu tun haben.« Er musterte den Schmächtigen, der noch immer von Ergün festgehalten wurde. »Vielleicht möchten Sie uns behilflich sein?«

»Sicher nicht«, fauchte der Mann. »So weit käme es noch, dass ich meine Kameraden verpfeife. Schlimm genug, dass mich dieser Ali festhält.«

Ergün zog seinen Griff noch ein Stück fester und verpasste dem Mann einen Schlag in die Nierengegend.

»Wie ist Ihr Name?«, fragte Stahlhut.

»Was tut das zur Sache?«

»Ich will wissen, wem ich die Fresse poliere.«

»Tun Sie sich keinen Zwang an. Aber von mir erfahren Sie trotzdem nichts.«

Obwohl Stahlhut vor Wut schäumte, riss er sich zusammen und blieb ruhig.

Jan lockerte seinen Griff und baute sich vor Pauli auf. »Also, was ist nun? Verstecken sich Ihre Kameraden in der Schrebergartensiedlung? Etwa in der Hütte von Anne Becker?«

Pauli verzog keine Miene, doch im Augenwinkel hatte Jan erkannt, dass der Schmächtige kurz zusammengezuckt war, als er Anne Beckers Namen genannt hatte. Er wandte sich dem Mann zu, der um die zwanzig sein musste und mit Sicherheit vieler Großmütter Liebling gewesen wäre.

»Also tatsächlich Anne Becker«, sagte Jan. »Ist sie die Drahtzieherin?«

Der Mann wich Jans Blick aus.

Jan griff in seine Hosentasche und holte sein Handy hervor.

»Wen rufst du an?«, fragte Ergün.

»Die sollen einen Streifenwagen vorbeischicken«, sagte Jan. »Diese beiden Typen hier müssen auf jeden Fall aufs Präsidium.«

Gerade als Jan wählen wollte, klingelte sein Handy. Auf dem Display erkannte er die Nummer von Bettina.

»Bettina.« Er meldete sich mit einem leichten Seufzer. »Gut, dass du anrufst. Du musst mir dringend einen Gefallen tun.«

»Es ist gerade schlecht«, antwortete Bettina gehetzt. »Ich muss dir nämlich etwas sagen, das dich interessieren dürfte.«

»Worum geht's?«.

»Ich bin hier gerade in Barntrup, in Ardian Lalas Wohnung. Wir haben sie aufgebrochen, nachdem er sich nicht hat blicken lassen.«

»Und? Irgendetwas gefunden?«

»Seine Leiche«, antwortete Bettina trocken. »In der Dusche. Getötet mit in einem Kopfschuss. Vermutlich aus einer Česká.«

»Selbstmord?«

»Unwahrscheinlich.«

»Scheiße«, murmelte Jan. »Dann hat er Lydia also nicht umgebracht.«

»Sieht ganz danach aus«, sagte Bettina. »Ich bleibe hier am Ball. Vielleicht finden wir noch etwas. Nolte und seine Leute müssten jeden Moment hier sein. Wo steckst du eigentlich?«

»Längere Geschichte«, antwortete Jan. »Wir sind in Finstrup. Ich melde mich später wieder.« Er verabschiedete sich von Bettina und legte auf. Dann wählte er die Nummer des Präsidiums.

27

Anne Becker gestikulierte wild, während sie mit den Männern diskutierte, die Jan zweifelsfrei wiedererkannte. Der kräftig gebaute Glatzkopf, den er zuvor bereits aus Paulis Haus hatte gehen sehen. Außerdem ein tätowierter Glatzkopf. Und die beiden hoch gewachsenen Männer, die laut Anne Becker Dennis und Axel hießen. Und schließlich der Älteste der Gruppe, ein etwa vierzigjähriger Mann, der aussah wie eine Mischung aus Versicherungsvertreter und NS-Offizier.

Vorsichtig tauchte Jan unter dem Fenster der kleinen Schrebergartenhütte ab und ging in gebückter Haltung in Richtung der Eingangstür, vor der Ergün und Stahlhut bereits warteten.

»Offenbar verstecken sie sich tatsächlich hier«, flüsterte Jan. »Wir sollten nicht länger warten.«

»Du willst wirklich reingehen?«, fragte Ergün. »Du kennst meine Meinung, ich halte das für keine gute Idee.«

»Wenn ich dich daran erinnern darf, wir haben noch immer keinen endgültigen Beweis dafür, dass diese Leute tatsächlich etwas mit der Sache zu tun haben. Wir klopfen einfach an und stellen ein paar Fragen. Nicht mehr und nicht weniger.«

Ergün nickte und seufzte laut vernehmbar.

Jan presste sein Ohr an die Holztür und versuchte, etwas von dem, was drinnen gesprochen wurde, zu verstehen. Doch außer einem monotonen Murmeln war nichts zu hören. Dann ballte er seine Faust und klopfte dreimal kräftig gegen die Tür. Das Murmeln verstummte abrupt. Es vergingen einige Sekunden, dann hörte er Schritte, die sich der Eingangstür näherten. Im nächsten Moment wurde die Tür bereits aufgerissen. Anne Becker blickte ihn aus stahlblauen Augen an.

Jan musterte sie. Sie war ohne Frage eine attraktive Frau, doch irgendetwas an ihr machte ihm Angst.

»Guten Tag, Frau Becker. Sie erinnern sich? Kriminalkommissar Oldinghaus. Und meine Kollegen Cengiz Ergün und Kai Stahlhut. Wir möchten uns im Rahmen unserer Ermittlungen noch einmal mit Ihnen unterhalten.«

»Es ist gerade schlecht«, antwortete Anne Becker.

»Sie haben Besuch, richtig?«

»Ja.«

»Dürfen wir trotzdem hereinkommen? Wir müssen mit Ihnen und Ihren Freunden einige Dinge klären.«

»Ungern«, entgegnete sie abweisend.

»Wenn Sie nicht wollen, dass wir Sie aufs Präsidium vorladen, empfehle ich Ihnen, uns hereinzulassen.«

Anne Becker fixierte Jan mit durchdringendem Blick. Nach einigen Sekunden machte sie sichtbar widerwillig Platz. Jan und seine beiden Kollegen betraten die kleine Hütte und sahen sich einer Gruppe unfreundlich dreinschauender Männer gegenüber.

»Jungs, darf ich euch vorstellen? Kommissar Oldinghaus, Kommissar Stahlhut und ihr türkischer Kollege Ergün.« Anne Becker verzog ihr Gesicht zu einer Grimasse und machte eine abfällige Handbewegung. »Die drei leiten die Ermittlungen im Todesfall Lydia Klein.«

»Das ist richtig«, sagte Jan. »Heute sind wir allerdings in einer anderen Angelegenheit hier. Sie haben sicherlich von dem Bombenanschlag in der Lipperlandhalle gehört. Nachdem gestern Nacht auch noch Staatsanwalt Stratemeier erschossen wurde, ist es uns gelungen, neue Erkenntnisse bezüglich des Motivs zu gewinnen. Wir sind uns mittlerweile relativ sicher, dass in beiden Fällen eine rechtsradikal motivierte Tat vorliegt.« Er ließ seine Worte wirken.

»Nur weil wir stolz auf unser Vaterland sind und nicht wollen, dass unsere Arbeitsplätze von Ausländern weggenommen werden, heißt das noch lange nicht, dass wir rechtsextreme Straftaten begehen«, sagte Anne Becker plötzlich scharf. »Niemand von uns hat etwas mit dieser Sache in der Lipperlandhalle zu tun. Und Stratemeier haben wir auch nicht auf dem Gewissen. Obwohl ich zugeben muss, dass mich sein Tod nicht sonderlich traurig macht. Bei all dem, was er gegen uns unternommen hat. Das war die reine Hetzjagd.«

»Weshalb verteidigen Sie sich?«, fragte Jan. »Habe ich gesagt, dass Sie es waren?«

»Ich bin nicht dumm«, antwortete Anne Becker gereizt. »Wir

wissen genau, dass Sie es auf uns abgesehen haben. Aber ich wiederhole es, wir haben nichts mit der Sache zu tun. Und wie Sie sicherlich wissen, gibt es auch sonst nichts, das Sie uns vorwerfen können. Wir leben in einer Demokratie, und so lange wir uns an die Gesetze halten, können wir tun und lassen, was wir wollen. Dazu gehört auch die Tatsache, dass wir nationalistisch denken und uns ein anderes Deutschland wünschen.«

Jan schloss für einen Augenblick die Augen und atmete tief ein. Es fiel ihm schwer, ruhig zu bleiben.

»Bevor wir uns weiterunterhalten«, übernahm Stahlhut, »wüssten wir gern, mit wem wir es überhaupt zu tun haben. Vielleicht stellen Sie uns Ihre Kameraden erst einmal vor.«

»Ich wüsste nicht …«

»Wir können das Gespräch auch sofort auf dem Präsidium fortsetzen«, sagte Stahlhut hart. »Also bitte schön.«

Anne Becker verzog das Gesicht und tauschte einen schnellen Blick mit einigen der Männer. Dann wandte sie sich wieder Stahlhut zu. »In Ordnung«, sagte sie. »Wir haben schließlich nichts zu verbergen.«

Nacheinander zählte sie die Namen der anwesenden Männer auf. Jörg Heckmann, der kräftig gebaute Glatzkopf. Ralf Weiler, der Tätowierte. Stefan Lindenschmidt, der Ältere. Und schließlich Ingo Schubert und Dirk Ruschmeier, die beiden schlaksigen Typen.

Die Namen waren ihm mittlerweile bekannt. Jan musterte die beiden Männer.

»Dennis und Axel heißen in Wahrheit also Ingo und Dirk, richtig?«

»Ja.«

»Weshalb haben Sie mich angelogen?«

»Weil ich Kameraden nicht verpfeife. Schon gar nicht an Bullen.«

»Der Satz kommt mir bekannt vor«, murmelte Stahlhut.

»Und weshalb sind Sie vor uns weggerannt?« Jan wandte sich den beiden Männern zu.

»Wir wollen nichts mit Ihnen zu tun haben«, sagte einer der beiden mit seltsam monotoner Stimme. »Verstehen Sie das denn nicht? Das ganze Dorf möchte in Ruhe gelassen werden. Wir wollen hier weder Ausländer noch Bullenschweine, kapiert? Und schon gar keine Ausländer, die Bullenschweine sind. Ihr türkischer Kollege sollte vorsichtig sein. Manch einer hier im Dorf ist nicht unbedingt zimperlich.«

»Ingo, es reicht!« Anne Becker sah den Schlaks mit strengem Blick an. Es war deutlich zu spüren, dass sie das Sagen innerhalb der Gruppe hatte.

»Ich schätze, es wird nicht viel bringen, Sie zu belehren, aber Sie sollten dennoch wissen, dass das, was Sie von sich geben, für eine Anklage wegen Beamtenbeleidigung locker ausreicht«, sagte Stahlhut. »Außerdem drohen Sie mit Gewaltanwendung und hetzen gegen Ausländer. Mir stellt sich die Frage, inwiefern Sie sich mit solchen Parolen tatsächlich noch an bestehende Gesetze halten, Frau Becker.«

»Ingo ist manchmal etwas aufbrausend«, antwortete Anne Becker beschwichtigend. »Niemand von uns ist gewalttätig oder bedroht Mitmenschen.«

»Sie alle standen auf Stratemeiers Liste«, entgegnete Jan scharf. »Er hat gegen einige von Ihnen wegen Körperverletzung, volksverhetzender Parolen und illegalem Waffenbesitz ermittelt. Irgendwelche Einwände?«

»Stratemeier war ein besessener Mensch«, sagte Anne Becker. »Er war ein durchschnittlich erfolgreicher Staatsanwalt, der versucht hat, ein Thema zu finden, mit dem er sich profilieren kann. Da kamen wir ihm gerade recht. Er hat uns Dinge anhängen wollen, für die wir nicht verantwortlich sind.«

»Das heißt, er wollte Sie fertigmachen?«, fragte Stahlhut. »Kann man das so sagen?«

»Ich verstehe, worauf Sie abzielen«, antwortete Anne Becker. »Wenn Sie glauben, wir hätten uns an ihm gerächt, irren Sie sich allerdings. Wir haben nichts zu verbergen. Deshalb hatte er auch nichts gegen uns in der Hand.«

»Wir haben andere Informationen«, sagte Jan. »Es gab im vergangenen Jahr zwei rechtspolitisch motivierte Überfälle auf Einrichtungen der Linken in Lemgo, außerdem mehrere Angriffe auf Mitbürger mit ausländischen Wurzeln in Lemgo, Detmold, Barntrup und Lage. Stratemeier war sich sicher, dass die Finstruper Zelle dahintersteckte. Und das alles war mehr als eine Vermutung, er hatte bereits konkrete Beweise gesammelt.«

»Schwachsinn!«, entfuhr es Ingo Schubert. »Es gibt keine Beweise.«

»Und was ist mit den Drohungen gegen die Band ›Newton‹ und ihren israelischen Sänger? Das streiten Sie auch ab?«

»Nie von denen gehört«, antwortete Schubert.

»Sie bleiben also dabei, nichts mit dem Tod von Stratemeier und dem Anschlag auf die Lipperlandhalle zu tun zu haben?«

»Ja.«

»Dann wüsste ich jetzt gern von jedem Einzelnen von Ihnen, wo er sich an den besagten Abenden aufgehalten hat.« Jan musterte die Männer erneut. So, wie sie vor ihm standen, wirkten sie wie die Nazis, die bei einer der zahlreichen Demos durch die Städte marschierten und ihre dumpfen Parolen grölten. Strategische Köpfe, die in der Lage waren, einen ausgeklügelten Plan zu entwerfen und womöglich ein Terrornetzwerk aufzubauen, konnte er jedoch nicht erkennen.

»Ohne Durchsuchungs- oder Haftbefehl sagen wir gar nichts mehr«, übernahm Anne Becker wieder das Wort.

»Die Kollegen der Spurensicherung werden in Kürze hier sein und die Hütte auf den Kopf stellen«, sagte Jan. »Dann wird sich zeigen, ob Sie die Wahrheit sagen. Wenn es etwas gibt, das Sie belastet, werden wir es finden.« Er spürte, dass er nicht weiterkam. Sie hatten einfach zu wenig in der Hand, um Anne Becker und ihre Truppe zu belasten. »Lassen Sie uns über Ardian Lala reden.«

»Was ist mit ihm?«, fragte Anne Becker. »Haben Sie inzwischen mit ihm gesprochen?«

»Er wurde heute Nachmittag tot in seiner Wohnung aufgefunden«, antwortete Jan trocken. »Ermordet.«

»Dieser Scheiß-Kanake«, rief plötzlich jemand. Es war Stefan Lindenschmidt, der Älteste in der Runde. »Ich kannte Lala. Er wollte Lydia nur schwängern und heiraten, um dann hier in Deutschland bleiben zu können.«

Jan fasste sich an den Kopf. Er ertrug die Wortwahl dieser Leute nicht. Am liebsten hätte er Lindenschmidt sofort einen Schlag ins Gesicht verpasst. Wie viel Unzufriedenheit und Hass auf fremde Menschen trugen diese Typen bloß in sich?

»Lasst uns mal kurz an die frische Luft gehen.« Jan blickte zu Stahlhut und Ergün. Die beiden Kollegen nickten. »Es geht gleich weiter«, sagte er zu den anderen. »Keiner verlässt den Raum.«

Jan öffnete die Tür der kleinen Hütte, und sie traten ins Freie. Es hatte erneut angefangen zu schneien. Eisiger Wind blies die Schneeflocken über den schmalen Weg, der entlang der Schrebergärten führte.

»Ich habe allmählich das Gefühl, dass wir die falsche Spur verfolgen«, sagte Stahlhut nach einigen Sekunden.

»Das glaube ich nicht«, antwortete Ergün. »Es wird nur unheimlich schwer werden, ihnen nachzuweisen, dass sie dahinterstecken. Wir haben kaum belastbare Spuren, und sie scheinen sehr sorgfältig vorgegangen zu sein.«

»Sorgfältig und trotzdem dilettantisch«, sagte Jan. »Dabei denke ich vor allem an die mangelhaft konstruierte Bombe. Und an den zerstörten Holzstuhl und die Puppenteile, die wir auf der Landstraße im Wald gefunden haben. Es existieren einige Spuren, aber wir kommen trotzdem nicht weiter. Wir brauchen dringend Durchsuchungsbefehle für diese Hütte und die Wohnungen der Männer. Vielleicht finden wir dort irgendetwas Stichhaltiges.«

Wieder klingelte Jans Handy. Er sah, dass es erneut Bettina war.

»Habt ihr etwas gefunden?«, fragte er ohne Begrüßung.

»Und ob«, antwortete Bettina. Sie klang aufgeregt. »Kannst du kommen?«

»Jetzt sofort?«

»Ja, es ist wirklich wichtig. Ich glaube, ich weiß, wer Lydia Klein und Ardian Lala umgebracht hat.«

28

Das Haus, in dem Ardian Lala gewohnt hatte, lag am Ortsrand von Barntrup in einer Seitenstraße. Ein unscheinbares Mehrfamilienhaus aus den sechziger Jahren, vor dem mehrere Streifenwagen geparkt waren.

Lalas Wohnung befand sich im zweiten Stockwerk. Im Treppenhaus traf Jan auf Nolte. Der Leiter der Spurensicherung sah gehetzt aus.

»Der Mörder hat sich nicht sonderlich viel Mühe gegeben«, sagte er anstelle einer Begrüßung. »Wir haben so viele Spuren, dass wir gar nicht wissen, wo wir anfangen sollen.«

»Bettina hat mich angerufen. Sie meinte, ihr hättet etwas Wichtiges gefunden.«

»Sie ist oben in der Wohnung und wird es dir zeigen.« Nolte lief weiter die Treppe hinab und rief einem seiner Kollegen hinterher.

Jan betrat die Wohnung; sofort schlug ihm ein penetranter Geruch entgegen. Er brauchte einen Moment, bis ihm einfiel, woran er ihn erinnerte. Es roch wie in seiner eigenen Wohnung, wenn Mareike mal wieder ihre Räucherstäbchen angezündet hatte.

»Da bist du ja«, hallte plötzlich Bettinas Stimme durch die Wohnung.

»Ich bin sofort losgefahren«, antwortete Jan entschuldigend. »Wir waren mitten in einem Verhör von Verdächtigen, die möglicherweise für den Mord an Stratemeier und den Anschlag verantwortlich sind«, sagte er. »Ich hoffe, deine Entdeckung ist wirklich so wichtig, wie du angedeutet hast.«

»Ich bin mir nahezu sicher«, sagte Bettina. »Komm einfach mit.«

Sie bogen vom Flur ins Wohnzimmer ab. Jan blieb abrupt stehen. Vor ihm auf dem Teppichboden lag Ardian Lala. Sein Körper war in eine weiße Folie gehüllt, lediglich der Kopf war sichtbar. Mittig auf der Stirn, zwischen den Augen, klaffte ein Loch.

»Zwei weitere Schüsse haben seinen Oberkörper getroffen«, sagte Bettina knapp, während sie an Lalas Leiche vorbeigingen.

Jan nickte einem Techniker zu, der mit Wattestäbchen bewaffnet Spuren sicherte.

»Hier.« Bettina zeigte auf einen Briefumschlag, der auf einem Glasschreibtisch lag. »Nolte hat den Brief in einer Küchenschublade gefunden.«

Jan zog ein Paar Einmalhandschuhe an, die ihm Bettina reichte, und griff nach dem Umschlag. Vorsichtig fingerte er den Brief heraus. Er war von Hand geschrieben und vor knapp drei Monaten verfasst worden.

»Eine Gina Lehmsiek hat ihn an Ardian Lala geschrieben«, sagte Bettina. »Lies ihn ganz. Dann verstehst du, was ich meine.«

Jan seufzte. Er war in Gedanken noch immer bei Anne Becker und den Männern in der Schrebergartenhütte. Trotzdem war er neugierig, was in dem zweiseitigen Brief stand. Außerdem wunderte er sich darüber, was Gina Lehmsiek und Ardian Lala miteinander zu tun gehabt hatten. Er setzte sich auf den Schreibtischstuhl und begann zu lesen.

Liebling (falls ich dich noch so nennen darf),
was ist in den vergangenen Wochen bloß geschehen, dass ich dir einen Brief schreiben muss, um Kontakt zu dir zu haben? Du gehst nicht mehr ans Telefon, öffnest nicht die Tür und lässt auch sonst nichts von dir hören. Das alles macht mich sehr traurig.
Wir beide, das war doch etwas ganz Besonderes. Wir waren so eng, niemand konnte sich zwischen uns drängen. Und doch hat es jemand geschafft.
Der Schmerz, den du mir zugefügt hast, ist unermesslich. Dass ich euch auch noch in flagranti erwischen musste, war ein weiterer Stich ins Herz. Dabei hattest du mir versprochen, dass es ein einmaliger Ausrutscher gewesen sei. Dass du nicht mehr Herr deiner Sinne gewesen warst, weil du zu viel getrunken hattest. Dass du mich liebst und nur mit mir zusammen sein willst. Dass wir die ganze Sache so schnell wie möglich vergessen sollten.
Ich hatte dir geglaubt.
So gerne würde ich dir auch heute noch deine Worte glauben, aber ich weiß mittlerweile, dass du dich entschieden hast. Gegen mich. Und für sie.

Aber warum ausgerechnet sie? Was hat dieses billige Flittchen bloß, dass du dich mit ihr einlassen musstest? Ich hoffe, du weißt, was man in Finstrup über sie erzählt. Sie stammt aus asozialen Verhältnissen und hat es einfach nicht verdient, mit dir zusammen zu sein.
Wenn ich wenigstens wüsste, was sie dir mehr geben kann als ich. Ich würde alles versuchen, um dich zurückzugewinnen. Gib mir doch ein Zeichen.

Jan überflog die nächsten Zeilen. Gina Lehmsiek versuchte verzweifelt, Ardian Lala davon zu überzeugen, dass sie die bessere Wahl für ihn war, als es Lydia Klein jemals sein konnte. Immer wieder betonte sie, in welch schlechten Verhältnissen Lydia aufgewachsen war.

Jan wunderte sich. Er hatte einen anderen Eindruck von Gina gehabt. Bei ihrem Gespräch in der Bäckerei war sie ihm nett und vertrauensvoll vorgekommen. Er las die letzten Zeilen. Ginas Handschrift hatte sich plötzlich verändert. Das zuvor noch sorgfältig Niedergeschriebene war einer impulsiven Schrift gewichen. Einzelne Sätze waren durchgestrichen worden, andere neu hinzugefügt.

Du glaubst vielleicht, dass du mich einfach so abservieren kannst, aber ich muss dir leider mitteilen, dass du dich geirrt hast. Ich werde nicht mit anschauen, wie diese Schlampe dich um den Finger wickelt und unsere Liebe restlos zerstört.
Wenn du also willst, dass ich dein Leben zukünftig nicht tyrannisiere, solltest du dir darüber im Klaren sein, was du tust. Sie oder ich. Eine schnelle Nummer mit ihr oder bedingungslose Liebe mit mir. Die Entscheidung liegt bei dir. Ich werde jedenfalls niemals von deiner Seite weichen.
In ewiger Liebe,
Gina

Jan ließ den Brief zurück auf den Tisch gleiten und blickte Bettina an.

»Verstehst du jetzt, was ich meine?«, fragte sie.

Jan nickte wortlos. Er versuchte abzuwägen, ob dieser Brief tatsächlich das Motiv für den Mord an Ardian Lala und den an Lydia Klein barg. Noch zögerte er. »Habt ihr noch irgendetwas gefunden, das auf eine Beziehung zwischen Ardian und Gina hinweist?«, fragte er.

»Bislang nicht. Allerdings haben wir jede Menge persönlicher Dinge von Lydia Klein sicherstellen können. Rechnungen, Bankkarten, Fotos. Kleidung, Schmuck. Offenbar hat sie zuletzt größtenteils hier gelebt. Das erklärt auch, weshalb ihre Wohnung so leer war.«

»Allmählich ergibt alles einen Sinn«, murmelte Jan.

»Noch etwas«, fuhr Bettina fort. »Wir haben Unterlagen gefunden, aus denen hervorgeht, dass Lydia nebenbei als Lehrerin gearbeitet hat. Sie hat privat Deutsch als Fremdsprache unterrichtet. So viel zum Thema, sie sei anschaffen gegangen.«

Jan schüttelte den Kopf. Wenn er an die Worte von Kuhfuß und den anderen zurückdachte, stieg Wut in ihm auf. Niemand hatte sich die Mühe gemacht, Lydia Klein näher kennenzulernen. Stattdessen hatten die Leute Gerüchte und Unwahrheiten über sie in die Welt gesetzt.

»Und das hier wird dich auch interessieren.« Bettina hielt ihm ein mit einem schmalen Lederriemchen umwickeltes Buch hin.

»Ist es das Tagebuch, von dem Dr. Wulfmeyer gesprochen hat?«, fragte Jan.

»Ich denke schon«, antwortete Bettina. »Ich habe einen kurzen Blick reingeworfen. Sie umschreibt an ein paar Stellen den Missbrauch durch ihre Mutter. Es bleibt aber alles sehr vage.«

»Wenn diese Sache hier vorbei ist, dann fahre ich zu den Kleins und knöpfe sie mir noch einmal vor«, sagte Jan wütend. »Jeden Einzelnen.«

»Sie konnte einem wirklich leidtun«, stimmte Bettina zu. »Diese Familie muss der reine Horror gewesen sein.«

»Ich fahre jetzt zu Gina Lehmsiek«, sagte Jan. »Wenn sie es wirklich war, werde ich es herausbekommen.«

»Dann pass gut auf dich auf«, sagte Nolte keuchend, während er ins Zimmer trat. »Sie dürfte bewaffnet sein. Mit einer Česká CZ 75.«

»Du glaubst also auch, dass sie es war?«

Nolte zeigte stumm auf einen Gegenstand in seiner Hand. Jan ging ein Stück näher heran und erkannte, dass es ein Amulett war.

»Habe ich gerade im Treppenhaus gefunden«, sagte Nolte. »Sie hat es wahrscheinlich bei ihrer Flucht verloren.«

Jan nahm das Amulett und drehte es langsam hin und her. Dann öffnete er es.

29

Die Tür zur Backstube öffnete sich, und Gina trat herein. Er war noch immer froh darüber, dass ihr bei dem Anschlag in der Lipperlandhalle nichts passiert war. Als er sie gesehen hatte, hatte er zum ersten Mal Skrupel bekommen, ob es tatsächlich richtig war, was er tat. Unschuldige Menschen zu töten oder zu verletzen.

Aber dann hatte er sich wieder besonnen und sich in Erinnerung gerufen, dass es genau das war, was er sich zum Ziel gesetzt hatte. Er hatte es nicht auf die Ausländer selbst abgesehen. Das sollten andere machen und war ihm viel zu kurz gedacht. Dass es bei dem Anschlag auch ein paar Juden erwischt hatte, war natürlich gewollt, aber nicht der Hauptgrund für die Wahl der Lipperlandhalle an diesem Abend gewesen. Er wollte vielmehr diejenigen treffen, die dafür verantwortlich waren, dass er in einer Multikulti-Gesellschaft leben musste. Und welches Anschlagsziel eignete sich dafür besser als die Gesellschaft selbst. Und natürlich Leute wie Stratemeier, die ihm das Leben schwergemacht hatten.

Gina hatte keine Ahnung, wer er wirklich war. Niemand außer Ingo und Dirk hatte eine Ahnung. Nicht einmal Anne wusste alles. Mehr als zehn Jahre waren mittlerweile vergangen, seitdem er den ersten Entschluss für seinen Plan gefasst hatte. Endlich war es so weit, dass er ihn umsetzen konnte. Und er war längst noch nicht am Ende.

Seine Aufpasser vom Verfassungsschutz, denen er seit Jahren unter falschem Namen als V-Mann falsche Informationen zur rechten Szene in der Region zukommen ließ, ahnten noch immer nichts, und auch die Bullen ermittelten in die falsche Richtung. Offenbar war bislang niemand auf die Idee gekommen, dass er einen derart perfiden Plan verfolgen könnte. Ihm war es problemlos gelungen, alle an der Nase herumzuführen.

In der Abgeschiedenheit des kleinen Dorfes hatte er seine Planungen in den vergangenen Jahren in Ruhe vorantreiben können. Dass der Großteil der Menschen in Finstrup seine Gesinnung teilte, war nicht immer von Vorteil gewesen. Sie hatten viele Fragen gestellt, und oftmals hatte er sich herausreden müssen. Wer er war, wie seine alte Bäckerei in Bega früher gelaufen war, was er plante und warum er sich so selten in der Öffentlichkeit zeigte. Aber er hatte auf alle Fragen passende Antworten gehabt. Niemand hatte Verdacht geschöpft.

»Du siehst schlecht aus«, sagte er leise. »Was ist los mit dir?«

»Schlecht geschlafen«, antwortete Gina ausweichend.

»Wieder Probleme mit deinem Kerl?«

Sie hatte ihm erzählt, dass es in der Beziehung zu ihrem Freund seit einiger Zeit kriselte. In den letzten Tagen war es allem Anschein nach noch schwieriger geworden.

Sie nickte wortlos und blickte zu Boden.

»Willst du darüber reden?«

»Keine gute Idee«, antwortete sie mit belegter Stimme, streifte ihre Jeansjacke ab und hängte sie auf einen Haken. Dabei fiel ein Gegenstand aus der Jackentasche und landete mit einem klirrenden Geräusch auf den Fliesen der Backstube.

Obwohl Gina sich sofort bückte und die Hände über den Gegenstand legte, hatte er längst erkannt, dass es sich um eine Pistole handelte.

Mit einem Mal ergab alles Sinn. Gina war es gewesen, die er an dem Abend des Anschlags gesehen hatte, als sie die Lipperlandhalle betreten hatte. Nicht Anne, die er kurzzeitig verdächtigt hatte, sondern Gina war es gewesen, die Lydia Klein erschossen hatte. Seine kleine Gina, die er als Achtzehnjährige eingestellt hatte und die ihm immer eine gute Hilfe gewesen war. Ein liebes Mädchen, das sich damals sogar geweigert hatte, die Wespen in der Backstube totzuschlagen. Ausgerechnet sie sollte eine Mörderin sein? Etwas in ihm sträubte sich noch dagegen, das zu glauben.

»Wie heißt dein Freund eigentlich?«, fragte er und versuchte, die Situation mit der Waffe zu überspielen.

»Ich möchte jetzt nicht darüber reden«, antwortete sie angespannt. »Mir geht es heute wirklich beschissen.«

»Wie gut kanntest du Lydia Klein?«

Gina fuhr abrupt herum und starrte ihn an. Er hatte also tatsächlich ins Schwarze getroffen.

»Weshalb fragst du?«

»Rein interessehalber. Ich bin gespannt, ob die Bullen ihren

Mörder jemals finden. Ich kannte sie kaum, aber man hat ja allerhand über sie gehört.«

»Ja, wirklich nicht schön.«

»Ich frage mich, wer so einen Hass auf sie gehabt haben könnte, sie zu erschießen.«

»Wahrscheinlich dieselben Typen, die auch diese Bombe haben hochgehen lassen«, antwortete Gina lapidar.

»Das schließt die Polizei mittlerweile anscheinend aus«, sagte er. »Sie suchen nach einer jungen Frau, die am Tatort gesichtet wurde.«

Ihre Gesichtszüge entglitten für einen Augenblick. Die Panik, die sie erfasste, spiegelte sich in ihren Augen wider.

»Hoffentlich finden sie die Täterin«, brachte sie schließlich angestrengt hervor.

»Kleines, du brauchst dich nicht mehr zu verstellen«, sagte er mit beruhigender Stimme. »Ich weiß, dass du es warst. Als ich die Waffe eben gesehen habe, war mir endgültig klar, was passiert ist. Auch wenn ich es immer noch nicht richtig glauben kann.«

»Versprich mir, dass du mich nicht verrätst«, flehte sie. Tränen rannen über ihre Wangen.

Er nickte und legte den Arm um sie. Noch wusste er nicht, ob er tatsächlich schweigen sollte. Oder ob es besser war, sie an die Bullen auszuliefern.

»Wie ist es denn dazu gekommen? Willst du nicht doch darüber sprechen?«

Gina weinte jetzt hemmungslos. Sie versuchte zu antworten, brachte jedoch keinen Ton heraus. Stattdessen zitterte sie und zuckte mit den Schultern.

»Wart ihr nicht mal befreundet?«, fragte er.

»Nein, nie besonders gut. Eigentlich kannten wir uns kaum. Bis sie sich an Ardian herangeworfen hat.«

»Ardian?«, fragte er überrascht.

»Mein Freund. Wir waren fast ein Jahr zusammen.«

»Erzähl mehr über ihn.«

»Er war meine große Liebe. Wir haben uns damals durch Zufall kennengelernt, als er hier im Laden einen Kaffee getrunken hat.«

»Der Name Ardian klingt ...«

»Ausländisch, ich weiß«, fiel Gina ihm ins Wort. »Er war Kosovo-Albaner, aus Barntrup.«

Er zog die Augenbrauen hoch und schüttelte den Kopf. Dann konzentrierte er sich wieder darauf, was Gina gerade gesagt hatte. »Was meinst du damit, dass er Kosovo-Albaner war? Hat er jetzt einen deutschen Pass?«

»Nein, das meine ich nicht«, antwortete sie emotionslos. »Es ist nur so, dass er ...« Sie brach ab.

»Erzähl weiter.«

»Er hat mich wie ein Stück Scheiße behandelt! Als hätte es mich und unsere Beziehung nie gegeben. In seinem Kopf existierte nur noch Lydia. Und am Ende hat er sogar damit gedroht, mich zu verraten.«

»Weil er wusste, dass du Lydia umgebracht hast?«

»Er ahnte es.«

»Verrätst du mir, weshalb du sie erschossen hast?«

»Sie hat mir die Liebe meines Lebens genommen«, sagte Gina leise. »Sie hat mit allen Mitteln versucht, mich auszustechen. Mir sind an diesem Abend in der Lipperlandhalle einfach die Sicherungen durchgebrannt. Eigentlich wollte ich sie nur zur Rede stellen. Aber dann ist es zum Streit gekommen.«

»Wieso hattest du überhaupt eine Waffe dabei?«

Gina schwieg und blickte ihn resigniert an.

»Hast du es etwa doch darauf angelegt?«, fragte er.

»Nicht an diesem Abend. Aber dann hat sie angefangen, mich zu beleidigen. Dass ich nur eine einfache Bäckereiverkäuferin sei, die ihr nicht das Wasser reichen könne. Und dass ein Mann wie Ardian auf Dauer nichts mit mir anfangen könne. So etwas lasse ich mir nicht gefallen.«

»Und dann hast du sie erschossen?«, fragte er. »Meinen Respekt.« Er lächelte und strich ihr sanft übers Haar. »Du hast alles richtig gemacht.«

»Wie meinst du das?«, fragte Gina verwundert.

»Lydia war ein schlechter Mensch«, antwortete er. »Ich kenne ihre Eltern gut. Sie sind zu bedauern.«

»Aber trotzdem war es nicht richtig, sie zu erschießen.«

»Wie hast du dich gefühlt, als du abgedrückt hast?«

»Ich weiß nicht«, sagte sie unsicher. »Es war …«

»Ein befreiendes Gefühl?«

»Ja, irgendwie schon.«

»Ich verstehe dich«, sagte er und streichelte erneut durch ihr Haar.

»Tust du nicht«, sagte sie mit zittriger Stimme, stieß ihn von sich weg und vergrub das verweinte Gesicht in den Händen.

»Was ist denn los mit dir? Nimmt dich der Tod dieser kleinen Schlampe wirklich so sehr mit?«

Sie schüttelte den Kopf und öffnete die Tür der Backstube, um zurück in den Laden zu gehen. »Alles ist noch viel schlimmer …«

»Warte«, rief er. »Was ist mit diesem Ardian? Soll ich mich um ihn kümmern?«

Gina drehte sich abrupt um und starrte ihn an. Sie verzog ihr Gesicht zu einer Grimasse, die er nicht deuten konnte. Irgendetwas zwischen Lachen und Fassungslosigkeit.

»Nicht nötig«, flüsterte sie. »Nicht nötig.«

30

Schon von Weitem erkannte Jan, dass das »Geschlossen«-Schild verschwunden war. Im Innern der Bäckerei brannte Licht, und einige Jugendliche standen vor dem Verkaufstresen. Ohne zu zögern betrat er den Laden und steuerte an den Jugendlichen vorbei direkt auf die Ladentheke zu, hinter der Gina Lehmsiek gerade einige Teilchen sortierte.

»Gut, dass Sie wieder geöffnet haben und hier sind«, sagte er. »Kann ich in Ruhe mit Ihnen sprechen?«

»Ich habe gerade Kundschaft, wie Sie sehen«, antwortete sie abweisend. »Ist es denn wichtig?«

»Allerdings«, sagte Jan. »Schließen Sie bitte den Laden.«

»Das geht nicht, wir hatten gestern und heute Morgen wegen Krankheit geschlossen. Jeder weitere Ausfall würde die Bäckerei in den Ruin treiben.«

»Ist Ihr Chef da?«

»Weshalb …? Ich meine, nein, er ist unterwegs.«

Jan blickte Gina Lehmsiek an. Sie wirkte nervös, ihre geröteten Augen flackerten.

»Unterwegs?«

»Kuchen und Brote ausfahren. Wir liefern auch aus.«

»Das heißt, Sie sind momentan ganz allein?«

Gina nickte stumm, während sie nervös an ihrem rechten Ohrläppchen spielte.

»Dann helfe ich Ihnen.« Jan räusperte sich und trat auf die Jugendlichen zu, die lautstark redend um einen der Bistrotische herumstanden. »Abmarsch, Jungs! Wir schließen für heute. Sucht euch einen anderen Ort zum Herumlungern.«

»Und weshalb sollten wir das tun?« Einer der Jugendlichen, kaum älter als sechzehn, blickte Jan herausfordernd an.

Jan zog seine Dienstmarke aus der Hosentasche und hielt sie dem Jungen hin. »Und jetzt macht die Biege, aber schnell.«

»Ist ja schon gut«, murmelte der Junge und gab seinen Kumpels ein Zeichen, den Laden zu verlassen.

»Schließen Sie ab«, sagte Jan wieder zu Gina gewandt.

Sie trat hinter der Theke hervor und ging wortlos in Richtung Tür. Jan beobachtete sie und fühlte reflexartig, ob seine Waffe noch an der richtigen Stelle saß.

»Also, was wollen Sie von mir?«

»Können Sie sich das nicht denken?«, fragte Jan.

»Sollte ich?«

»Allerdings«, antwortete Jan gereizt. Er griff erneut in seine Hosentasche und zog den Brief hervor. »Kennen Sie den?«

»Woher …?«

»Wir wissen Bescheid«, sagte Jan unvermittelt. »Wir haben Ardian Lalas Leiche gefunden.«

Gina wandte ihren Blick ab.

»Also, geben Sie zu, Ardian umgebracht zu haben?«

»Weshalb sollte ich?«

»Weil Sie ihm die Sache mit Lydia Klein nicht verziehen haben. Ihr Brief war ziemlich eindeutig.«

»Nur weil ich ihn dafür verteufelt habe, bringe ich ihn doch nicht gleich um.«

Jan griff ein drittes Mal in die Hosentasche. Diesmal in die linke. Er zog das Amulett hervor, das ihm Nolte gegeben hatte. Langsam öffnete er es und hielt es Gina Lehmsiek hin. Das Innere des Amuletts zeigte ein Foto eines vertrauten Liebespaares. Gina und Ardian.

»Das haben Sie bei Ihrer Flucht aus Ardian Lalas Wohnung verloren. Oder wollen Sie bestreiten, dass es Ihnen gehört?«

»Ich sage jetzt gar nichts mehr.«

»Und ob Sie das tun«, sagte Jan energisch. »Der Haftbefehl gegen Sie wird gerade bei der Staatsanwaltschaft beantragt. Wir gehen davon aus, dass Sie sowohl Lydia Klein als auch Ardian Lala umgebracht haben.«

»Ich wollte Ardian nicht erschießen«, brach es plötzlich aus ihr heraus. »Ich wollte doch nur, dass alles wieder so wird wie früher. Bevor sich dieses Miststück zwischen uns gedrängt hat.«

»Was ist passiert, als Sie bei ihm waren?«

»Ich wollte mit ihm reden. Ihn überzeugen, dass wir es noch einmal miteinander versuchen. Aber er hat mich nur angeschrien und mir Vorwürfe gemacht.«

»Und darüber wundern Sie sich?«

»Er hätte mir dankbar sein müssen, dass ich ihn vor dieser Frau bewahrt habe.«

»Sie geben also zu, Lydia Klein erschossen zu haben?«

»Ich habe das doch nur für Ardian und mich getan.« Die Worte waren unter ihrem Schluchzen kaum mehr zu verstehen. »Ich hatte doch keine andere Chance mehr, ihn von mir zu überzeugen.«

»Was ist an dem Abend in der Lipperlandhalle geschehen? Woher wussten Sie, dass Lydia dort ist?«

»Ardian hat es mir selbst gesagt.« Gina lächelte. Ihr Blick wirkte seltsam starr. »Er war es, der mich auf die Idee gebracht hat.«

»Und Ardian? Wo war er?«

»Er hatte keine Zeit mitzugehen.«

Jan befürchtete einen Moment lang, dass Gina die Kontrolle über sich verlieren und einen Nervenzusammenbruch erleiden würde. Aber sie fing sich wieder.

»Sie haben sich also mit dem Plan, Lydia dort zu erschießen, eine Karte für das Konzert gekauft?«

»Ich wollte nur mit ihr reden, mehr nicht«, antwortete Gina.

»Warum ist es dabei nicht geblieben?«

»Ich habe gesehen, wie sie sich amüsiert hat. Sie lachte und freute sich auf das Konzert. Ich habe ihre gute Laune einfach nicht ertragen können. Also bin ich zu ihr hingegangen.«

»Und dann ist es zum Streit gekommen?«

»Sie hat mich beleidigt und gesagt, dass ich Ardian in Ruhe lassen soll, sonst …« Gina stockte.

»Hat sie Ihnen gedroht?«

Sie zögerte mit ihrer Antwort, ehe sie schließlich ein leises »Ja« hervorbrachte. Jan zweifelte sofort an ihrer Aussage, verzichtete jedoch auf einen Kommentar.

»Ich war in diesem Moment nicht mehr ich selbst«, fuhr Gina weinend fort. »Als ich ihr auf dem Klo noch einmal begegnet bin, ist unser Streit total eskaliert.«

»Und dann haben Sie sie erschossen?«

»Ich wollte das nicht.«

»So, wie wir Lydia gefunden haben, sieht die Sache etwas anders aus«, entgegnete Jan. »Sie haben Lydia mit einem gezielten Schuss getötet. Weshalb hatten Sie überhaupt eine Waffe bei sich?«

»Ich hatte sie mir von ...« Wieder brach Gina ihren Satz ab. »Ich sage jetzt wohl am besten gar nichts mehr.«

»Wussten Sie eigentlich, dass Lydia von Ardian schwanger war?« Jan war noch nicht fertig.

Gina schüttelte wieder den Kopf. Offenbar hatte sie es nicht gewusst. Jan hatte genug gehört. Mehr als er erwartet hatte. Gina Lehmsiek hatte tatsächlich beide Morde gestanden.

»Kommen Sie«, sagte er. »Es ist vorbei. Wir fahren aufs Präsidium.«

»Was passiert jetzt mit mir?« Ihre Frage klang ängstlich und seltsam naiv zugleich.

Sofort war Jan auf der Hut. Etwas an ihrem Blick hatte sich verändert. Ihre Augen flackerten und schienen keinen Punkt mehr fixieren zu können. Im nächsten Augenblick stürzte sie hinter die Theke, riss eine Schublade unterhalb der Kasse auf und griff hinein.

Jan war schneller als sie. Bevor sie die Waffe aus der Schublade nehmen konnte, hatte er seine Pistole gezogen und auf sie gerichtet. »Hände weg von der Schublade!«, schrie er.

Gina hielt inne und starrte ihn aus leeren Augen an. Dann ließ sie die Česká, die sie bereits in den Händen hielt, fallen. Der metallene Klang, als sie auf den Fliesenboden prallte, ließ Jan durchatmen. Langsam ging er um den Tresen herum, die Waffe noch immer im Anschlag. »Es ist vorbei«, wiederholte er. »Kommen Sie.«

Die leisen Schritte hinter ihm nahm Jan erst wahr, als es zu spät war. Er drehte sich um, doch im nächsten Moment traf ihn bereits ein harter Schlag an der Schläfe. Benommen torkelte er rückwärts und prallte hart gegen ein Regal, dann sank er zu Boden.

Sein Blick wurde wieder klarer und wanderte langsam hoch. Bis er schließlich einem Mann in die Augen sah, dem er schon einmal begegnet war. Ein Mann, der mit ruhiger Hand eine Waffe auf ihn richtete und den Eindruck vermittelte, ihn nicht am Leben lassen zu wollen.

31

In dem kleinen gekachelten Raum, in den ihn der Mann geschleppt hatte, stank es bestialisch. Instinktiv blickte Jan an sich herunter, doch seine Kleidung war sauber. Kurzzeitig hatte er befürchtet, sich während seiner Bewusstlosigkeit erbrochen zu haben.

Doch etwas anderes musste den Gestank verursachen. Mit dem Ärmel seiner Jacke versuchte Jan, sich die Nase zuzuhalten.

Er befühlte seinen Kopf und spürte die Schwellung oberhalb der rechten Schläfe. Dann fiel sein Blick wieder auf den Mann, der ihn niedergeschlagen hatte. Mit seinem Kurzhaarschnitt wirkte er unauffällig. Nichts an ihm deutete darauf hin, dass er Teil der Finstruper Rechtsextremistenzelle sein könnte. Vor ihm stand Mathias Büscher. Der Mann, dem die Bäckerei gehörte.

»Die arme Gina«, sagte er plötzlich. »Das Ganze war schon schlimm genug für sie. Und dann müssen Sie hier auch noch aufkreuzen.«

»Die arme Gina hat zwei Menschen umgebracht«, entgegnete Jan. »Und Sie verteidigen diese Frau?«

»Es war ihr gutes Recht«, antwortete Büscher. »Aber lassen Sie uns über etwas anderes reden.«

»Wer sind Sie wirklich?«, fragte Jan und verzog das Gesicht. Wieder machte sich sein dröhnender Kopf bemerkbar.

»Wer ich bin?« Büscher lächelte. »Sie haben nicht den geringsten Schimmer, oder?«

»Sagen Sie es mir.«

»Mein Name ist Mathias Büscher«, antwortete der Mann, nachdem er Jan eine Weile nachdenklich angesehen hatte. »Mir gehört die Bäckerei.«

»Ich weiß, aber das meine ich nicht«, antwortete Jan und betrachtete den Mann, der ihn aus eisblauen Augen anstarrte. Ein höhnisches Grinsen umspielte Büschers Lippen. War er der Mann, den sie suchten? Derjenige, der hinter dem Anschlag und dem Mord an Stratemeier steckte?

»Sie haben wohl nicht damit gerechnet, dass es so einfach ist?«, fragte Büscher. »Ihre Bemühungen waren redlich, aber auch ziemlich uninspiriert.«

»Warum geben Sie sich zu erkennen? Weshalb riskieren Sie für eine Mörderin Ihre Tarnung?«

Büscher lachte laut. »Es gibt kein Risiko«, sagte er schließlich. »Zumindest nicht für mich.« Er begann, im Raum auf und ab zu gehen. »Gina ist wirklich ein feines Mädchen«, fuhr er nach einer Weile fort. »Das, was sie getan hat, war richtig. Diese Lydia war ein billiges Flittchen. Jeder im Dorf weiß das. Immerhin hat Gina noch gemerkt, dass dieser Typ nichts weiter als ein kosovarischer Eselstreiber war. Wir brauchen solche Männer, die sich auf Kosten unserer Frauen vergnügen, hier nicht.«

»Hören Sie«, unterbrach Jan, »ich habe keine Lust, mir länger Ihren Schwachsinn anzuhören. Lassen Sie uns über Sie sprechen. Haben Sie Staatsanwalt Stratemeier getötet und den Anschlag auf die Lipperlandhalle geplant und durchgeführt?«

»Hoppla«, sagte Büscher mit gespielter Entrüstung. »Auf einmal so aufgebracht? Ganz schön mutig für jemanden in Ihrer Lage.«

»Antworten Sie mir!« Jan versuchte, sich hochzurappeln. Das Dröhnen in seinem Kopf zwang ihn dazu, sich an der Wand abzustützen.

»Sitzen bleiben!«, sagte Büscher kalt und hielt die Waffe dicht vor Jans Gesicht. »Und keine Mätzchen. Ob und wann ich etwas erzähle, entscheide ich, verstanden?«

»Wir werden ohnehin herausbekommen, was geschehen ist«, entgegnete Jan unbeeindruckt.

»Sie sind ein unverwüstlicher Optimist«, sagte Büscher. »Das gefällt mir. Und weil Sie mir nicht unsympathisch sind, bin ich so nett und erzähle Ihnen alles, was Sie wissen müssen.«

»Furchtbar nett«, stöhnte Jan. »Was zum Teufel stinkt hier eigentlich so erbärmlich?«

»Ranzige Butter«, antwortete Büscher. »Bin in letzter Zeit nicht mehr dazu gekommen, die Backstube aufzuräumen.« Wieder lächelte er und nickte in Richtung einer großen Tonwanne, die am anderen Ende des Raumes stand. »Ich weiß, dass Sie die anderen Jungs aus dem Dorf verdächtigt haben«, sagte er unvermittelt. »Vor allem Ingo Schubert und Dirk Ruschmeier. Wir kennen uns gut.

Die beiden sind Kameraden, aber leider wollten sie meinen Weg nicht mitgehen. Deshalb habe ich mich vor einiger Zeit dazu entschlossen, es allein durchzuziehen. Wie Sie eben richtig vermutet haben, bekenne ich mich hiermit zu dem Anschlag auf die Lipperlandhalle sowie dem Mord an Staatsanwalt Stratemeier. Sind Sie jetzt zufrieden?«

»Zufrieden wäre ich, wenn es Leute wie Sie gar nicht geben würde«, sagte Jan. »Was treibt Sie an? Ist es ausschließlich der rechtsextreme Wahn? Oder haben Sie noch andere Motive?«

»Wahn?«, wiederholte Büscher. »Ich glaube, das ist kaum das richtige Wort, um den Grund für meine Taten zu beschreiben. Für alles, was ich getan habe und noch tun werde, gibt es eine rationale Erklärung.«

»Und die wäre?«

»Lassen Sie mich bitte ausreden«, sagte Büscher scharf. Das Lächeln auf seinen Lippen war verschwunden. »Man muss sich darauf einlassen, wenn man mein Streben und meine Motivation verstehen will«, fuhr er fort. »Man muss Teil des Ganzen sein wollen. Unvoreingenommen und den festen Willen besitzen, für unser Vaterland zu kämpfen. Mir geht es darum, die schleichende Infiltration von außen endlich zu stoppen. Ich verzichte darauf, Ihnen meine Beweggründe im Detail zu erläutern. Dafür haben wir keine Zeit. Außerdem glaube ich, dass Sie nicht verstehen könnten, was mich antreibt.« Er lächelte wieder und fuhr sich selbstzufrieden mit der Hand durch die Haare. »Wenn ich mit meiner Aufgabe fertig bin, wird dieses Land ein anderes sein. Gesundet und befreit von allem Übel, das sich wie ein hartnäckiges Virus seit Jahrzehnten hindurchfrisst.«

»Bei Stratemeier kann ich Ihr Motiv erahnen«, sagte Jan ruhig. »Er war einer der wenigen, die sich getraut haben, Ihnen und den anderen die Stirn zu bieten. Aber warum der Anschlag?«

»Mir konnte dieser Staatsanwalt überhaupt nichts anhaben«, antwortete Büscher. »Er wusste nicht einmal, dass ich existiere. Er musste sterben, weil er meine Kameraden tyrannisiert und unsere Idee bekämpft hat.«

»Wir haben in seinen Unterlagen Informationen über Sie gefunden«, log Jan. Er erinnerte sich daran, dass Stratemeier davon ausgegangen war, dass es im Hintergrund jemanden gab, der die Aktionen der Gruppe steuerte. Dass Büscher dieser Jemand war, hatte allerdings auch Stratemeier nicht ahnen können.

»Das kann nicht sein«, sagte Büscher, aber zum ersten Mal zeigte sich auf seinem Gesicht ein Hauch von Verunsicherung.

»Warum der Anschlag?«, wiederholte Jan. »Gab es einen speziellen Grund dafür?«

»Nein«, antwortete Büscher.

»Nein?«, fragte Jan verwundert. »Sie wollen mir weismachen, dass Sie es nicht auf den Sänger der Band und seine Fans im Publikum abgesehen haben?«

Mathias Büscher schüttelte den Kopf, dann lachte er. »Ich spüre keine besondere Antipathie gegenüber Juden«, sagte er. »Die Zeiten haben sich geändert. Radikale Separatisten – egal welcher Couleur – arbeiten immer häufiger zusammen, wenn es darum geht, das Nationale zu verteidigen.«

»Diese Band fühlt sich schon seit längerer Zeit durch fremdenfeindliche Attacken bedroht, wenn sie in der Region Tourstopps einlegt. Und Sie wollen mir sagen, der Anschlag wäre nicht gezielt gewesen?«

»Richtig, es hat meine Wahl des Anschlagsortes kaum beeinflusst«, antwortete Büscher trocken. »Natürlich weiß ich von diesem Lied und den Reaktionen, die die Band damit hervorgerufen hat. Deshalb tut es mir auch nicht leid um die paar Juden, die verletzt wurden. Aber mit den anderen Sachen habe ich nichts zu tun. Da sollten Sie besser mit Schubert und Ruschmeier sprechen.«

»Aber was wollten Sie mit dem Anschlag auf das Konzert in der Lipperlandhalle dann bezwecken? Irgendetwas werden Sie sich doch dabei gedacht haben?«

»Es gab natürlich auch Alternativpläne«, antwortete Büscher. »Ausschlaggebend für die Lipperlandhalle war letztlich die Tatsache, dass die Bombe dort ohne größere Probleme platziert werden konnte. Mir geht es vor allem darum, die Gesellschaft in ihrem Herzen zu erschüttern. Um etwas zu bewegen, muss man diejenigen treffen, die für die Zustände in diesem Land verantwortlich sind. Und das sind nicht die Ausländer, das ist die Gesellschaft selbst. Die Leute, die die Politik der letzten Jahrzehnte unterstützt haben.

Diejenigen, die dieses Land kaputt gemacht haben. Sie sollen dafür geradestehen, dass man sich als Deutscher in diesem Land fremd fühlt. Um meine Intention zum Ausdruck zu bringen, hätte es mir kaum etwas gebracht, ein paar Ölaugen oder Neger zu töten. Umso bedauerlicher ist es, dass es keine Todesopfer gegeben hat.«

»Sie sind doch vollkommen krank«, stieß Jan aus.

»Nennen Sie es, wie Sie wollen«, entgegnete Büscher.

»Was haben Sie jetzt vor?«

»Was meinen Sie?«, fragte Büscher.

»Haben Sie weitere Pläne? Wollen Sie weitermachen mit dem Terror?«

Büscher grinste wieder, schwieg jedoch.

»Dann sagen Sie mir wenigstens, was Sie mit mir vorhaben.«

»Was soll ich schon mit Ihnen vorhaben? Ich werde Sie natürlich erschießen, genauso wie Stratemeier und …« Büscher brach ab.

»Und wen?«, fragte Jan.

Büschers Grinsen verwandelte sich plötzlich in ein lautes Lachen. »Werfen Sie doch mal einen Blick in die Wanne da drüben.« Er gab Jan mit der Waffe ein Zeichen aufzustehen.

Jan erhob sich langsam. Sein Kopf dröhnte, doch der ekelerregende Gestank machte ihm noch mehr zu schaffen. Er spürte, dass Büscher ihm die Waffe in die Seite presste. Widerwillig setzte er einen Fuß vor den anderen und ging in Richtung der Ecke, in der die Wanne stand. Er merkte, dass ihm schlecht wurde. Dann sank er auf die Knie und würgte, ohne zu erbrechen. Wahrscheinlich hatte er durch den Schlag an die Schläfe eine Gehirnerschütterung erlitten.

Es dauerte einige Sekunden, bis er sich erholt hatte und Büscher wieder in die Augen blicken konnte. Dessen spöttisches Grinsen setzte neue Energie in ihm frei. Er würde sich nicht verhöhnen lassen. Unvermittelt straffte er sich und schlug Büscher mit einer hastigen Bewegung gegen den Unterarm, sodass dessen Pistole auf den Boden flog. Jan griff danach und richtete die Waffe auf Büscher.

»Schluss jetzt!«, rief er. »Der Spuk ist vorbei.«

Büschers Lächeln erstarrte. Es schien, als wäre er nicht darauf vorbereitet, dass irgendetwas schiefgehen konnte. Seine Pupillen weiteten sich, die Halsadern schwollen an. Dann griff er nach hinten in den Hosenbund und zog blitzschnell eine weitere Waffe hervor. Jan erkannte, dass es seine eigene Pistole war. Büscher musste sie ihm abgenommen haben, während er bewusstlos gewesen war. Mit einer schnellen Bewegung gelang es Jan, Büscher an der Schulter zu packen. Mühevoll versuchte er, den Polizeigriff anzusetzen.

Doch Büscher war kräftiger, als er angenommen hatte. Er stieß ihn mit beiden Armen von sich, sodass er stolperte, seine Pistole verlor und mit dem Rücken gegen die Wanne prallte. Als er wieder hochblickte, sah er, dass Büscher die Waffe erneut auf ihn richtete.

»Los, aufstehen!«, schrie er. »Sie werden jetzt der armen Gina ein wenig Gesellschaft leisten.«

»Sie liegt also da drin?«, fragte Jan fassungslos. »Warum sie? Ich dachte, Sie mochten sie?«

»Wie gesagt, sie war ein gutes Mädchen.«

»Ist es, weil sie mit Ardian Lala zusammen gewesen ist?«

»Ich halte es für richtig, was sie mit Lydia Klein und diesem Typen gemacht hat«, antwortete Büscher. »Trotzdem ist es nicht hinnehmbar für mich, dass sie bis zuletzt noch immer an diesem Ölauge gehangen hat. Immerhin hat sie auch für mich gearbeitet, da hat sie eine gewisse Verantwortung ihrem Arbeitgeber gegenüber. Die Entscheidung, sie zu töten, ist aber eine grundsätzliche. Es geht nicht darum, ob sie gut oder schlecht ist, sondern ausschließlich darum, ob sie unserem Land dienlich ist. Und dass dies der Fall ist, davon können Sie ausgehen.«

»Was zum Teufel reden Sie denn da? Sie bringen wahllos Menschen um und begründen dies mit einer vollkommen wahnwitzigen Idee.«

»Wahllos?«, fragte Büscher scharf. »Ich muss doch sehr bitten, Herr Kommissar. Seit Jahren habe ich mich intensiv darauf vorbereitet, den Angriff auf die Gesellschaft zu beginnen. Und jetzt sagen Sie mir, ich würde wahllos töten?« Büschers Mimik veränderte sich. Das höhnische Grinsen wurde abgelöst von einem Gesichtsausdruck, bei dessen Anblick Jan nackte Angst packte. Lange würde er diesen Mann nicht mehr in ein Gespräch verwickeln können. Er musste dringend etwas tun, um sich aus seiner misslichen Lage zu befreien.

»Was ist mit Anne Becker?«, schoss er ins Blaue. »Kennen Sie sie?«

»Was soll mit ihr sein? Wir wohnen im selben Dorf. Da kennt man sich.«

Es war nur ein kurzer Augenblick, in dem Büscher ihn irritiert anblickte. Doch plötzlich war sich Jan sicher, einen wunden Punkt bei ihm getroffen zu haben. Konnte es sein, dass die beiden etwas miteinander zu tun hatten?

»Mehr nicht?«

»Worauf wollen Sie hinaus?«

»Ich habe das Gefühl, dass Anne Becker eine starke Persönlichkeit ist, die ähnlich denkt wie Sie. Da läge es nahe, dass Sie zusammenarbeiten.«

»Sie haben wirklich eine blühende Phantasie.« Büscher wirkte mit einem Mal wieder deutlich ruhiger. »Wie bereits erwähnt, gibt es niemanden, der mir geholfen hat. Die anderen hier im Ort waren nicht bereit, sich mir anzuschließen.«

Jan kam es vor, als schwanke Büschers Gemütszustand beinahe sekündlich. Vorsichtig wagte er einen Blick nach hinten in das Innere der Wanne. Überrascht stellte er fest, dass sie fast leer war. Lediglich am Grund hatte sich eine trübe Flüssigkeit gesammelt. Hatte Büscher Gina doch nicht umgebracht?

»Was haben Sie mit Gina gemacht?«, fragte er.

»Dachten Sie wirklich, ich hätte sie in der ranzigen Butter versenkt?« Büscher lächelte.

Jan antwortete nicht. Stattdessen blickte er unauffällig auf den Boden, wo noch immer Büschers Waffe lag. Sie war außer Reichweite.

»Schieben Sie die Wanne beiseite«, forderte Büscher ihn auf. »Dann sehen Sie, was ich mit Ihnen vorhabe.«

Ein schrecklicher Verdacht stieg in Jan auf. Zögernd tat er, was Büscher von ihm verlangte. Unter größter Kraftanstrengung schob er das schwere Tongefäß zur Seite. Eine in den Boden eingelassene Eisenklappe kam zum Vorschein.

»Aufmachen!«

Jan reagierte nicht, blickte Büscher stattdessen unverwandt in die Augen.

»Haben Sie mich nicht verstanden?« Büscher trat näher an ihn heran und hielt ihm die Waffe direkt an den Kopf. »Sie sollen die verdammte Klappe aufmachen! Oder soll ich Sie sofort erschießen?«

Jan griff nach dem Metallring der Klappe und zog daran, bis sie sich langsam öffnete. Er kniff die Augen zusammen, um etwas zu erkennen. Doch das schwarze Loch im Boden war so klein, dass er Probleme hatte, Einzelheiten auszumachen. Außerdem fiel es ihm schwer, sich vorzustellen, wie ein Mensch hier hindurchklettern sollte.

»Und jetzt runter«, sagte Büscher.

»Ist Gina dort unten?«

»Sie werden es gleich sehen.«

»Lebt sie noch?«

»Warten Sie es ab.«

»Da unten ist es stockfinster. Was erwartet mich dort?« Jans Stimme klang belegt. Angst schnürte ihm die Luft ab.

»Sie werden es überleben. Zumindest fürs Erste.«

»Wie lang ist die Liste derer, die Sie auf dem Gewissen haben?« Jan versuchte, Zeit zu gewinnen. Gleichzeitig dachte er angestrengt darüber nach, wie er der Situation entkommen konnte.

»Was spielt das für eine Rolle?«, entgegnete Büscher. »Sie wird auf jeden Fall heute noch ein Stück länger. Und jetzt los, runter mit Ihnen!« Büscher trat Jan hart in die Seite. »Andernfalls drücke ich ab.«

Im nächsten Augenblick wurde die Tür zu dem Raum aufgestoßen, und mehrere bewaffnete SEK-Beamte stürmten herein.

Jan sprang geistesgegenwärtig zur Seite und brachte sich hinter der Tonwanne in Sicherheit. Gerade noch rechtzeitig, bevor mehrere Schusssalven durch den Raum hallten. Die Schießerei dauerte nur wenige Sekunden, dann herrschte wieder Stille im Raum.

Jan wartete noch eine Weile, ehe er einen vorsichtigen Blick riskierte und hinter der Wanne hervortrat. Vor ihm lag Mathias Büscher. Es gab keinen Zweifel daran, dass er tot war.

32

Die Hütte von Mathias Büscher lag ganz am Ende des Wegs, keine dreihundert Meter von Anne Beckers Hütte entfernt.

Jan war bei der Gabelung, an der er vor einigen Tagen Ingo Schubert und Dirk Ruschmeier aus den Augen verloren hatte, links abgebogen und den Weg weitergelaufen, bis er die grün gestrichene Holzhütte mit der Deutschland-Flagge auf dem Dach erreicht hatte.

Es war gerade einmal eine Woche vergangen, seitdem er das erste Mal hier in dieser Schrebergartensiedlung gewesen war. Damals hatte er nur erahnen können, was sich hinter dem Anschlag auf die Lipperlandhalle und dem Mord an Lydia Klein verbarg. Heute wusste er, was tatsächlich passiert war.

Noch gestern Abend hatten Nolte und seine Leute die Backstube von Büscher und zwei angrenzende Wohnräume auf den Kopf gestellt. Sie hatten jede Schublade aufgerissen, jeden Backofen geöffnet und sogar Kacheln mit schweren Hämmern herausgeschlagen.

Bislang hatten sie jedoch nur wenig gefunden, was darauf schließen ließ, dass sie es mit den Räumlichkeiten eines Rechtsterroristen zu tun hatten. Keine Spur von Waffen oder Skizzen weiterer Anschlagspläne. Auch Kleidung oder andere Dinge, die auf seine Gesinnung hingedeutet hätten, hatten sie vergeblich gesucht.

Und auch das Erdloch unter der Tonwanne hatte nichts Neues zu Tage gebracht. Jan selbst war nicht hinuntergestiegen, hatte sich den Abstieg in die Hölle, in der es vor Ratten nur so wimmelte, erspart. Trotzdem war er froh darüber gewesen, dass es in dem Erdloch keinen Hinweis auf Gina Lehmsieks Verbleib gegeben hatte.

Hatte Büscher sie tatsächlich verschont? Schwer vorstellbar bei der Skrupellosigkeit, mit der er vorgegangen war. Klar war nur, dass Gina von niemandem mehr gesehen worden war, seitdem Büscher Jan mit der Waffe im Verkaufsraum der Bäckerei ausgeknockt hatte. Es schien, als hätte sie den Moment genutzt, um Finstrup zu verlassen. Eine Zweifachmörderin auf der Flucht. Mit hoher Wahrscheinlichkeit war sie bewaffnet.

Eher zufällig waren sie am späten Abend dahintergekommen, dass es einen weiteren Ort geben musste, an dem sich Büscher regelmäßig aufgehalten hatte. Ergün war der Schlüssel mit der roten Markierung aufgefallen, den Büscher in seinem Portemonnaie bei sich getragen hatte. Einen solchen Schlüssel hatte Ergün zuvor auch in Anne Beckers Hütte gesehen.

Anschließend hatte ein Rad ins andere gegriffen. Sie hatten schnell herausgefunden, dass Büscher eine der Hütten in der Schrebergartensiedlung dauerhaft angemietet hatte. Unscheinbar und angepasst. Mitten in der Gesellschaft, die in Finstrup jedoch erschreckend anders war. Intoleranz gegenüber Fremden, Einschüchterungen, Waffenbesitz, selbst gewalttätige Übergriffe gehörten zum Alltag. Und es gab niemanden im Dorf, der sich dem Treiben entgegenstellte. Im Gegenteil. Selbst der Bürgermeister hatte sich der rechten Gruppierung seines Dorfes angeschlossen und war nicht davor zurückgeschreckt, Jan und Ergün mit einer Waffe zu bedrohen.

Anne Becker, Ingo Schubert, Dirk Ruschmeier, Ralf Weiler, Stefan Lindenschmidt, Jörg Heckmann sowie Dieter Pauli und dessen Sohn. Sie alle saßen in Untersuchungshaft. Und so wie es aussah, standen die Chancen gut, dass die Staatsanwaltschaft eine Anklageschrift formulieren würde, die erfolgversprechend war: Volksverhetzung. Körperverletzung. Sachbeschädigung. Illegaler Waffenbesitz. Bedrohung mit einer Schusswaffe. Aufbau einer terroristischen Vereinigung. Alle Anklagepunkte trafen auf die Beteiligten zu. Auf den einen mehr, auf den anderen weniger. Um das zu klären, waren die Staatsanwälte und Richter da. Doch zwei entscheidende Dinge konnten sie dieser Gruppe nicht anlasten. Weder der Nagelbombenanschlag noch der Mord an Staatsanwalt Johannes Stratemeier gingen auf ihr Konto.

Derjenige, den man für diese Taten zur Rechenschaft hätte ziehen können, war tot. Im Kugelhagel der SEK-Beamten tödlich getroffen.

Und solange sie nichts Gegenteiliges nachweisen konnten, mussten sie davon ausgehen, dass Büscher allein gehandelt hatte.

So, wie er es Jan gegenüber in dem kleinen gekachelten Raum in der Bäckerei geäußert hatte.

Jan bückte sich unter den roten Absperrbändern hindurch und schloss die Tür der Hütte auf. Nolte war in den frühen Morgenstunden hier gewesen und hatte sich einen ersten flüchtigen Eindruck verschafft. Er hatte ihm mit auf den Weg gegeben, auf einiges vorbereitet zu sein. Als Jan die Hütte betrat, verstand er sofort, was Nolte gemeint hatte. Büschers persönliche Dinge, nach denen sie in der Backstube und in den anderen Räumen vergeblich gesucht hatten, lagerten hier in dieser kaum fünfzehn Quadratmeter großen Hütte. Fotos, Briefe und Waffen. So viele, dass Büscher eine größere Gefolgschaft damit hätte ausrüsten können.

Bei den meisten Pistolen handelte es sich um das Modell Česká CZ 75. Obwohl sie es nicht mit Bestimmtheit sagen konnten, schien es wahrscheinlich, dass sich Gina Lehmsiek die Waffe bei Mathias Büscher besorgt hatte. Möglicherweise ohne dass dieser etwas davon gewusst hatte.

Jan scannte das Innere der Hütte. Ein alter Eichentisch mit zwei Stühlen sowie ein metallenes Bettgestell waren die einzigen Möbelstücke. Links von ihm hing ein Sandsack, an dem sich Boxer die Hände blutig schlugen. Ihn interessierte jedoch etwas anderes. Er wollte verstehen, was Büscher angetrieben hatte. Was für ein Mensch war er gewesen? Wie konnte es so weit kommen, dass ein Mensch mitten aus der Gesellschaft, wie es Büscher gewesen war, zu solchen Taten fähig war? Nolte hatte sich noch nicht mit Details beschäftigen können, umso wichtiger war es, dass er mit einem klaren Blick an die Sache ging.

Er begann, einige Briefe und Aufzeichnungen zu lesen, ohne deren Sinn zu verstehen. Das meiste waren lose, niedergeschriebene Gedanken zum politischen System des Landes und Zukunftsszenarien, in denen Europa und die arabische Welt im Krieg lagen.

Jan fiel ein großer gepolsterter Briefumschlag, der auf dem Eichentisch lag, ins Auge. Der auffällige Stempel darauf zeigte den Reichsadler in Verbindung mit einem Hakenkreuz.

Langsam öffnete Jan den unverschlossenen Umschlag und zog

einen zusammengefalteten Zettel hervor. Er schloss die Augen für einen Moment, ehe er sie wieder öffnete und mit Abscheu zu lesen begann.

Der Plan
Schon immer war ich ein Vordenker. Jemand, der über den banalen Dingen des Alltags steht und den Blick für das Wesentliche niemals verliert. Zeit meines Lebens fühle ich mich getrieben. Von den Gedanken an meine Vorbilder. Die Persönlichkeiten einer längst vergangenen Epoche.

Jan ließ das Blatt sinken und atmete tief durch. Büscher war ein Fanatiker gewesen. Kein durchgedrehter Spinner, sondern jemand, der es mit seiner Ideologie ernst gemeint hatte.

Angewidert las er weiter. Zeile für Zeile, ohne auch nur einen Satz, ein Wort zu überspringen. Obwohl es ihm schwerfiel, wollte er in die kranke Welt von Büscher eintauchen.

Mehrere Minuten vergingen, ehe er zu Ende gelesen hatte. Langsam faltete er das Blatt wieder zusammen und schob es zurück in den Umschlag. Er hatte genug gelesen, und doch fühlte er sich, als sei er weiter davon entfernt, zu begreifen, wie dieser Mann getickt hatte, als je zuvor.

»Warten Sie!«

Jan schrak zusammen. Hastig wandte er sich um. Vor ihm stand Gina Lehmsiek. Er musterte sie eindringlich, konnte jedoch keine Waffe entdecken. Sie sah deutlich entspannter aus, als dies gestern der Fall gewesen war.

»In dem Umschlag steckt noch etwas«, sagte sie ruhig. »Sehen Sie nach.«

Jan wägte einen Augenblick lang ab, ob sie ihm eine Falle stellen wollte, entschied dann aber, den Umschlag ein weiteres Mal zu öffnen.

Ungeduldig fingerte er in dem Umschlag herum, bis er etwas Kunststoffartiges ertastete. Er zog den Gegenstand heraus und erkannte, dass es sich um einen Personalausweis handelte.

»Überrascht?«, fragte Gina Lehmsiek.

Jan versuchte zu verstehen, was er sah. Das Lichtbild zeigte Mathias Büscher in jüngeren Jahren. Mit Schnäuzer und vollerem Haar, aber zweifellos Büscher. Doch der Ausweis war auf einen anderen Namen ausgestellt. Dort stand der Name »Heiko Vogel«. Jan hatte Probleme, ihn einzuordnen.

»Mathias hat als Heiko Vogel jahrelang für den Verfassungsschutz gearbeitet«, erklärte Gina. »Ich habe es auch nicht gewusst.«

»Was haben Sie nicht gewusst?«

»Gar nichts von alledem«, antwortete sie vielsagend. »Ich habe den Brief auch erst eben gelesen. Und das mit dem Ausweis …«

»Woher wissen Sie, dass er V-Mann war?«

Sie griff nach einem weiteren Umschlag, der auf dem Tisch lag. »Wenn Sie das hier gelesen haben, werden Sie alles verstehen. Es handelt sich um Kopien seiner Berichte für den Verfassungsschutz. Sie sind alle geschönt.«

»Wie kann das sein?«, sagte Jan mehr zu sich selbst. Ihm fiel die Bemerkung des Kollegen vom Verfassungsschutz ein. Er hatte von einem V-Mann gesprochen, der die Region im Blick habe. Ganz offenbar war Büscher alias Vogel dieser Mann gewesen. Der Verfassungsschutz war ahnungslos geblieben und hatte sich von Büscher, der in aller Ruhe und gewissermaßen unter dem Schutzmantel des Staates seine perfiden Pläne vorantreiben konnte, an der Nase herumführen lassen.

Jan schüttelte konsterniert den Kopf. Dann blickte er wieder Gina an. Sie wirkte hilflos. Er hatte das Gefühl, dass sie ihre Unwissenheit diesmal nicht spielte.

»Wie nahe standen Sie sich eigentlich?«

»Mathias war wie ein Vater für mich«, flüsterte sie beinahe. »Er war der Einzige, der mir eine Chance gegeben hat.«

»Hat er Sie deshalb am Leben gelassen?«

»Möglich.« Sie seufzte schwer.

»Weshalb sind Sie ausgerechnet hierher in seine Hütte geflüchtet? Nicht unbedingt das beste Versteck.«

»Es geht mir nicht darum, mich zu verstecken«, antwortete sie. »Im ersten Moment wollte ich gestern tatsächlich abhauen. Aber wohin? Ich wollte in Ruhe Abschied von ihm nehmen. Dafür schien mir dieser Ort am besten geeignet.«

»Woher wissen Sie eigentlich, dass er tot ist?«

»Ich habe beobachtet, wie man seine Leiche aus der Bäckerei abtransportiert hat«, antwortete sie.

»Wie gut kennen Sie sich hier aus?«, fragte Jan weiter.

»Ich wusste, dass die Hütte existiert, habe sie bis gestern aber noch nie betreten. Andernfalls hätte ich wohl gewusst, mit wem ich es tatsächlich zu tun habe.«

Jan nickte, doch noch zweifelte er daran, dass Gina tatsächlich die Wahrheit sagte. »Hat Büscher in all den Jahren kein verdächtiges Wort über seine Vergangenheit oder seine Pläne fallen lassen?«

»Nein, das müssen Sie mir glauben.«

»Ich habe aufgehört zu glauben«, sagte Jan. »Wo haben Sie denn die vergangene Nacht verbracht?«

»In einer der anderen Hütten, die meisten stehen ja leer.«

»Ihnen ist hoffentlich klar, was jetzt auf Sie zukommen wird?«

Gina nickte stumm. Sie schien mit sich selbst im Reinen zu sein. Es war, als hätte sie realisiert, dass es keinen Ausweg mehr für sie gab.

»Als wir uns gestern getroffen haben, stand ich unter Schock«, sagte sie. »Ich weiß, dass das, was ich getan habe, der größte Fehler meines Lebens war, aber ich konnte nicht anders. Ich habe Ardian über alles geliebt und habe es nicht ertragen, dass er sich für diese …« Sie hielt inne und verzichtete darauf, ihren Satz zu beenden.

»Lassen Sie uns gehen«, sagte Jan. »Den Rest klären wir auf dem Präsidium.«

»Einen Moment noch«, sagte Gina. »Sie sollten noch einen Blick auf das hier werfen.« Sie zeigte auf die Wand hinter dem Eichentisch.

Zwischen Fotos, einigen Abzeichen und Flaggen erkannte Jan eine Grundrissskizze. »Was ist das?«, fragte er.

»Ich befürchte, es handelt sich um ein weiteres Anschlagziel von Mathias. Sehen Sie selbst.«

Jan trat näher heran und musterte die Karte. Sie zeigte die Bielefelder Alm, das Fußballstadion im Nordwesten der Stadt. Im Bereich der Haupttribüne waren zwei Stellen rot markiert.

»Vielleicht irre ich mich auch«, fuhr Gina fort. »Aber ich habe noch mehr gefunden, was dafür spricht, dass er dort etwas geplant hat. Schauen Sie.«

Jan blickte erneut auf den Tisch, wo der aktuelle Saisonspielplan von Arminia Bielefeld lag. Er war ihm eben schon aufgefallen. Jan klappte ihn auf und sah, dass Mathias Büscher das heutige Heimspiel markiert hatte. Umrandet mit einem dicken roten Filzstift. Heute um vierzehn Uhr würde die Partie gegen Preußen Münster stattfinden.

Er spürte, wie Unbehagen durch seinen Körper strömte. Hatte Gina mit ihrer Vermutung recht? Hatte Büscher vor seinem Tod einen weiteren Anschlag geplant?

»Sprechen Sie mit Anne Becker«, sagte Gina. »Sie weiß bestimmt Bescheid.«

»Wie bitte?«, fragte Jan erstaunt. »Wir gehen derzeit davon aus, dass es keine Mitwisser gab.«

»Sie haben miteinander geschlafen. Ich habe es mit eigenen Augen gesehen.«

»Sind Sie sich sicher?«

»Weshalb sollte ich lügen?«

»Da ließen sich wahrscheinlich genügend Gründe finden«, antwortete Jan und blickte auf sein Handy. Es war kurz nach elf. Möglicherweise würde in weniger als drei Stunden auf der Alm die nächste Bombe hochgehen. Und wenn er erneut einen Zeitzünder verwendet hatte, würde Büscher selbst nach dem Tod noch seinen Terror verbreiten können.

Noch einmal blickte er sich um. Sie hatten noch keine Antwort auf die Frage, ob Büscher die Bombe selbst gebaut hatte. In der Bäckerei hatten sie keinen Hinweis darauf gefunden. Und auch hier in dieser Hütte konnte Jan auf den ersten Blick nichts dergleichen erkennen.

»Wollen Sie nicht Ihre Kollegen anrufen?«, fragte Gina. »Sie müssen Ihnen doch sagen, dass in diesem Stadion eine Bombe liegt.«

Jan musterte sie. Noch immer traute er ihr nicht. Nicht nach dem, was gestern vorgefallen war. Trotzdem wählte er die Nummer von Ergün, während er Gina weiter im Blick behielt. »Sie bleiben hier, bis ich fertig gesprochen habe, verstanden?«

Gina nickte und lächelte milde.

Es dauerte eine Weile, bis Ergün abnahm. Das laute Rauschen in der Leitung deutete darauf hin, dass der Anruf auf dessen Handy umgeleitet worden war.

»Wo steckst du denn?«, rief Jan laut.

»Vor dem Haus von diesem Molli. Der Zugriff erfolgt gleich.«

»Wovon sprichst du? Kannst du mich bitte mal aufklären?«

»Du weißt es noch gar nicht?«, entgegnete Ergün überrascht.

»Was denn?«

»Anne Becker hat ausgepackt. Sie hofft auf die Kronzeugenregelung.«

»Was sagt sie?«

»Büscher hat für heute Nachmittag einen weiteren Anschlag geplant.«

»Auf der Alm, ich weiß.«

»Also bist du doch schon informiert?«

»Wie man's nimmt«, antwortete Jan ausweichend. »Wer ist dieser Molli?«

»Der Mann, der die Bomben gebaut und platziert hat. Er gehört zwar nicht der rechten Szene an, aber Anne Becker kennt ihn offenbar.«

»Habt ihr die Bombe schon gefunden?«

»Wird gerade entschärft. Anne Becker hat keine Minute zu spät ausgesagt.«

Jan spürte Erleichterung, während er Ergün zuhörte. Endlich schien die Gefahr, die von Büscher ausging, gebannt.

Aus dem Augenwinkel bemerkte er, wie Gina sich langsam in Richtung Eingangstür bewegte.

»Warten Sie!«, rief Jan. »Ich hatte Ihnen doch gesagt, Sie sollen hierbleiben.«

Wie in Trance wandte sich Gina um und starrte ihn an. »Ardian und Mathias sind tot«, sagte sie leise. »Die beiden wichtigsten Menschen in meinem Leben. Es gibt keinen Grund mehr für mich zu bleiben.« Sie lächelte schief und trat ins Freie.

»Bleib mal dran, Cengiz«, sagte Jan. »Ich muss mich kurz um Gina Lehmsiek kümmern.«

Jan stürzte in Richtung Tür. Die Sonne, die sich durch die dichte Wolkendecke ihren Weg bahnte, blendete ihn so, dass er die Augen schließen musste. Im nächsten Moment hallte ein Schuss durch die kalte Winterluft.

Als er die Augen wieder öffnete, sah er Gina Lehmsiek. Sie lag auf dem schmalen Weg vor der Hütte. Der Schnee um sie herum hatte sich bereits rot gefärbt.

Epilog

»Noch zehn!«

Banjo fuchtelte mit den Armen. Er schien nervöser als sonst, während er die letzten Sekunden herunterzählte.

»Drei, zwei, eins – und los.«

Die »Underdogs« blickten sich noch einmal in die Augen, dann betraten sie die Bühne des kleinen Bielefelder Clubs.

»Denk nicht an letztes Mal, es wird schon schiefgehen«, flüsterte Jan in Richtung Isabel. »Rock einfach die Bude!« Er zwinkerte ihr zu und setzte sich hinter das Schlagzeug.

Er beobachtete seine Schwester. Um ihre Lippen spielte wieder dieses bezaubernde Lächeln. Dann schmiegte sie sich in ihrer ganz eigenen verführerischen Art an den Mikrofonständer. Jan hob die Drumsticks in die Luft und schlug sie dreimal gegeneinander. Die Scheinwerfer flammten auf und fokussierten auf Isabel.

Darling you got to let me know:
Should I stay or should I go?
If you say that you are mine,
I'll be here till the end of time!
So you got to let me know:
Should I stay or should I go?

Natürlich sollte Isabel bleiben. Sie hatten Tom, ihren Sänger, rausgeworfen, nachdem er sich geweigert hatte, mehr Rücksicht zu nehmen. Einstimmig hatte sich die Band für Isabel als neue Leadsängerin ausgesprochen. Doch noch hatte sie sich nicht festgelegt. Sie hatte um Bedenkzeit gebeten.

Als die letzten Klänge von »Stairway to Heaven« verhallten und Isabel ihr Mikro langsam zu Boden gleiten ließ, warf Jan seine Sticks ins Publikum, das ihnen frenetisch zujubelte. Nach allem, was er in den vergangenen Wochen erlebt hatte, entschädigte dieser Moment für vieles. Auch wenn er die traumatischen Bilder des Anschlags, des ermordeten Staatsanwalts Stratemeier und des

Selbstmords von Gina Lehmsiek nicht vergessen konnte. Sie hatten sich für immer in ihm eingebrannt.

Hinter der Bühne fiel er seiner Schwester um den Hals und drückte sie, so fest er konnte.

»Du warst wunderbar«, flüsterte er ihr ins Ohr. »Wenn du nicht meine Schwester wärst, würde ich dich heiraten wollen.«

»Spinner«, sagte sie und lachte.

»Und?«, fragte er.

»Was, ›und‹?«

»Na, hast du dich entschieden? Bist du dabei?«

»Hatten wir nicht gesagt, du gibst mir noch ein wenig Zeit für meine Entscheidung?«

»Ja, aber du hast das so phantastisch ...«

»Schon gut«, unterbrach sie ihn. »Du brauchst mir keinen Honig mehr ums Maul zu schmieren. Ich bleibe.«

»Wie, du bleibst?«, fragte Jan verwundert.

»Das wolltest du doch hören, oder nicht?«, entgegnete Isabel. »Ich habe mich dazu entschieden, bei euch einzusteigen.«

»Das ist ... absolut ...« Jan suchte nach den richtigen Worten. »Das ist grandios.« Er fiel ihr noch einmal um den Hals und stemmte sie für einen Moment in die Luft.

»Übertreib's mal nicht«, sagte sie, nachdem sich Jan wieder beruhigt hatte. »Wir sind eine stinknormale Coverband, mehr nicht. Uns kennt doch keine Sau.«

»Noch nicht«, sagte jemand.

Jan und Isabel blickten sich um. Banjo stand vor ihnen. Untypisch für den grummeligen Manager, strahlte er über beide Ohren.

»Dass wir gut waren, weiß ich«, sagte Jan, »aber dass du so gute Laune hast, irritiert mich ein wenig.«

»Es geht jetzt erst richtig los«, sagte Banjo, und seine Stimme klang noch rauer als sonst. In der einen Hand hielt er eine Zigarette, in der anderen einen Pappbecher, aus dem er seinen Gin Tonic schlürfte. »Ihr glaubt gar nicht, wer vorhin im Publikum war.«

»Jimmy Page oder Robert Plant?« Jan blickte seinen Manager erwartungsvoll an.

»Besser«, antwortete Banjo zufrieden. »Was sollen wir mit diesen alten Säcken?«

»Dann sag schon, wer mit uns zusammenarbeiten will«, drängte Jan.

»Darf ich euch vorstellen, Sylvia Vankerckhoven. Chefscout in einer der größten Castingproduktionsfirmen Europas.« Aus dem Hintergrund trat eine elegant gekleidete Mittvierzigerin, die sie freundlich anlächelte.

Jan und Isabel blickten Banjo fragend an und reichten Sylvia Vankerckhoven die Hand.

»Frau Vankerckhoven möchte, dass die ›Underdogs‹ bei der Castingshow ›Next Big Thing‹ mitmachen. Das Konzept der Sendung ist es, die beste Band des Landes zu finden. Von den Zuschauern gewählt. Das ist eure Chance!«

»Ich weiß nicht …«

»Wann soll es losgehen?«, unterbrach Isabel Jan.

»Im Spätsommer beginnen die ersten TV-Aufzeichnungen, ab Herbst dann die Liveshows.«

»Da habe ich noch nichts vor«, sagte Isabel euphorisch. »Die ›Underdogs‹ kommen ins Fernsehen.«

Jan blickte Isabel an und schüttelte den Kopf. Dann lachte er laut und nahm seine Schwester erneut in den Arm. »Frau Vankerckhoven«, sagte er schließlich. »Die ›Underdogs‹ sind dabei!«

Jobst Schlennstedt
TÖDLICHE STIMMEN
Broschur, 208 Seiten
ISBN 978-3-89705-561-2

»Eine psychologisch ausgefeilte Geschichte.« Radio ZuSa

»›Tödliche Stimmen‹ ist ein Krimi, der diese Bezeichnung verdient.« Lübecker Nachrichten

Jobst Schlennstedt
DER TEUFEL VON ST. MARIEN
Broschur, 208 Seiten
ISBN 978-3-89705-624-4

»Viel Spannung, aber auch Anregung, sich mit einigen der hier angesprochenen Konflikte vielleicht einmal näher zu befassen.« NDR 1, Niedersachsen

»Macht unbedingt Lust auf mehr.« Lesen

Jobst Schlennstedt
WESTFALENBRÄU
Broschur, 224 Seiten
ISBN 978-3-89705-768-5

»Jobst Schlennstedt hat einen spannenden Regionalkrimi geschrieben, der auch von der Charakterisierung der Figuren lebt.« Westfalen-Blatt